大洋洲文学研究（第1卷）

詹春娟／主编

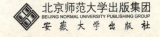

图书在版编目(CIP)数据

大洋洲文学研究.第1卷/詹春娟主编.—合肥:安徽大学出版社,2014.12
(博学文库)
ISBN 978-7-5664-0892-1

Ⅰ.①大… Ⅱ.①詹… Ⅲ.①文学研究—大洋洲 Ⅳ.①I600.6

中国版本图书馆 CIP 数据核字(2014)第 311512 号

大洋洲文学研究(第1卷)　　　　詹春娟　主编

出版发行:	北京师范大学出版集团 安徽大学出版社 (安徽省合肥市肥西路3号 邮编230039) www.bnupg.com.cn www.ahupress.com.cn
印　　刷:	安徽省人民印刷有限公司
经　　销:	全国新华书店
开　　本:	152mm×228mm
印　　张:	18
字　　数:	251千字
版　　次:	2014年12月第1版
印　　次:	2014年12月第1次印刷
定　　价:	42.00元

ISBN 978-7-5664-0892-1

策划编辑:钱来娥	装帧设计:张同龙　李　军
责任编辑:钱来娥　李雪	美术编辑:李　军
责任校对:程中业	责任印制:赵明炎

版权所有　侵权必究

反盗版、侵权举报电话:0551—65106311
外埠邮购电话:0551—65107716
本书如有印装质量问题,请与印制管理部联系调换。
印制管理部电话:0551—65106311

诗代《前言》为《大洋洲文学研究(第1卷)》作

论文三十载,钟爱大洋洲。群英萃海国,援翰各千秋。
画眉歌唱时①,又听枭哀鸣②。榕树叶萧萧③,谁能不动情。
喜赋归来辞④,慨谱共和歌⑤。珍爱故土魂⑥,矢不废吟哦。
浪打植物湾⑦,云笼钓出地⑧。木鼓⑨喧岛群,文化存同异。
海阔纳百川,园美开百花。攻错他山石,益我兴中华。

惠庵马祖毅书于求得一斋

【注释】

①《画眉歌唱时》系澳大利亚马丁·博伊德之长篇小说。

②《猫头鹰在哀叫》系新西兰珍妮特·弗雷姆之长篇小说。

③《榕树叶子》系西萨摩亚艾伯特·温特之长篇小说。

④《归来辞》系新西兰阿利斯泰·坎贝尔之名诗。

⑤《共和之歌》系澳大利亚亨利·劳森第一次发表之诗篇。

⑥《故土之魂》系库克群岛马基乌蒂·汤吉亚收入诗集《科雷多》中之诗篇。

⑦植物湾是澳大利亚城市。

⑧据毛利传说,新西兰南北二岛是从海中钓出的。

⑨艾伯特·温特所编南太平洋诗文集,名为《拉利〈木鼓〉》。

目 录

平凡背后的悲剧生存
　　——刍议怀特小说人物 ………………………………〔001〕

从主体性到主体间性
　　——《神秘的河流》和《卡彭塔尼亚湾》中的土著主题
　　………………………………………………………〔017〕

一样永远的普理查德 ……………………………………〔033〕

边缘的想象
　　——论《卡彭塔尼亚湾》中的狂欢化表现 …………〔042〕

从《浅滩》和《土乐》看温顿的"恋地情结" …………〔055〕

移植、嫁接、根植方式下的本土戏剧的嬗变
　　——20世纪澳大利亚戏剧纵览 …………………〔072〕

安吉尔·戴人物形象分析 ………………………………〔085〕

民族文学 vs. 全球化
　　——以当代新西兰小说为例 ………………………〔099〕

自我成长:玛格丽特·梅喜的《变身》…………………〔110〕

戏剧性突转与隐藏文本
　　——从《一堂音乐课》和《一小时的故事》看女性生存悲剧
……………………………………………………………〔122〕

新西兰早期电影的兴衰 ………………………………〔134〕

南太平洋文学研究
　　——南太平洋短篇小说述评 ……………………〔140〕

失落与追寻
　　——《榕树叶子》的族裔文化身份探讨 ………〔157〕

漫谈澳大利亚文学及其研究在中国 …………………〔166〕

从《卡彭塔尼亚湾》到《光明行》，我对澳大利亚文学翻译的一点
体会 ………………………………………………………〔174〕

吉姆·斯科特后殖民写作访谈录 ……………………〔183〕

论《凯利帮真史》的狂欢化色彩 ……………………〔189〕

《奥斯卡与露辛达》中的女性形象研究 ……………〔199〕

弗洛伊德精神分析视阈下的《人生之旅》解读 ……〔211〕

生态批评视角下《石乡行》的家园意识解读 ………〔220〕

漫谈《凯利帮真史》中的女性形象
　　——探讨澳大利亚女性文化身份 ………………〔230〕

勇于反抗的"女勇士"
　　——西比拉形象新析 ……………………………〔239〕

The Influence of Immigration on Australian Literature ……
………………………………………………………〔250〕

An Insistent Land ……………………………………〔267〕

平凡背后的悲剧生存
——刍议怀特小说人物

The Tragic Existence behind the Ordinary:
On Patrick White's Fictional Characters

澳大利亚著名现代派作家、1973年诺贝尔文学奖得主帕特里克·怀特生前奉行的一条写作原则是："在平凡背后发现不平凡,发现神秘和诗意……"事实上,作为一个风格独特的作家,怀特不仅仅发现"不平凡"和"神秘和诗意",还通过他所塑造的众多平凡小人物,从新的视角,以新颖的手法,"探索人内心的痛苦,塑造在心灵的重压下性格畸形的人物,从而反映现代社会中人的异化现象",揭示了他们平凡背后的不平凡生存,从而展现了现代社会中人的生存困境,诠释了历经苦难之后人类生存意义的内涵。同时,"他的小说倾向于从外在现实转向(人物)烦恼不安和支离破碎的内心",显示出他对人类心灵的深刻洞察力,倾注了他对人类命运的深切忧虑和关注,因而怀特成为"国家良知的声音"。本文拟探讨怀特主要小说作品中平凡人物的生存悲剧[①]。

一

在人类漫长的文明进程中,来自外部的威胁所构成的人类生存危机从未停止过。而进入现代工业社会后,人类征服自然的能力得以迅速提高,外在的威胁不再是人类生存危机的主要因素,生存危机却随之逐渐内化为人类社会环境本身对人类个体存在的威胁。在"没有人的存在,只有社会的存在;没有个人,只有公民"的现代社会里,社会对个体存在真实性的根本否定是构成人的生存困境的主要原因。怀特小说的意义之一就是典型地再现了平凡人物的个体生存危机:他们因其个性,普遍受到社会环境的排斥,被社会群体边缘化了,从而丧失了个人身份,遭遇认同危机,其个体存在的真实性遭到否定,其自身价值和个人尊严受到摧残,如同英国小说家约翰·福尔斯(John Fowls)所说的那样:"个人正在,或者感觉到,受到践踏,无法生存。"

然而,在怀特的主要作品中,我们可以看到几乎每个怀特式平凡人物都为构建个人身份,建立自我的真实性和肯定自我价值而付出毕生努力去抗争。这可以视为他们应对认同危机,走出生存困境的必要努力和手段。以怀特的第一部成熟作品《姨妈的故事》(*The Aunt's Story*)为例。该小说叙述了老姑娘希奥多拉·古德曼毕生追求个性和自由,寻找真实自我而又屡遭挫折和失败,不为社会认同并丧失个人身份的悲剧性人生经历。希奥多拉生性叛逆,桀骜不驯,勇于质疑和挑战传统的价值观。在家里,她的对立面是母亲古德曼太太和妹妹范妮。前者蛮横专制,象征世俗社会的传统权威;后者玲珑圆滑,代表社会传统认可的为人处世方式。在社会上,她试图反叛和颠覆的不仅仅是传统习俗和价值观,更是男权统治的地位。为此,她先后拒绝了两个求婚者,一个庸俗自私,另一个占有欲极强。父母去世后,她远赴欧洲寻找精神寄托。在法国南部米迪旅馆的"梦幻花园",她邂逅了许多同样性格乖僻、遭受过各种心理创伤的住客,感受到了现实中从未有过的真诚。米迪旅馆及梦幻花园毁于火灾后,希奥多拉来到美国。旅行中,她突然半途在一个小镇下车,撕毁了回澳洲的车船票及身份证明,改名皮尔金顿。她拒绝了好心人的帮助,独自住进山上一所废弃破房。在幻觉中,她遇见了一位叫霍尔斯蒂斯的智者。后者与她讨论了人生,并给予忠告。她听后顿悟,遂放弃了在现实中的苦苦求索,平静地走进疯人院作为其最后归宿。她的特立独行使她陷入生存困境,异化为他者,是"所有怀特式人物中最为孤独的一位"。而她接受的最后归宿既是社会对她个人身份和个性的最终否定,也是她对现实社会彻底幻灭的表示和拒绝任何妥协的决心。

同样因认同危机而导致的生存困境也发生在《树叶裙》(A Fringe of Leaves)的女主人公艾伦·罗克斯伯格身上。她原先是个朝气蓬勃的农家女,嫁给罗克斯伯格先生后跻身伦敦的上流社会。但罗克斯伯格太太的身份却使她丧失了原有的活力和自我,产生了认同危机。她不满沉闷乏味的生活,"渴望某种深沉的东西",但文明社会的理智"告诉(她)这样思考是错的"。她从澳洲返回伦敦的途中遭遇沉船,丈夫遇难,她被土著人俘获,被迫在土著人部落中生活了一段时间,却似乎找回了她原有的活力和自我。后在一个逃犯的帮助下,她重返文明社会。随即,艾伦又处处感到压抑,忍受种种约束,抑制农家女的本性,已经恢复的活力和自我又离她而去。她在上流社会的生活与她在土著部落里的经历形成了强烈而鲜明的对比。在土著部落,她尽管获得了原始的活力,却无法认同土著居民。而具有讽刺意味的是,她历经千辛万苦而重返的文明社会却又是一个"也许比地狱更糟糕的地方",在那里,她沦为旁观上流社会生活的他者。因此,《树叶裙》在审视和批评现代社会的精神价值方面提供了一个独特的他者视角。

而《特莱庞的爱情》(The Twyborn Affair)可以说是鞭辟入里地描绘了以个人身份危机为表象的生存困境。小说主人公埃迪·特莱庞是个两性人。为此,其性别身份始终困扰着他。埃迪的姓"特莱庞"(Twyborn)一词在英语中隐含着"第二次出生",即"重生"之意。他试图通过变换性别身份来得到社会对他生存的认可,获得重生,但始终未能如愿。在小说的第一部,他以年轻女性的身份出现在"一战"前夕的一个法国小镇,给自己取名尤特夏,嫁给一个老年希腊商人安吉洛斯,遁入幻想中的拜占庭世界。第一次世界大战炮火的临近迫使尤特夏和安吉洛斯匆匆逃离小镇,安吉洛斯猝死途中。"一战"的炮火因此炸碎了埃迪(尤特夏)的幻想。在第二部,埃迪恢复了男性身份,作为退伍军人回到了澳大利亚。但他阔别多年的家里根本就没有他的位置,面对他的是严峻冷漠的父亲和只爱宠物的母亲。于是他去了父亲的朋友格雷格·勒欣顿的牧场打工,借以锻炼男性气概并确立男性身份。但在那里他先是受到勒欣顿太太的引诱,成为她的情人,后又受到同性恋经理唐·普鲁斯的纠缠和骚扰,而管家蒂勒尔太太干脆将他当女儿看待。总之,他又陷入了无法确定性别身份的尴尬之中。牧场生活的经历使埃迪对男性世界绝望,而他父亲的冷漠最终促使他永远地离开了澳大利亚。埃迪在小说的第三部又变身为女性,身份是伊迪斯·特里斯脱,伦敦一家高级妓院的老板。格雷文纳爵士是她的赞助人,同时深爱着她。但她的性别含混性使她一直对这份感情犹豫不决。"二战"开始后,格雷文纳爵士在赴前线参战前夕向她表白,无论她的性别如何,他始终爱她。此时,埃迪的父亲已故,母亲来到伦敦,与他不期而遇。母亲接受了儿子的女性身份。这促使埃迪决定恢复男性身份,与母亲一起返回澳大利亚。然而埃迪就在去母亲住处的途中突遇空袭身亡,死时仍身着女性服装,象征其性别身份仍未确定。埃迪一生徘徊于两种性别身份之间,为寻求合适的生存地位,为获得自我真实性而屡遭挫折,最后以个体毁灭而告终。

怀特式平凡人物的生存困境源自于他们坚持个性,对现存社会观念、习惯和价值持批判的怀疑态度。他们对社会的认同危机揭示了个人与社会环境之间无法调和的对立冲突,用《姨妈的故事》中智者霍尔斯蒂斯的话来说:"你无法调和快乐与悲哀……无法调和生命体与非生命体,无法调和幻想与现实,更无法调和生与死。"这种对立冲突的实质是怀特式平凡人物不顾外界敌对力量的压制,在明知无望的情况下,仍选择了奋力对抗社会传统势力强加给他们的践踏和异化,争取人类内心向往的精神上的自由生存,以维护自身尊严和个性价值。

二

捷克小说家昆德拉认为,"一部小说的价值在于揭示存在作为它本来的未被遮掩的可能性;换言之,小说发掘隐藏在我们每个人身上的东西"。怀特小说以平凡人物的经历揭示了极为隐秘的人性内在冲突,展现出人性中"人类的邪恶与德行并存"的状况,正视并表现了"人的一半是野兽,一半是天使"这个自相矛盾的事实。这些平凡人物的经历将人性内在的善恶展示得淋漓尽致,演绎了一出出叔本华最为推崇的第三类悲剧[②]。

怀特在其代表作《沃斯》(Voss)中刻画了一个怀有超人梦的人物及其幻灭,生动地揭露了人性的弱点和邪恶所招致的毁灭。探险家沃斯来自德国,他打算深入澳洲内陆探险,借以锤炼其精神意志来对抗悉尼的物欲世界。一位悉尼富商给予他经济赞助,富商的外甥女罗拉更是与沃斯相爱。在探险途中,他俩通过心灵感应沟通,建立起精神婚姻。沃斯抱负远大,藐视世俗,深信个人意志可以征服一切,"意志决定未来",期待成为上帝般的超人。但是,探险的过程恰恰证明了他只是个凡人而已,具有凡人的种种弱点。在整个探险过程中,人性的冲突无所不在:沃斯内心的善恶冲突,队员之间的利益冲突,以及沃斯的神性和队员的世俗性的冲突等等[③]。沃斯自负固执,指挥频频失误,兼之队员疾病缺粮,土著黑人追踪偷袭,使探险队陷入困境。在队员波尔费雷曼执行沃斯的错误命令遇害后,探险队发生了分裂。队员嘉德带领一组退出探险,但最后组中仅他一人幸存并精神失常了。另一组随沃斯继续前进,被土著黑人俘获。此时,沃斯完全变得谦卑,终于意识到自己作为凡人的局限。几天后他们全部遇害。至此,整个探险队都成为沃斯超人梦想的殉葬品。小说的女主角罗拉认为,"假如他(沃斯)身上善恶并存的话,他是和恶作斗争的,但是失败了"。沃斯试图证明自己具有上帝般的超人能力,可以征服世界,其根源是"疯狂、利己主义,以及人性中通常最卑劣的部分"。沃斯探险的失败既揭示了他内在自我的冲突,也在广义上揭示了探险队成员中人性善恶的冲突,以及历史上白人殖民者残酷镇压土著黑人所种下的邪恶之根。

人性善恶冲突导致毁灭也是《坚实的曼荼罗》(The Solid Mandala)的表现主题之一。小说叙述了一对孪生兄弟瓦尔多和阿瑟的故事。兄弟俩自出生起从未分离,他们一起生活,一起步入青年、中年,一起退休,甚至一起爱上了同一个女孩。瓦尔多曾在图书馆工作,聪颖敏锐,很有抱负,但狂妄自大,私欲极重,是个极端的个人主义者。他所鄙视的阿瑟曾在店里工作,生性迟钝,智力低下,却颇具数学才能,还善解人意,"他知道顾客需要什么,甚至比顾客自己还要清楚",因而深受顾客欢迎。孪生兄弟俩既分别象征着人性中恶和善两种极端,又寓意着人性中善恶并存,并且导致冲突的状况。阿瑟是善的化身,一心向善,颇有人缘。瓦尔多则是恶的体现,因梦想难成,转而嫉恨阿瑟,因为阿瑟"很可能是真理本身"。他最后竟欲谋害阿瑟,却因疯狂的自虐而死。人性的邪恶之甚,由此可见一斑。

而《风暴眼》(The Eye of the Storm)则是怀特剖析人性的又一部力作。富孀亨特夫人为人自私、贪得无厌,"一直渴望占有东西",从宝石到人都可以成为她据为己有的对象,她希望成为财富和精神上的女皇。一次,亨特夫人被风暴困在一个小岛上,这个处于风暴眼中的小岛却异常平静。她因此顿悟,在临死前的梦呓状态中,她回忆剖析其荒淫一生,审视其人性中的善恶,终于获得内心的平静和精神上的超越。但她的一双儿女却未能获得拯救:女儿多萝茜追逐名利财富,远嫁法国后成为徒有虚名的公爵夫人,得到的仅仅是幻灭;儿子巴兹尔早年曾在英国戏坛上成名,但其后却因生活放荡不羁,荒废演技,声誉尽毁。他俩都利欲熏心,终于毁于人性之恶。

人性中的邪恶很容易使人丧失理性,丧失个人价值,最终泯灭人性中的善,甚至转而异化为践踏他人个性的工具。《活体解剖者》(The Vivisector)中的艺术家赫特尔就是一例。赫特尔是一个试图在艺术领域里实现超人梦的悲剧人物。他出身贫寒,颇具艺术天赋。他自幼被父母卖给考特尼夫妇,后与上层社会的道德观和价值观发生冲突。于是他离家去巴黎学习绘画,战后回到悉尼开始创作。他的模特儿兼情人先后有妓女南斯、希腊船王的妻子赫罗、少女钢琴家凯西等。但他只是利用她们的情感和肉体,以理性冷峻的极端方式精确剖析她们,并表现在其画作中。晚年的赫特尔专心致志于《生命全观》的绘画创作,希冀在最后的作品中表现出至高无上的靛蓝之色或者"显现上帝"之色,这是他幻觉中的上帝,是他精神上感悟到的真理,他称之为"心理壮观"。不幸的是,在他即将完成描绘上帝的形象、试图用艺术来表达他在顿悟中得到的启示时,他倒地猝死。赫特尔怀着"以自己的语言来解释世界"的雄心,试图依靠超人的意志,通过艺术重建他的理想世界,化解生存的困境。他的艺术世界和现实形成对立,被社会异化为他者。但他同时却因受制于人性之恶,也沦为异化他人的工具。他在艺术创作过程中完成了对模特儿人性的扼杀和异化。他的审美理想建筑在冷酷否定她们的人性尊严和人生价值之上。人性之恶使他在完成了对她们的异化和毁灭的同时,也毁灭了真实的自我。

如同叶胜年所认为的,"怀特的许多作品都表述了对人性的沉重思考,深刻彻悟和严厉解剖,表现了一种对真理的探求和为此付出的代价"。怀特以其平凡人物的生存悲剧深入探究了导致人性毁灭的原因,使我们看到人性中的邪恶已构成了人类生存威胁中的重要因素。怀特似乎在传递一个信念,即人类不会毁灭于自然,却可能毁灭于自身。而人类除了自我拯救之外,不可能得到上帝的拯救。人类只有克制其自身的邪恶才能超越其自身,获得生存的自由。同时,怀特凭借其平凡人物的遭遇,表达了人遏制其邪恶自我和改善自己以获得生存自由的愿望。

三

除了认同危机和人性冲突之外,怀特式平凡人物还经历着精神危机,这是他们生存悲剧的根源之一。尼采早在19世纪就已警告过我们,上帝已经死了,精神危机随之产生。安东尼奥·葛兰西(Antonio Gramsci)在论及精神危机时说:"危机包含了这样的事实,即旧的信念渐渐消失,新的信念没能出现;在这个空白期间,大量的病态症状出现了。"在某种程度上,怀特式平凡人物的经历展现了现代人在其精神世界失落、自我迷失以及信仰丧失之后所深陷的精神困境。可以说,怀特人物的精神痛苦形象地印证了拉尔夫·哈珀(Ralph Harper)所说的"两种孤独和痛苦的根源:被排斥在他人之外,又被割断了与上帝的联系"。

《人类之树》(*The Tree of Man*)表现的是怀特式平凡人物试图凭借自身的努力走出精神困境的一种探索,也是对现代人心灵的探索。作为现代社会中永远的他者,主人公斯坦渴望"永远待在一个固定的地方",拥有一个真正属于自己的家园。为此,他带着新婚妻子艾米·帕克来到悉尼郊外的一处荒地,历经艰辛,垦荒造地,传奇般地建立起自己的农庄,希望从此安居乐业,远离都市中的商业社会。但现代商业社会的影响无所不在,势力强盛。到头来,他们一家仍沦为工业社会的牺牲品:先是女儿嫌贫爱富,攀附上层社会,嫁给了律师,离他而去;继而妻子红杏出墙,受到城里来的商品推销员的诱奸;尔后儿子见钱眼开,走上犯罪道路。最后,甚至连凝结着他一生心血的农庄也被迫为城市的商业扩展让路。面对现代商业社会的强大势力,斯坦的理想家园不堪一击,成为一个耗尽他一生心血的幻想。其现代都市农夫的身份使他在现代社会中根本无立锥之地,而他与自然的和谐相处更是反衬出他在现代社会中尴尬的他者处境。至此,斯坦已不再是一个普通意义上的平凡人物了,而是象征着一个处于精神困境中的现代人。

怀特式平凡人物的他者生存和精神困境在《战车上的乘客》(Riders in the Chariot)中表现得尤为深刻。小说中的四个悲剧小人物虽然身处险恶的社会环境,却坚持自己的做人原则,追求真实的个性。黑尔小姐喜欢独立思考,我行我素,不受社会习俗的约束,更不随波逐流。像《姨妈的故事》中的希奥多拉一样,黑尔小姐只好在自然界中寻找认同感,在"正常的"社会中无立足之地。但她仍未逃脱恶势力的迫害,被逼疯直至失踪。希姆尔法勃教授侥幸逃离纳粹德国对犹太人的大屠杀,辗转来到澳大利亚后忍辱负重,以真诚和善心待人,却始终被视为另类,最后竟然被歧视他的工友们钉在十字架上,重伤而死。饱受社会歧视的土著画家德博身染恶疾,生活在贫病交加之中,却仍坚持其不拘成规的艺术创作,颇有惊世骇俗之力,当然得不到常人的赏识;戈德博尔德太太的丈夫是个酒鬼,不问家事,她以洗衣为生,独力支撑全家生活,虽然贫困,却一心向善,但她孤独无助,无法挽回希姆尔法勃遭受迫害致死的命运、黑尔小姐失踪的厄运以及土著人画家德博穷困病死的不幸。四个小人物与现实格格不入,沦为他者,身处险恶的环境,但仍苦苦追求精神理想,寻求生存的意义。

怀特式人物面临的自我迷失则是他们遭遇精神危机的另一种表现。在面对"我是谁"这个本体论问题时,他们都经历了痛苦和困惑。《姨妈的故事》中的希奥多拉发现自己"无法肯定地说:'我就是我'"。《活体解剖者》中的艺术家赫特尔手中的画笔尽管犹如手术刀一般锋利,能将他的模特儿剖析得支离破碎,却剖析不了自己。他坦承"并不了解自己"因为他无法"真实地看待自己"。同样,自我身份问题也在折磨着《特莱庞的爱情》中的埃迪。他憎恨虚假的自我,渴望寻找自我的真实性,但在寻找真实自我的过程中他变得日益绝望。他的一番话也许概括了所有怀特式人物对这个问题的悲观:"真正的埃迪还没有被发现,也许永远发现不了。"

此外,传统信仰的消失更是导致怀特式人物精神困惑的根源之一,这也反映了怀特本人的看法。怀特曾声称:"每个人都会犯错,包括上帝。"因此,对宗教的怀疑和嘲讽态度在其小说中比比皆是,如《姨妈的故事》中的希奥多拉视"一桶牛奶"为其信仰,《人类之树》中的斯坦把地上的唾沫指为"上帝",《树叶裙》中的罗克斯伯格太太干脆对牧师坦言:"如果我曾经有过灵魂,我想现在可能已经丢失了。"怀特式人物的信仰丧失恰恰从一个侧面反映了现代社会中精神危机的严重程度。而通过《沃斯》中的探险家沃斯和《活体解剖者》中的艺术家赫特尔这两个超人式人物的失败,怀特又似乎在警告我们,超人并非解决精神危机之良策,超人梦不可能解决人类生存的困境。

怀特笔下平凡人物的精神危机,深刻地体现了现代人本体论意义上的困境,揭示了一种最终转化为荒诞状态的极度绝望。在此状态下的人找不到生活的意义,失去了价值观,无法保持个人的尊严。

四

然而,面对永恒的生存痛苦和人生失败,怀特式小人物采取的不是消极回避,而是以坚强的决心和意志力去追求属于自己的一方净土,建立自己的精神家园。而经受苦难和痛苦则是寻求精神家园的必要条件,因而对怀特式人物具有特殊的积极意义。怀特曾引用甘地的名言:"要取消受苦的法则是不可能的,这是我们赖以生存的一个必不可少的条件。进步以受苦多少为衡量标准……苦难越纯粹,进步就越大④。"借用基尔凯郭尔的术语,怀特式人物都是在人生的"第三阶段"遭受苦难。从某种意义上来说,"在痛苦中反省,积极地寻求拯救灵魂的方法"是怀特式人物对待人生的真实写照。因此,他们尽管离群索居,经受精神磨难,身陷生存困境,却带着一种与生俱来的使命感,寻求人生的终极真理。

在怀特式平凡人物的苦难和失败中,社会现实永远无法逾越,理想始终无法实现,但他们仍然关注行动本身,一如《人类之树》中的斯坦面对"充满冰霜的世界"所采取的态度:"要使生活充满意义,要与寂静、岩石和树木做一番抗争。"他们在清醒地意识到自己处境的同时,仍奋力搏击,参与一场注定失败之战,以求赢回自己的尊严,重构价值观,建立精神家园,借以支撑自己在这个混乱无序世界中的生存,并发掘生命意义。正因如此,深刻的悲剧意义才得到了体现。《姨妈的故事》的女主人公希奥多拉以坚定的意志,走进了疯人院,作为对社会的最后抗争。《人类之树》中的斯坦以自建的理想家园对抗悉尼的物质世界,肯定了自我存在的价值和意义,他至死仍坚持自己对自然的信念:"我信仰这片树叶。"而《树叶裙》里的罗克斯伯格太太似乎走得更远。在她看来,相比她逃离的土著部落,象征现代文明社会的澳大利亚只是一个"荆棘满地、鞭子飞舞、行凶犯罪、窃贼横行、沉船不断、淫妇泛滥的国度"。事实上,她试图以自己在土著人部落的经历颠覆文明社会的传统价值观,为自己重新找回生活的意义。探险家沃斯和艺术家赫特尔更是试图以超人似的力量来建立可以抗衡物质世界的精神家园。

同时,苦难和失败又是怀特式人物自我实现和精神净化的必要过程。怀特式人物对精神升华的渴望则反映了他们已经深深地意识到了个人价值和尊严的意义所在。在《沃斯》中,沃斯只有在历经磨难之后,才最终变得谦卑,获得精神上的自我超越。《风暴眼》中的亨特夫人也只有在直面审视并批判丑陋的自我之后,才能得到精神净化,安然辞世。

《战车上的乘客》中四个小人物的不幸遭遇则进一步表明怀特式人物不避苦难和失败,追求精神升华的意志。作为德国犹太人,希姆尔法勃教授的存在本身就对纳粹政府统治下的反犹太社会及其价值观念构成了一种挑战。最后在澳大利亚,当他被钉在十字架上时,却感受到"如纯水般的宁静和清澈,在其中心映照出他的上帝",实现了精神上的升华。黑尔小姐躲避人世间的虚伪自私和造谣生非,从"喜欢动物、飞鸟和植物"中寻觅到认同感。土著画家德博穷困潦倒,却坚持用画笔表现他在幻觉中所见的战车。戈德博尔德太太个性坚韧,虽然在强大的社会习俗势力面前不免显得渺小,但她仍以顽强的意志生存下去。他们在各自的幻觉中所见的神圣战车象征着他们的共同信念和精神追求,他们向往成为乘坐其上的圣洁乘客。虽然他们毁灭于邪恶势力的重压之下,却在精神上维护了自我的真实性和个体的价值和尊严。

实现真正自我是怀特式人物寻求解脱生存困境,求得精神升华的另一个必要方面。由于逐渐意识到毁灭生存的力量更多地隐藏在人性内,他们清楚地认识到自我的双重性和实现真正自我的必要性。为此,他们认真反省和克制其内心邪恶的自我,从中寻求自我的真实性和追求真理。他们像《活体解剖者》里的赫特尔那样感到"将要了解真实自我的那种狂喜",或者如《姨妈的故事》中的希奥多拉那样努力要扬弃邪恶的自我,尽力确保"那个魔鬼般的自我将被摧毁,理想的状态将会到来"。他们无一例外地希望"接近最真正的自我",以维护人性中的善,达到"真实的核心"这一生存的理想状态。当他们战胜了自身内心邪恶,"在道德上保持真实自我,问心无愧"之时,他们能平静地面对幻想的破灭,面对毁灭,找到终极的自我安慰。所有的这一切,都展示了这些人物的悲剧性勇气。

可以说，历经苦难和失败之后，怀特式人物终于像《特莱庞的爱情》里的埃迪那样，明白"真理通常是丑陋的，并不美丽"，他们做好了接受现实的准备。面对失败和毁灭的悲剧性前景，怀特式人物身上所体现出的不是怯懦，而是勇气。他们所做的是一场明知必败的抗争，他们"在现实社会中失去了生存的地位，却在行动中使自身得到了肯定"。然而，从他们必然的失败中，我们却感受到一股深藏不露的精神力量，即平静地面对灾难性后果并永不屈服的西西弗斯精神。

五

麦克库洛奇（A. M. McCulloch）认为："怀特并没有企图沿着过去的传统来重新创作悲剧，而是发现了由当今现实演绎而来的悲剧形式。"的确，怀特选择平凡的小人物作为其小说的悲剧主角，成功地以独特的手法发掘了他们平凡外表之下种种的不平凡之处，一如阿瑟·米勒（Arthur Miller）所言："就悲剧的最高意义来说，普通人和国王一样，都适合做悲剧的题材。"我们从怀特式平凡人物的生存困境中看到了体现在人和社会现实之间、人和其自身深层意识之间的矛盾冲突。对于前者来说，悲剧冲突在于人的存在和社会现实的二元对立；而对于后者来说，悲剧冲突揭示了在现代社会中人所关注的个人内在真实状况和内在生存的真实性。但是，怀特式平凡人物为了达到"内在的真实，以对抗肤浅的表面性"，对荒诞现实做了坚忍执着的绝望抗争。他们挑战现存秩序，怀疑传统的社会标准和价值观，追求无望的精神家园，以独特的方式演绎了一出出个性的生存悲剧，彰显出雅斯贝尔斯（Karl Jaspers）所说的那种"面临崩溃和失败时的伟大"，堪与加缪笔下的悲剧英雄西西弗斯媲美。

（上海海关学院外语系　吴宝康）

【注释】

①怀特研究者一般都认为,怀特的第一部小说《幸福谷》(*Happy Valley*)、第二部小说《生者与死者》(*The Living and the Dead*)均属早期不成熟作品。其生前最后一部作品《百感交集》(*Memoirs of Many in One*)因其自传因素,一般不视为小说。而《悬浮花园》(*The Hanging Garden*)系最近整理出版的遗著。所以上述作品暂不在本文讨论范围之内。

②叔本华将悲剧分为三类,第一类因某一剧中人异乎寻常的、发挥尽致的恶毒所造成;第二类是由盲目的命运,也即是偶然和错误所造成。而第三类悲剧则表现普通人之间的相互对立冲突,"(把不幸)当作一种轻易而自发的、从人的行为和性格中产生的东西,几乎是当作人的本质上要产生的东西……"

③参见拙文:神性的幻灭和人性的冲突——《沃斯》的悲剧意义初探.

④详见:David Marr 的分析讨论(Marr, David. *Patrick White*:*A Life*. 311.)。

【参考文献】

Drucker, Peter P. "The Unfashionable Kierkegaard", in Laurence Michel & Richard B. Sewall, ed., *Tragedy*:*Modern Essays in Criticism*, Prentice-Hall, Inc., Englewood Cliffs, N.J., 1964.

Dutton, Geoffrey. *Patrick White*, London:Oxford University Press, 1971.

Fowles, John. *The Aristos*, Boston:Little Brown, 1970.

Goodwin, Ken. *A History of Australian Literature*, Hong Kong:Macmillan Publish Ltd., 1986.

Gramsci, Antonio. *Selections from the Prison Notebooks*, ed. and trans. Quintin Hoare and Geoffrey Nowell Smith. New York:International Publishers, 1976.

Harper, Ralph. *The Seventh Solitude*, Baltimore:Johns Hopkins Press, 1967.

Jaspers, Karl. "The Tragic:Awareness;Characteristics;Interpretations", in Laurence Michel & Richard B. Sewall, ed., *Tragedy*:*Modern Essays in Criticism*, Englewood cliffs, N.J.:Prentice-Hall, Inc., 1964.

Joyce, Clayton, ed. *Patrick White*:*A Tribute*, Collins Angus &

Robertson Publishers Pty Ltd. , 1991.

Marr, David. *Patrick White: A Life*. Milsons Point, Austral: Random, 1994.

McCulloch, A. M. *A Tragic Vision: The Novels of Patrick White*, St Lucia, Queensland: University of Queensland Press, 1983.

Miller, Arthur. "Tragedy and the Common Man", in Sylvan Barnet, ed. , *Types of Drama: Plays and Essays*, 6th edition, Harper Collins College Publishers, 1993.

Walsh, William. *Patrick White's Fiction*, George Allen & Unwin Australia Pty Ltd, 1977.

White, Patrick. "The Prodigal Son", in *Australian Letters*, Vol. 1, No. 3, April, 1958.

White, Patrick. "An Interview", *In The Making*, ed. G. McGregor, Melbourne: Nelson, 1969.

White, Patrick. *A Fringe of Leaves*, Middlesex, England: Penguin Books Ltd. , Harmondsworth, 1976.

White, Patrick. *Patrick White Speaks*, Sydney: Primavera, 1989.

White, Patrick. *Riders in the Chariot*. Harmondsworth, Middlesex, England: Penguin Modern Classics. Penguin Books Ltd. 1981.

White, Patrick. *The Aunt's Story*. Ringwood, Victoria: Penguin Books.

White, Patrick. *The Eye of the Storm*, Penguin Books Australia Ltd. , 1975.

White, Patrick. *The Solid Mandala*, Harmondsworth: Penguin Books, 1969.

White, Patrick. *The Tree of Man*, London: Penguin Books Ltd, 1961, p. 13.

White, Patrick. *The Twyborn Affair*, Cape, London: Penguin Book, 1997.

White, Patrick. *The Vivisector*, Harmondsworth, Middlesex, England: Penguin Books, 1982.

White, Patrick. *Voss*. London: Penguin Books, 1957.

Wolfe, Peter. "Introduction: *Whither the Bunytip Now?*", Peter

Wolfe, ed., *Critical Essays on Patrick White*, Boston, Massachusetts: G. K. Hall & Co., 1990.

昆德拉.被背叛的遗嘱.上海人民出版社,1995.

黄源深.澳大利亚文学史.上海外语教育出版社,1997.

叔本华.作为意志和表象的世界.白冲石译.北京:商务印书馆,2004.

吴宝康.神性的幻灭和人性的冲突——《沃斯》的悲剧意义初探.外国文学评论,2004,(3):109—15.

吴宝康.《姨妈的故事》:现代人的生存悲剧.华东师范大学学报(哲学社科版).35.3(2003):75—81.

叶胜年.帕·怀特评传.石家庄:河北教育出版社,1994.

张忻波.《探险家沃斯》中的沃斯形象解读.雁北师范学院学报.21.3(2005):105—7.

从主体性到主体间性
——《神秘的河流》和《卡彭塔尼亚湾》中的土著主题

From Subjectivity to Intersubjectivity:
Indigenous Themes in *The Secret River* and *Carpentaria*

一、引言

在澳大利亚文学的民族化进程中,文学作品中的土著主题起到了重要的作用,为民族文学的身份建构增添了本土特色。土著民族虽然没有自己的书面文字,但五万多年来口头流传下来的历史和神话传说为澳大利亚文学注入了源源生机。

J·J·希利在《文学与澳大利亚土著》一书中指出:"20世纪澳大利亚文学的主要能量是通过想象使土著得以回归。"他认为,不同年代的作家以不同的表现方式再现了土著问题,使其从独白状态逐渐进入公开论辩状态,"作家们对澳大利亚的文明根基普遍持有一种悲观主义态度",他们认为只有通过土著才能体现出生活在澳大利亚的真正价值。他指出:"小说本身是一个意识场,令人不安的经历使其警醒,只有通过小说这种形式才能将这些经历完全展现出来。"

不论是倡导土著民族自主的土著作家,还是立足于描写土著民族生存困境的白人作家,都在他们的作品中从不同侧面对澳洲白人和土著之间的接触、冲突及双方为和解做出的努力进行了描述。作家们通过对土著形象的刻画和土著文化的诠释,解构了澳大利亚白人殖民者的话语霸权,突出了作品中的土著作为主体的自我意识和自我表达能力。

笔者认为,在澳大利亚的小说文本中,白人主体和土著主体不是一成不变的本体性概念,而是在政治、社会、文化等多种因素的影响下,处于不断生成和变化的过程中。白人位于中心、土著位于边缘的二元对立状态也在历史演变过程中不断被挑战、解构。白人和土著主体之间在矛盾之中求取共存的空间,这种张力正是澳大利亚文学区别于宗主国文学、独具特色的魅力所在。

本研究通过对比分析两部分别由白人作家和土著作家撰写的涉及土著文化和土著主题的小说文本,探讨澳大利亚文学中土著情结的深层意义,发掘白人文本中的标准英语和渗透着土著口述历史的土著作家文本之间形成的张力。并结合社会历史背景对文学作品中土著主题的表达方式产生的制约和影响,揭示白人主体和土著主体在矛盾中产生的流变以及相互之间形成的依存关系,为涉及土著主题的小说文本解读提供新的参考。

二、后殖民主体性与澳大利亚小说中的土著主题

现代的"主体"和"主体性"概念源自笛卡尔(Descartes)哲学,其名句"我思故我在"(*cogito ergo sum*, I think therefore I am)突出了"自我"(the self)在哲学中的作用,把"主体性"(subjectivity)的概念提升到哲学研究的中央舞台上。唐纳德·霍尔(Donald E. Hall)把"主体性"界定为"于宽泛的文化定义协商过程中形成的社会和个人存在"。这里的"主体性"概念,指的是主体的自我指涉、自我意识和自我反思。

(一)后殖民主体的不确定性

吉尔·德勒兹在《论福柯》一书中指出:"现代主体性的构

建通过与征服的两种现代形式进行抗争来实现,形式之一是靠权利的约束使我们自身个体化,之二是将个体诱入一个既定和公认的身份中,并使之永远定格在那里。因此,主体性的抗争体现为保有差别、变异和变形的权利。"在殖民帝国的霸权文本中,掌握权力的殖民者将被殖民者构建成"他者",使他们失去话语权,沦为被控制、被描述的客体。

在后殖民的语境中,主体性是不确定的,是"通过语篇建构出来的","不同的主体境况(subject position)之间不具备超验的持续性和同一性"。格罗斯伯格认为,后殖民主体既不是殖民者,也不是殖民前的主体,它是两者特有的杂交体,兼备二者的特性。这种杂交具有"跨疆界"(border-crossing)的特点,形成一种"动态的、不确定的、多层次的中间形象","庶民"(the subaltern)的概念"代表了任何语言(或身份)构成的内在的含混性和不稳定性,它的存在使语言界定、统一、稳定身份特征的力量不断被削弱"。霍米巴巴的"模拟"(mimicry)概念,是对占统治地位的文本的有意误用,使庶民的力量在文本中复活,只有通过对殖民者的内部否定,"庶民"的概念才能得以界定。大卫·劳埃德也指出了种族构成中矛盾的持续性和主体领域的不完整性。

(二)澳大利亚小说中的文化霸权及解构

主体的不完整性和不确定性是解构后殖民文本中霸权话语的主要内驱力,在澳大利亚文学中突出表现在涉及土著主题的小说文本中。白人主体性的消解和土著主体性的建构在澳大利亚的小说文本中成为一种挑战帝国话语和揭露殖民主义神话的颠覆性反话语,文本"以帝国边缘人的全新视角重读和解构几百年来从帝国立场编织的殖民话语,从中寻求启动民族文化非殖民化的进程"。

澳大利亚联邦成立之初,白人与生俱来的优越感使他们自命为历史的创造者和殖民地的开拓者,是文明的化身;白人眼中的土著居民则被视为低等民族,集懒惰、无知、堕落、不思进取乃至种种人类恶习于一身。土著民族在主流媒体中的形象是脸谱化的,处于被描述的客体地位。澳大利亚著名历史学家斯图亚特·麦金泰尔指出,"原有的历史研究称土著人是一种悲剧性的和令人厌烦的存在,是进步法则的牺牲品"。

小说作为一个意识场,有土著介入的经历使其警醒,土著民族的现实与价值观挑战着传统的判断,成为作家艺术反思、跨越疆界、重构意义的对象。澳大利亚白人作家的良知已经唤起了他们对土著民族的情感,他们逐渐开始意识到土著民族是作为主体独立存在的,以神话传说为特色的口述土著历史也有其丰富的内涵。

(三)白人作家与土著作家的不同视角

主体性的抗争在土著作家和非土著作家的文本中呈现出不同的表现形式,他们在对白人—土著关系的阐释上采取了不同的视角和策略。

20世纪90年代以来,随着白人作家对土著民族的认知和了解逐渐加深,白人作家的文本对土著话题的讨论从纯粹的想象变成了对历史的深入探究和思考,作品中刻画的白人殖民者不断反思自身的行为,弥补白人主体的缺陷,从土著民族身上寻求一种心理依托和精神救赎,并力图通过歉疚和悔罪来达成与土著人民的和解。白人主体的霸权地位不断被挑战、否定,土著民族的文化传统被逐渐接受,土著的主体性得到白人主体的认可和尊重。伽达默尔阐释了理解"他者"的重要性,他指出:"承认他者与自身的对等地位不仅在原则上承认了自身的局限性,同时也使个人通过对话、交往和阐释的过程得以超越自身能力的界限,真正开启了相互理解的大门。"

非土著作家在作品中对白人主体的解构和重构对殖民文

化和土著文化之间的和解奠定了良好的基础,但是作品大多是以白人形象刻画为中心的,文中的土著人物依然处于被描述的"庶民"地位。正如鲍勃·霍奇和维杰伊·米时拉所说,白人读者"要认真听取土著民族自己的倾诉才能了解他们的信仰和问题,而不是听信白人主流话语对土著身份的构建"。

在土著作家的小说中,白人的视角被彻底颠覆。土著作家力图通过文学作品解构白人文化的霸权地位,重写抹杀土著存在的白人历史,并建构一个土著民族自主的世界。在这个世界中他们是主体,他们有自己的思考和决断能力,他们有自己的世界观和表达方式。亚当·舒梅克在《白纸黑字》一书中强调了澳大利亚土著小说"作为意味深长、充满激情的文化交流形式"所起的作用。他指出:"这种跨文化交流的最重要的维度之一就是当前这代澳大利亚人有机会看到土著眼中的自己,而不是别人怎样看待他们。"

土著作家虽然用英语写作,但是他们采用文化挪借(cultural appropriation)的手段,将标准英语与土著民族的口述历史相结合,使土著生活的现实与传统的土著神话交织在一起。他们的文本打破了传统的叙事手段,对西方文化的线性时间编排形成极大的挑战。柯林·约翰逊(Colin Johnson)认为,"土著民族有强烈的过去、现在和未来三者一体化的时间意识",他用土著的这种时间意识来作为对抗西方历史语篇的反话语(counter-discourse)。

土著作家有着为民族呼喊的使命感,为了群体利益牺牲个体,作为一个群体共同书写土著民族的历史,弘扬土著文化传统,共同为确保土著民族"在阳光下有一席之地"而努力奋斗。

三、不同视角下的白人主体与土著主体

本文以进入 21 世纪以来的两部澳大利亚小说代表作《神秘的河流》和《卡彭塔尼亚湾》为例,通过对非土著作家和土著

作家在刻画小说中人物时所采用的不同表达视角、语篇策略、叙事技巧的对比分析,探讨文本中对白人主体性的重构和土著主体性的建构过程。

(一)白人主体的自我否定——以《神秘的河流》为例

澳大利亚小说作品中对殖民话语的颠覆和解构传统始于19世纪中期。J·J·希利对土著书面文学兴起之前的白人作家涉及土著主题的小说文本进行了综合性研究,他发现从这一时期开始,在澳大利亚小说中的白人殖民者就已经有了对土著的初步意识,"有一个土著主体切入到他们的疑虑、恐惧、希望和创伤之中",使得小说成了"良知奋战以博得意识关注的叙事战场"。

引发白人主体的焦虑的核心原因是"合法化问题"(the issue of legitimacy),在澳大利亚树立国家自身形象的过程中,决定民族身份的关键事件不是1901年澳大利亚联邦的成立,而是1788年英国殖民者对澳大利亚大陆的入侵。在涉及土著主题的非土著作家的小说文本中,白人的主体性在良知奋战中呈现出一种动态的跨疆界趋势,白人主体希望通过解构自身的文化霸权并接受土著民族的文化和价值观,来达成与土著人民的和解。

凯特·格伦威尔基于自己祖先的殖民史写就的历史小说《神秘的河流》就是白人主体不断反思自身行为、挑战主体疆界的典型例子。在书中,主人公威廉·索尼尔因盗窃而被流放到新南威尔士,陌生的环境使他面临着新的挑战:

>……星星四散在夜空中,像撒落的米粒一样毫无意义。在这里,他看不到在泰晤士河上为自己指路的北极星,也看不到他无论何时都能够辨认出来的大熊星。唯有这亮光,模糊不清,冰冷漠然。

被排斥的境遇使索尼尔急欲征服周围的环境,获取一席之

地。他虽然意识到土著民族的存在,但总是力图否认他们对土地的所有权:

> 没有任何迹象表明黑人们认为那些地方是属于他们的。他们没有用篱笆围起一片地表示这是我的,没有建一栋房子表示这是我的家,也没有开垦田地或畜养牛羊,以示我们曾在这里付出了劳动,洒下了汗水。

索尼尔从一个欧洲殖民者的视角,用"篱笆"、"房子"、"开垦的土地"、"畜养牛羊"来作为土著是否拥有土地所有权的判断标准,把欧洲殖民者的文化价值观强加于土著民族,由此来断定这里是"无主的土地"(terra nullius)。他们对土著人生活方式的评价里也带有强烈的鄙视色彩:"只可惜谁都知道,黑人是不会种庄稼的。他们整日四处游荡,碰到食物就顺手拿来。"

这种被帝国霸权浸染的白人主体性在索尼尔对自身行为反思的过程中不断被解构和改写。随着对周边环境和土著人的进一步观察,他对土著民族的认识发生了变化:

> 黑人同白人一样,也是农民。但他们靠的不是费神修篱笆来防止动物逃跑,而是整理出一小块诱人的土地,把动物都吸引过来。无论是哪种做法,都意味着能吃到新鲜的肉。

土著民族与自然环境之间形成的默契使索尼尔对土著民族的生活方式非常崇拜和羡慕,"黑人们每天还像贵族一样生活着。花上一点点功夫处理事务,剩下的时间都用来享受"。而且,索尼尔从对土著人的观察中发现,土著的世界里没有白人社会的阶级差别,没有工人对贵族的"卑躬屈膝","在这群赤裸裸的野蛮人的世界里,似乎每个人都是贵族"。

尽管如此,土著和白人殖民者之间围绕着土地所有权问题所产生的矛盾依然是不可调和的,索尼尔最终还是加入到了对土著民族进行大肆屠杀的殖民者队伍中。虽然得到了自己梦寐以求的土地,建起了城堡式的房屋,筑起了长长的篱笆,但他的焦虑情绪不仅没有缓解,还整日饱受良知的煎熬,内心满是空虚和负罪感:

> 索尼尔放下望远镜,心里空荡荡的。太迟了,太迟了。每一天,他都会坐在这里,观望着、守候着……他只知道凝视着望远镜中的事物是唯一能给他内心带来平静的方法。

索尼尔在小说的末尾承认自己是外来者,土著民族才是这片土地的真正主人:

> 如果山崖是舞台,那索尼尔就是观众。他的眼睛在树林里一排排搜寻,一直看到那方舞台的边缘。也许还有一些黑人生活在那上面。有可能。他们靠自己的方法维持生命……他们也许还在那上面,那里复杂的地形令所有的白人都望而却步——还在那里,等待着。

斯图亚特·霍尔(Stuart Hall)指出,身份是一个过程,是他者与自身的关系。没有他者,自我亦不存在。没有了土著民族的山崖,失去了以往的生机,索尼尔感受不到胜利的喜悦,是因为殖民者抹杀了土著主体,土著民族作为"表演者"的缺场,使白人殖民者的"观众"身份永远定格。白人主体依赖于土著主体而存在,没有土著民族的认可,白人在澳洲大陆上永远是入侵者,无法成为合法的(legitimate)居民。

尽管《神秘的河流》写于澳大利亚国家"道歉日"确立以后的 2006 年,格伦维尔也以其后殖民的视角,通过对索尼尔的刻画重新诠释白人主体的内涵,并力图重塑充满种族歧视的土著民族的脸谱化形象,但这种双重视角依然难以掩盖混合着歉疚与共谋的殖民者身份的"道德双义性"(moral ambiguity)。正如柯林·约翰逊所说,"负疚和责难不足以维系文学",在当前倡导多元文化的澳大利亚,建构起属于土著民族自己的、反映土著生存现状的、从"土著视角"出发的历史才是必行之路。

(二)土著主体的建构——以《卡彭塔尼亚湾》为例

土著民族自身的主体意识在 20 世纪五六十年代开始苏醒,土著人要求享受与白人同等权利及归还被掠夺土地的政治运动风起云涌。为了顺应政治上的需要,以英文写作为特色的土著书面文学也蓬勃兴起。土著作家以诗歌、戏剧、小说等多种文学形式唤起土著民族的自主意识、揭示土著文化的内涵,进行了土著民族的自我表达和自我反思,对土著民族的未来进行了规划和展望。

土著作家艾力克西斯·赖特的《卡彭塔尼亚湾》主要从两个方面建构了土著的主体地位,一是对土著主权的诠释,二是对白人形象的陌生化(defamiliarization)处理。

《卡彭塔尼亚湾》以口述历史的形式展开宏大的叙事,使土著神话和土著人民的现实生活紧紧交织在一起,彻底颠覆了白人殖民者的视角。

小说开篇即以口述的方式讲述了土著文化中彩虹蛇创世的过程,虽然有些评论家认为这种写作技巧属于魔幻现实主义,但文中的神话不同于西方文化中的传说故事,它们是土著人民的信仰基石,与土著民族的生活现实息息相关。彩虹蛇不只属于传说故事,"它是有气孔的,可以渗透一切","它像皮肤一样与河边人们的生命紧紧相连"。

虽然赖特使用了标准的英语进行写作,叙述一直是以一种口述者和听众对话的方式进行,如,"倘若你们用翱翔在大地之上、苍穹之下的鸟儿的眼睛观察,就会发现它的动作十分优雅。"此处"你们"是口述者对听众讲话的语气,"它"指的是彩虹蛇。这种口述者和听众互动的形式贯穿了《卡彭塔尼亚湾》的整个语篇,令读者不由自主地把自己想象成土著民族的后裔,正在倾听从老祖宗那里代代相传下来的故事。文中通过 imagine,picture 等词让现实中的听者展开想象,使自己置身于与土著祖先及神灵交流的语境之中。

赖特等土著作家将土著民族口述历史融合进英语写作的尝试是对标准英语的一种挪借,这种方式为后殖民语篇注入了无限的活力,使之"把握住强加于它的边缘色彩",并通过"杂糅"(hybridity)和"类并"(syncreticity)启动了"对文学和文化的重新定义"。

艾琳·莫来顿—罗宾森(Aileen Moreton-Robinson)认为,土著主权的确立基于对远古祖先、人类和土地之间错综复杂的关系"交互实体化"(intersubstantiation)。生活在现代的土著民族虽然被象征着西方文明的汽车、电视及其他科技产品所包围,再难回到祖先们以采集、狩猎为主的生活方式,但他们的灵魂依然与土地、与代表祖先的神灵息息相通,保持着契约式的交流和互动。

渗透一切、无所不在的"彩虹蛇契约"(the serpent's covenant)是体现土著宇宙观的核心意象,从这一神奇意象中衍生出许多对自然界现象和动植物行为的解释。在土著民族的主权国度里,自然的力量亦成为有灵魂的主体,土著祖先的神灵将他们与这些自然界的生灵连接在一起。这些生灵的力量有时是邪恶的,是土著人无法控制的;有时土著人却能与它们达成有效的交流。如当风暴来临,诺姆和他的孙子巴拉(他儿子威尔和东部落首领的女儿霍普所生)失去联络的危急时刻,是整个土著幽灵部落引导他驾着船驶向巴拉被困的地方。虽然与幽灵部落语言不通,最终他们还是组成一条"人链"(human chain),用绳子把诺姆的小船拴住,慢慢放进激流里,贴近被堆积的树枝和水草阻住而未被洪流冲走的巴拉,将他拯救下来,并合力把船拉回了岸边。

当土著民族遭遇危机时刻,他们祖先的神灵会引导各种力量启动契约,来保护他们。这样的例子在小说中比比皆是,比如当莫吉的队伍想从矿山人手里救下威尔时,他们所放的火得到了风的助力;不论遇上多么恶劣的天气,诺姆、威尔、莫吉在航行时总能安全渡过等。

在这个建构起来的土著自主的国度里,土著人在家族内部是心灵相通的:威尔已远离父亲诺姆,却能感受到他看见史密斯尸体时的悲哀;诺姆已在大海上航行了很远,却听到了儿子威尔摇桨出海的声音;巴拉被困在风暴中时看到了妈妈霍普被矿山的人抓走,被用直升机载到空中后,又被扔进了大海。

土著人通过亲缘与祖先和同胞的这种心灵契合是德斯珀伦斯小镇的白人无法理解的。尽管镇上的白人居住在镇子的中心,他们在《卡彭塔尼亚湾》中所建构的土著人民自主的国度里被完全边缘化了。这种对白人角色陌生化的处理,形成了强大的颠覆力量,白人主体的霸权地位不复存在。

因为没有对土地、海洋的了解,白人置身于一个充满绝望的德斯珀伦斯小镇,他们的勃勃野心在自然的力量面前变得可笑、无知。本来小镇是"殖民主义鼎盛时期"建在一条与大海相连的河道上的,原计划把它建成一个可以与内陆地区衔接的贸易港口,但是"上世纪初的一个雨季,港口的水却瞬间消失",因为大河自己"决定改道",流经"离小镇几公里之外的地方",把小镇变成了一个"没有水的港口"。

书中展现了白人没有历史、没有根基的惨状,"城中的白人都声明自己来历不明",所以当白皮肤、黄头发的埃利亚斯·史密斯突然从大海中冒出来时,他们把他奉为英雄、始祖,"只是为了能够重温有根基的历史"。白人"用一张纸就能画下整个家族的家谱",或者"用小树棍在地上画直到他们认为到了无穷远的过去",但实际上在土著人眼里,"他们的历史连真相的边儿都摸不着,只有两代人的记忆那么长"。

文章通过反讽的方式,揭露了采矿公司的白人的虚伪行径。为了能够得到土著人民的认可顺利采矿,他们做出和解的姿态,把当地的河流以土著人诺姆的名字命名,把土著人选入地方管理委员会等。但是采矿结束后,在官方的地方志中对诺姆及其家人却只字不提,"没有一丁点儿证据表明他们存在过"。

《卡彭塔尼亚湾》中所描述的德斯珀伦斯(Desperance)小镇,喻指澳大利亚。其英文名字与"绝望"(despair)有相同的词根,暗示着澳大利亚是个令人绝望的地方。小镇上的白人以"真正的德斯珀伦斯人"自居,而土著居民只能住在城边荆棘丛生的普瑞克布什,他们自称为"边缘人"。即使如此,小说却以刻画这些"边缘人"为核心,使他们能够自我表达、自我反思、自我完善。

小说通过对居于中心的白人的陌生化处理,与抹杀土著存在的殖民霸权文本相对抗,建构土著民族为主体的全新世界。《卡彭塔尼亚湾》突出了土著人的主体地位,使土著民族得以与白人站在平等的位置上"就两个民族的文化、宇宙观和政治议程进行对话"。

四、从主体性到主体间性

土著问题是澳大利亚历史上最为敏感的那根神经,《神秘的河流》力图重现那段血渍斑斑的沉默历史,重新审视土著民族在澳大利亚这个民族国家中的位置。虽然文本中充斥着掩饰白人自身行为的各种借口,小说仍难以摆脱"道德双义性"的指责,殖民者的负疚之中仍带有与帝国霸权的共谋,小说中白人主体对自身霸权的解构从侧面突显了土著民族独具特色的文化,表达了白人在澳大利亚这块大陆上寻求归属感、意图拉近与土著民族之间的距离、探索两个民族之间和解途径的愿望。

白人开始放下高高在上的姿态,对土著民族表示了理解和尊重,逐渐认可了土著民族的主体存在。澳大利亚不再是"无主之地"(terra nullius),白人不再以"居高临下"的上帝形象自居并对土著民族进行同化,而是力图去了解作为这块土地主人的土著民族,努力倾听他们的声音。

1998年,澳大利亚把5月26日确定为"国家道歉日",以使人们牢记白人对土著民族的残虐行为。2008年,澳大利亚总理陆克文代表议会正式向"被偷走的一代"土著人民致歉,为土著和白人之间的和解之路谱写了新的篇章。澳大利亚著名历史学家斯图亚特·麦金泰尔指出:"通过接纳土著人的过去,非土著的澳大利亚人将自己与这个国家联系在一起。"

《卡彭塔尼亚湾》把土著民族的自主议题摆上桌面,尽管在小说中白人被置于土著自主世界的边缘,但也有一些角色是特例。如文中白人警察楚斯福尔与诺姆的女儿戈莉之间的情感纠葛是被她的家族接受的;楚斯福尔在诺姆的小儿子凯文被白人打得奄奄一息时,站在了诺姆一家的立场上,努力寻找行凶者。当镇长用暴力逼迫三个被当成杀死白人的替罪羊囚禁起来的土著孩子时,楚斯福尔鸣枪警告镇长不可以太过分。当三个孩子不堪折磨自杀之后,楚斯福尔看到了土著的众多神灵,引导他到囚禁孩子们的地方查看。楚斯福尔不能接受孩子们已死的事实,依然为他们买好饭摆在餐桌上,等他们吃饭。看到此情形的镇长,担心自己对土著孩子的暴虐行为败露,以楚斯福尔发疯为由,集合镇上的白人杀死了他。

另一个典型的白人角色是埃利亚斯·史密斯。他虽然长着黄头发、白皮肤,却与土著人有着许多共通之处,他对大海了若指掌,夜晚喜欢独自观察星空,与诺姆成为好友,带威尔一起出海,他的故事甚至"与梦幻时代的故事一起"被土著人流传下去。但是,正是他与土著人的这种亲密关系,使得镇上的白人将发生的各种罪行嫁祸于他,并把他驱逐出德斯珀伦斯。最后,矿山的白人谋杀了他,并把尸体放到土著人的圣湖上企图嫁祸给他们。

通过这些被殖民者视为叛徒的白人角色的刻画,赖特表达了土著民族希望与白人达成共识与和解的愿望。不过土著民族需要的不是像矿山白人那样为了自身的物质利益而不择手段、制造和解假象的虚伪行径,而是像楚斯福尔、埃利亚斯·史密斯这样能够真正接受、尊重土著民族,能够融入到土著人民生活之中的白人。

白人与土著民族在澳大利亚这块大陆上是相互依存的,他们在接触和对抗中逐渐承认了对方的主体地位,正如伽达默尔所说,只有在与他者的接触中才能感受到自身的局限性,而要超越自身的界限,就要通过不断的学习来重新体验自身。

随着白人主体的霸权地位的消解和土著主体自省意识的增强,白人主体和土著主体终于能够站在同一条地平线上进行对话,他们之间的主体间性逐渐形成。

主体间性,也称"交互主体性",其内涵是关于主体间的对话关系,作为术语最早由现象学家胡塞尔提出,后来经海德格尔、伽达默尔、哈贝马斯等人的深度阐释而被学界广泛接受。作为对主体性理论的一种补充和发展,它更为关注主体之间的交往与对话关系。主体间性理论认为,生存不是在主客二分基础上的构造与征服,而是主体间的共存,是自我主体与对象主体间的交往、对话。

五、结论

通过这两部21世纪澳大利亚文学的小说代表作,格伦维尔和赖特以不同的视角和叙事手段使我们对澳大利亚土著—白人的关系有了全景式的了解。在后殖民的语境中,文本中的白人主体和土著主体呈现出动态的发展趋势,白人主体的霸权地位不断被挑战、解构、颠覆,土著主体的自我意识形成、自我反思能力不断增强。

无论如何,澳洲大陆都不可能回到1788年以前的状况了,在21世纪的今天,尽管现实生活中的白人和土著民族之间还存在着许多的冲突和矛盾,但作家们通过小说所创设的"共同体"(shared community),为主体间实现的互动和对话提供了交流平台,使澳大利亚逐渐迈入多元文化的未来。

基金项目:教育部基本科研业务费项目阶段性成果"元小说的历史文化维度——认知诗学视角"(YWF-12-JRJC-025)

(北京航空航天大学外国语学院 邢春丽)

【参考书目】

Ashcroft, Bill., Gareth Griffiths & Helen Tiffin. Eds. *The Empire Writes Back*, 2nd ed., London & New York: Routledge, 2002(1989).

Bhabha, Homi K. *The Location of Culture*. New York: Routledge, 1994.

Brewster, Anne. Indigenous sovereignty and the crisis of whiteness in Alexis Wright's Carpentaria. *Australian Literary Studies*, Nov, 2010, Vol. 25(4), p.85(16).

Chrisman, Laura. *Postcolonial Contraventions: Cultural Readings of Race, Imperialism and Transnationalism*. Manchester: University of Manchester Press, 2003.

Deleuze, Gilles. *Foucault*. Trans. & ed., Sean Hand. Minneapolis, London: University of Minnesota Press, 1988.

Gadamer, Hans-Georg. Subjectivity and intersubjectivity, subject and person. *Continental Philosophy Review* 33, 2000, p. 275—287.

Grenville, Kate. *The Secret River*. Melbourne: Text Publishing, 2006.

Grossberg, Lawrence. 'Identity and Cultural Studies: Is That All There Is?' In Hall, Stuart & Paul du Gay. Eds. *Questions of Cultural Identity*. London: SAGE Publications, 1996. p. 87—107.

Hall, Donald E. *Subjectivity*. London: Routledge. 2004.

Hall, Stuart & Paul du Gay. Eds. *Questions of Cultural Identity*. London: SAGE Publications, 1996.

Healy, J. J. *Literature and the Aborigine in Australia*, 2nd edition. St

Lucia: University of Queensland Press, 1989.

Hodge, Bob & Vijay Mishra. *Dark Side of the Dream: Australian Literature and the Postcolonial Mind*. Sydney, NSW: Allen & Unwin, 1991.

Johnson, Colin Thomas. *Writing from the Fringe: A Study of Modern Aboriginal Literature*. Melbourne: Hyland House, 1990.

Joseph, Laura. Libby Robin, How a Continent Created a Nation. *Southerly* 68.1, 2008.

Kossew, Sue. "Voicing the Great Australian Silence?: Kate Grenville's Narrative of Settlement in *The Secret River*". *The Journal of Commonwealth Literature* 2007, 42:7.

Lloyd, David. 'Race under Representation'. *Oxford Literary Review* 13, 1—2, 1991, p. 62—94.

Moreton-Robinson, Aileen. Introduction. In Aileen Moreton-Robinson (ed.), Sovereign Subjects. St Leonards: Allen & Unwin, 2007, p. 1—11.

Said, Edward W. *Orientalism*. London: Penguin Books. 2003[1978].

Shoemaker, Adam. *Black Words, White Page: Aboriginal Literature, 1929—1988*. St. Lucia: University of Queensland Press, 1989.

Wright, Alexis. *Carpentaria*. London: Constable & Robinson Ltd, 2008. First published by Giramondo Publishing Company, Australia, 2006.

凯特·格伦威尔. 神秘的河流. 郭英剑,聂晓戌,张歌译. 南京:译林出版社,2008.

斯图亚特·麦金泰尔. 澳大利亚史. 潘兴明译. 上海:东方出版社,2009.

一样永远的普理查德

On Katherine Susannah Prichard

今年夏天,一年一度的迈尔斯·富兰克林文学奖评选又拉开了序幕,再一次让人们回忆起这位澳大利亚文学先驱。正是她,50年前用自己有限的资产设立了这一文学奖项,用以奖励每年澳大利亚文学最佳作品的创作者。如今,这一奖项已经成为澳大利亚最高文学奖,富兰克林的名字被一再提起,并将永远地为人们所铭记。

弗兰克林(Miles Franklin,1879—1954)是位卓有成就的作家,16岁即创作了如今已被视为澳文学经典的《我的光辉生涯》,继承与发扬了劳森创立的澳大利亚民族文学传统,作品着力反映丛林、牧场生活,即所谓的"澳大利亚真实与特色"。本文在这里要谈的是另一个人,她是富兰克林的同时代人,同样是澳大利亚文学史上的经典作家,同样是继承与发扬劳森传统的主干将,同样以极力反映澳大利亚真实、弘扬澳大利亚特色为己任,而且与弗兰克林相比,其作品视野要宽得多,题材要丰富得多,涉及澳大利亚生活的各个方面,不仅表现了牧场生活,而且着重反映了矿工、伐木工、土著,甚至马戏团的艺人的生活。从创作艺术上看,其作品也显得更为成熟。她也是最早被引介到我国的澳大利亚作家之一,比富兰克林整整早30年。

在笔者看来,她理应享有与后者一样久远的荣耀。这个人就是普理查德。

凯瑟琳·苏珊娜·普理查德(Katherine Susannah Prichard, 1883—1969)出生于南太平洋岛国斐济的莱武卡。父亲汤姆·亨利·普理查德曾是《斐济时报》的编辑,在女儿3岁时辞去了该报社的职务,回到墨尔本,出任墨尔本《太阳周报》编辑,后又加盟塔斯马尼亚《每日电讯报》。父亲的工作以及家庭住址的变动对普理查德后来的人生产生了很大影响,使她得以在澳大利亚长大——她的童年分别在墨尔本和塔斯马尼亚度过。作为一个普通的工薪阶层家庭,普理查德家在经济上并不宽裕,尤其是在父母亲的身体出问题之后。普理查德最初接受的教育是在家里完成的,但这并没有影响她学业的进步。她刻苦勤奋,一个人在家里时几乎读完了父亲的藏书。后来,她成功地拿到南墨尔本学院的奖学金,进入该校学习,并受到该校校长、诗人奥哈拉的器重。此前,普理查德就已发表过一些短篇小说,奥哈拉的鼓励更坚定了她当一名作家的决心。

走上社会后,普理查德在吉普斯兰与新南威尔士州西部的一个牧场当了两年的家庭教师。1908年,她作为《墨尔本先驱报》的业余记者前往欧洲。在伦敦,她亲眼目睹了那里的贫民窟生活;而在巴黎,她又结识了不少沙俄的政治流放犯。这些以及她回国正式成为《先驱报》编辑后为撰写调查报告而接触的一些社会不公现象,对她的世界观产生了一定的影响。她逐步接受了社会主义思想,并开始认真阅读马克思、恩格斯的著作。1915年,她的第一部小说《拓荒者》在伦敦出版并获全英小说大赛奖。小说又于次年被拍成电影,从而使作者一举成名。此后,作为知名作家的普理查德一边创作,一边积极从事社会活动,成为一名自觉的马克思主义者。她认为她从马克思那里"找到了我们的社会制度下贫穷与不公的符合逻辑的解释"。她为社会主义思想、为澳大利亚共产党的创立奔走呼号,并最后成为该党的创始人之一。此后,普理查德担任澳大利亚作家联盟主席多年,团结了一大批带有"左翼"色彩的作家。1969年普理查德逝世时,人们为她举行了共产党人式的葬礼,她的灵柩上覆盖着一面鲜艳的红旗。按照她的遗言,她的遗体被火化,骨灰撒在她晚年的居住地格里蒙特山上。

普理查德一生著述颇丰,共出版20余部著作,包括小说、诗歌、剧本、自传,主要为长篇小说,共计12部,除《拓荒者》(*The Pioneers*)外,重要作品有:《黑蛋白石》(*Black Opal* 1921)、《干活的公牛》(*Working Bullocks* 1926)、《库娜都》(*Coonardoo* 1929)、《哈克斯比的马戏团》(*Haxby's Circus* 1930)以及50年代即引介到我国的三部曲《沸腾的九十年代》(*The Roaring Nineties* 1946)、《黄金的里程》(*Golden Miles* 1948)与《带翼的种子》(*Winged Seeds* 1950)。

《拓荒者》,正如书名所示,描写了19世纪初最早到殖民地落脚的拓荒者生活。故事围绕唐纳德·卡梅伦一家展开。小说开始时,唐纳德与妻子玛丽驾着一辆马车,带着一头母牛,一头小牛和一条杂种狗到维多利亚定居,开垦农场。十年后,唐纳德夫妇成功地建立了一个很不错的家园,故事的重心也随之转移到他们的儿子与其他年轻人身上,并着重叙述了他与一名前流放犯的女儿迪尔德丽的交往。新的一代开始成长,社区在扩大,也变得越来越复杂。虽然该小说是其第一部作品,但普理查德创作的一个主要特点已现端倪,那就是,其故事通常发生在一个相对独立的小社会,作品中的人物和他们生长于斯的土地有着割不断的联系,工作与劳动则是人物之间联系的纽带。

这一特点在她的第二部小说《黑蛋白石》中得到进一步加强。这是一部描写采蛋白石工人生活的作品。为了这部作品,作者曾专门在故事的背景地、新南威尔士西北部有名的蛋白石矿场"闪电岭"生活了好几个月。小说以索菲·罗米诺夫的爱情为故事发展线索,描写了整个矿区社会。这里,人们原先过着安静恬适的生活,虽然并不富裕,但自己当家作主,互助互爱,自由快乐。后来,无忧无虑的工作和生活被意欲独占矿场的美国投资商搅乱。以正直、无私的迈克尔·布拉迪为首的矿工与美国公司的代表约翰·阿米塔奇进行了不懈的斗争,捍卫了大家共同的利益。索菲最后毅然放弃珠光宝气、灯红酒绿的生活从美国归来,并与阿米塔奇分手。这无疑意味着原有生活形态战胜了外来冲击势力。作品再度体现了一个小社会自成一体、自给自足的特点,强调了人与土地之间、人与人之间的深厚渊源。

《干活的公牛》标志着普理查德创作艺术的成熟,出版后在澳大利亚文坛产生了不小的轰动,用弗兰克林的话说,它"结束了澳大利亚长篇小说的干旱季节"。此话有一定的道理。的确,自弗菲的《如此人生》与斯通的《乔纳》后,澳大利亚长篇小说的创作似乎跌入了低谷。而从《干活的公牛》起,我们看到,澳大利亚的长篇小说创作逐渐进入了一个高峰期。

这回,以表现、阐释各类澳大利亚人为己任的普理查德,又把目光投向了澳洲社会另一个群体——伐木工人。不夸张地说,这部小说具有一股摄人心魄的力量。读者仿佛被引领到原始森林的深处,切实感受到森林的雄奇、壮美与神秘:古木参天,枝繁叶茂,阳光从树叶缝隙间泻下,工人们有的挥舞着斧头,有的扬鞭驱车,构成了一幅迷人的画面。主人公雷德·伯克与黛博的爱情则为之平添了几分牧歌般的浪漫色彩。在这里,人和环境是那样贴近,生活是那样自然质朴,令人感到震撼。小说着力讴歌了劳动者强健的体魄,坚韧的毅力与昂扬的进取精神,这些品格都在主人公身上得到了生动的体现。雷德生在森林,长在森林,参加过战争。当他打仗归来后发现他原有的运木牛车队在他不在时被弟弟们卖掉,卖牛的钱也花光了。他并没有因此而消沉,而是拼命地工作,希望重新挣钱买一个牛车队。不管是赶车也好,搬木头也好,游泳、打斗也好,他都表现出惊人的体力与毅力,并为之感到自豪。这种感觉同时增强了他的自信。他向黛博的求爱就很能说明这一点。枇杷树下,他嘶哑着嗓子直截了当地对她说:"你是我的,姑娘——可别忘了这一点。"值得一提的是,受作者当时世界观的影响,小说还塑造了一个革命者的形象——马克·史密斯。马克试图挑动工人罢工,但最终没能成功。书名"干活的公牛"即来自马克最后的感叹:"你们看上去像是男人,但你们不是。你们是干活的公牛……"

《库娜都》是普理查德的代表作,曾参加首届《公报》小说竞赛,与理查森的《最后的归宿》并列第一;后随着时间的推移,更是声誉倍增,不仅出版了美国版,还被译成好几种欧洲文字,在澳大利亚本国也是一版再版。小说描写一名土著女性的悲惨人生。故事发生在西澳大利亚偏僻的牧场——韦塔利巴。牧场主人是个白种女人,叫贝西夫人,她雇佣了一大帮土著为她干活。贝西夫人的儿子休与小说的女主人公土著姑娘库娜都从小青梅竹马,两小无猜。休被送到外地读书后,库娜都在贝西夫人的调教下,成为她在牧场事务以及家务操理方面的一个得力助手。然而,休学习归来后,并没有与库娜都结合,而是娶了一位白人姑娘,库娜都则嫁给了牧场的一个土著小伙。虽然两人都各自组建了自己的家庭,但库娜都仍对休一往情深;相反,休出于白人的偏见,却一直压抑着自己的真实情感。贝西夫人的去世给了休巨大的打击,他变得心如死灰,神志恍惚。库娜都在此期间几乎不离他左右,给予他悉心照料,并在他迷失丛林时依靠土著人特有的本领为他指引了回归的路。在密林深处,两颗孤寂的心灵撞击出的火花使他们发生了肉体上的关系,结果库娜都怀孕并生下了休的孩子——韦尼。后来,库娜都的丈夫病逝,休的妻子莫莉也因再不能忍受牧场艰苦的生活与韦尼身世的事实而愤然离去,休仍然拒绝接受库娜都。最后当库娜都在另一个牧场主山姆·吉尔里的淫威下失身之后,休无情地将她逐出了牧场。故事结束时,库娜都四处流浪,最终在穷困潦倒中死去。韦塔利巴牧场在库娜都离开后亦迅速衰败,不久彻底倒闭,落入山姆手中。

　　小说从大处来说至少具有两个方面的意义,一个是历史意义,一个是政治意义。从历史上来说,小说第一次将笔触伸到了澳大利亚一个特有的群体——土著人,描写了他们的生活、习俗;第一次完整地塑造了一个有血有肉的土著形象,反映了她的生存状态,精神面貌以及人生追求。以前的作品对土著黑人的反映仅仅是偶尔涉及,是星散的,肤浅的,带有强烈的偏见并且刻板不变。那其实并不是对土著人的忠实表现,而不过是将其作为作品的调料,添加些别样的风味而已。普理查德则不同,她是带着一个作家的社会责任心,抱着平等的、客观的心态,深入土著这个澳洲社会特有人群的,因而,她的反映是真实的、可信的。从政治意义上说,小说推翻了以前人们对土著民族所抱有的不正确的看法,如认为土著人是劣等民族、智力低下、未开化、懒惰而且邪恶无信等等。所有这些看法实际上都是殖民主义者出于自己利益的需要强加在土著人头上的,是种族偏见与种族歧视的产物。《库娜都》的出版无疑对消除这种种族偏见与歧视起到了积极的作用。

　　小说为我们展现的是一个可爱可敬而又令人无比同情的女主人公形象。她美丽善良、聪颖娴静。由于从小生活在两种不同文化的交汇口,她身上既显示了土著文化根深蒂固的一面,又能看到白人文化的影响。她有着土著人的温顺、原始的智慧与炽热情感,熟知土著民族的习俗,同时又能理解白人的思想理念与价值观。无论是在协助管理牧场还是操持家务上,她都做到勤勤恳恳,兢兢业业,丝毫不敢懈怠。对贝西夫人,她忠心不二;对休,她奉献了全部的爱;对休的妻子与孩子,她尽心尽力。然而到头来,她却落得个被扫地出门,无家可归的下场,让人不能不一洒同情之泪;并对万恶的种族偏见与歧视痛恨有加。对于库娜都这个形象,作者可谓倾注了无限的敬意。她"是大地的精灵,是那口象征生命源泉的树荫下的水井";有她在,牧场兴旺,她不在,则牧场不复存在。甚至她的悲欢,也同牧场的命运紧密相连:她欢乐时,牧场风调雨顺;悲伤时,则灾害频繁。她被赶走后,那口水井也随之干枯了。

从这个意义上看,我们看到,小说除了上面提到的社会主题外,又同时反映了作者的一贯主题,即人和土地、环境密不可分的关系,以及两者之间的和谐的重要性。这一点不仅在库娜都身上体现了出来,而且在休和山姆身上也得到展示。休无法顺应环境,受白人偏见的左右始终不愿接受无论是对他的牧场、家庭还是个人生活都非常重要的库娜都,最后以失败告终;相反,同样是白人的山姆·吉尔里虽人品、素质均远不如休,却能清楚地认识自己的处境,做到尽量去适应,变不利为有利,结果大获成功。作者的这一认识以及一贯的主题实际上进一步弘扬了19世纪末所兴起的民族主义思想——澳洲大陆是自己的家园,应该努力去接受它,适应它,任何别的不切实际的想法与做法都是有害的。

《哈克斯比的马戏团》描写了一个马戏团里的艺人们的生活。这同样是一个相对独立、自成一体的小社会,但不同的是,如果说在《黑蛋白石》与《干活的公牛》中作者关注的是某个群体的话,这里则更注重描写群体中的个体。马戏团的表演实际上是人生的体现:不管个体发生什么事,演好戏是最重要的,假如遭遇不幸,也必须用勇气和决心去面对它。这一点在女主人公基娜·哈克斯比身上得到最突出的体现。基娜从事马戏表演多年,她努力、上进,和同伴们一起给人们带来了许多快乐。然而,天有不测风云,在一次演出中,她遭遇了严重的事故,身体残疾。但即便如此,伤好后她仍然自强不息,尽心尽力去做自己力所能及的事。她拖着残疾的身体扮演小丑,同样为人们带来欢乐,为马戏团一次次的成功演出做出重要的贡献。在她身上,我们看到了一种难得的品质,一种对个人痛苦的超越,对不幸的达观接受,而这也是作者在早期作品中所强调的坚韧意志与精神力量的再次体现,系其早期作品一贯主题的延伸。

  金矿三部曲是作者创作生涯后期的作品,显示出更多的社会主义倾向。小说以大手笔再现了西澳大利亚金矿发展的历史,追溯到最早的探矿岁月。第一部《沸腾的 90 年代》从最初的探矿写到克劳斯、库尔加迪、卡尔古里等新矿场的发现;从矿场淘金热的兴起,到矿山公司的出现以及公司与矿工之间的矛盾的发生与逐渐激化。劳资双方的矛盾以及工人为争取自身权利的斗争则是后两部作品的主线。第二部《黄金的里程》描述了矿山工会的产生与发展,时间跨度为第一次世界大战初至20 世纪 20 年代末。第三部《带翼的种子》的情节一直发展到1946 年。在此历史大背景下,作者为我们展现了女主人公萨莉·高夫以及其他一些小人物的人生与经历。人物是为主题服务的,整个三部曲带有较强的政治色彩:认为现存的社会秩序充满弊端,需要进行社会变革,宣扬政党路线。女主人公萨莉有时扮演了作者代言人的角色。由此看来,某些评论家的说法(如文史家西西尔·汉吉拉夫特)不无道理:普理查德的作品从艺术上说值得称道的还是早期著作。在那些作品中,作者让我们看到的是一位卓有才华的小说艺术家,娓娓道来,充满诗情、人情、柔情;到后期,则表现出太多的政治热情与思想激情,成为一名忠诚的斗士。不过这也和作者后期创作时世界范围内的政治背景有关。20 世纪 40 年代,全球性的无产阶级革命运动风起云涌,作为一位社会主义、共产主义的信仰者,普理查德自然觉得有责任宣扬自己的信仰和事业。而且,在任何时候,对处于社会底层、受欺压受剥削的小人物表示应有的同情与关切,为改变他们的命运大声疾呼,也是一个有良心的作家所应该做的。

凯瑟琳·苏珊娜·普理查德永远和我们在一起!

(杭州师范大学外语学院　陈正发)

【参考文献】

Bennett, Bruce and Strauss Jennifer, ed. *The Oxford History of Australia*. Melbourne, Oxford University Press, 1998.

Drake-Brockman, Henrietta. Katherine Susannah Prichard. Melbourne: O. U. P., 1967.

Dutton, Geoffrey. *The Literature of Australia*. Ringwood: Penguin Books Ltd, 1976.

Green, H. M. *History of Australian Literature*. London. Sydney. Melbourne: Angus & Robertson Publishers, 1984.

Hay, John and Brenda Walker, ed. *Katherine Susannah Prichard: Centenary Essays*. Nedlands WA: Centre for Studies in Australian Literature, University of Western Australia, 1984.

Hergenhan, Laurie. *The Penguin New Literary History of Australia*. Ringwood: Penguin Books Ltd, 1988.

Kramer, Leonie. *The Oxford History of Australian Literature*. Melbourne: Oxford University Press, 1981.

Pierce, Peter, ed. *The Cambridge History of Australian Literature*. Cambridge: Cambridge University Press, 2009.

Wilde, William H., et al. *The Oxford Companion to Australian Literature*. Melbourne: Oxford University Press, 1994.

边缘的想象
——论《卡彭塔尼亚湾》中的狂欢化表现

Imagination on the Border：

On the Carnival Features of *Carpentaria*

在澳大利亚土著文学史上，亚历克西斯·赖特（Alexis Wright，1950—）无疑是一个里程碑式的人物。她凭借小说《卡彭塔尼亚湾》(*Carpentaria* 2006)成功击败了诸多知名作家，如布克奖得主彼得·凯里，荣获了澳大利亚文学最高奖项"迈尔斯·富兰克林奖"，成为第一位获此殊荣的土著作家。小说不同于以往的土著文学作品，既不属于简单的"抗议性文学"(Literature of Protest)，也不是服务于白人受众的"理解性文学"(Literature of Understanding)，而是赖特基于自身的族裔经验对土著传统、民族记忆以及殖民历史的独特阐释。在形式上，它不囿于时空的限制，糅合了口述传统和西方叙事、神话故事与俗世生活，成功创造了一种具有"梦幻"特色的土著话语体系。这种非主流、非正统的文学表现一时间引起评论界的诸多争议。亚当·舒梅克盛赞"该书是澳大利亚有史以来最伟大、最有创意、最令人着迷的史诗般的土著作品"。但是伊丽莎白·劳瑞对小说中"快速转换的叙述声音"以及"断续、跳跃的时间感"颇有微词；弗朗西斯·格拉斯则认为"干扰性的方言土语"是文体上的一种不足，而且过多的混杂导致小说"有时涵义过于丰富，有时过于贫乏，因而整体失衡"。不过，在笔者看来，这种混乱的时空、交错的文化、纷乱的场景恰恰是一种有效的反殖民话语策略,契合了巴赫金的狂欢化诗学精神。狂欢化理论最早源于欧洲中世纪的狂欢节民俗以及古希腊的神话传说和仪式。在狂欢节期间,人们可以戴上面具、身着奇装异服,在街上狂欢游行,纵情欢乐。基于这种没有等级秩序、富有平等性和颠覆性的全民狂欢,巴赫金提出了以边缘视野为核心的狂欢化诗学,即通过对处于边缘地带的民间文化意识的挖掘和肯定来表达对自由的向往,进而达到对权威、专制话语的解构和强烈批判。依据这一理论,不难看出《卡彭塔尼亚湾》具有鲜明的狂欢化色彩,如狂欢化的时空观、形形色色的狂欢式人物,诙谐的广场化语言。它们用笑声和疯癫解构和对抗官方权威与主流的历史言说,挑战权力、中心和理性,努力回归平等和多元,体现出作者对后殖民社会的深刻洞察以及对传统文化的汲取和创新精神。

一、狂欢化的时空观

在"关于《卡彭塔尼亚湾》的写作"一文中,赖特对小说的时空概念有着如下的论述:"土著世界既古老又现代,既有过殖民历史也有着现实问题,我们目前面临的问题是如何背负着所有的时代,走向我们的未来。"基于这样的创作思想,赖特有意模糊了小说的时间界限,不断游移在过去、现在和将来之间,彰显它们之间不可割裂的关联。这种狂欢化的时间观不再将当下的现实视为社会的唯一主导力量,而是将神话和民间传说所代表的过去和记忆纳入社会话语体系,对现代工业造成的人类与世界的分裂提出了有力的批判。正如巴赫金所言:"文学正是要依赖某种遥远而开放的大记忆来重新领悟时间的完整性。"

小说一开篇,"虹蛇创世"的故事就定下了整个小说的基调,让土著的"梦幻神话"成为卡彭塔尼亚湾地区真正统一的民间声音。德斯伯伦斯镇上的人们在现实生活之外,总能感觉到另一个精神世界、另一个时空的存在。那些神灵和鬼怪经常光顾诺姆的家和作坊,甚至走入孩子们的梦境。在幻觉的作用下,土著人常常分不清现实和梦境,甚至能听到"墙壁里沙沙的翻书声",看到"那些死去的人"。这种"循环的时空观"不仅体现了土著人对土地生灵的敬畏,而且也为土著摆脱主流意识形态的限制提供了可能。它突破了人与神灵的界限,人与动物的界限,展现了一种大同世界的狂欢幻景。为此,赖特讲述了多个民间传说,如艾比利尼野猪杀手的故事,黑天使守卫神的传说,丛林女鬼嘎达加拉以及穿披风的巨人神灵的故事等等。这些民间传说传达了一种恣意纵横的欢快气氛,一种充满神奇想象和超越现实的快感,给身处边缘的人们一种轻松感、解放感和自由平等的感觉。此外,土著领袖诺姆擅长绘制"超现实主义"艺术品,将死鱼制成栩栩如生的标本,赋予它们新的生命。在这新旧更替的过程中,诺姆率领他的蟋蟀合唱队唱起"荣耀颂","吊在椽子上的几十条鱼也从塞满马鬃的肚子里唱出神秘怪异的歌"。被神化的蟋蟀和鱼突破了传统时间的限制,在死亡与生存、前世与今生中不断转化,成了具有颠覆性的狂欢化精神的载体。在赖特看来,这就是土著人所倚重的"梦幻意识",因为"对我们来说,所有的时空都是重要的,没有哪个时空已经完结,一切生活都是可能的"。

除了不断以幻象和梦境中断叙述,赖特还刻意摒弃代表着时间和理性的钟表,展现了一种亘古不变的时空。在古老的传说中,德斯珀伦斯镇中央的大树在经历了雷电和风暴的洗礼后,时间仿佛停顿了,"因为空气中湿度太大,钟表的齿轮、发条都锈成铁疙瘩,最后只能扔到垃圾堆"。在一片混沌的时间状态中,白人埃利亚斯·史密斯从大海中奇迹般登陆。他没有记忆,也没有身份,只能在旷野里与星星对话,探索着自我和宇宙的奥秘。史密斯的"真空"处境不仅代表着他个人,更代表着白人殖民者在这块古老的土地上的共同境遇。他们在镇里无法找到标志性的东西来象征自己的存在,没有文化、没有歌曲、没有敬奉神灵的地方,只能借助史密斯的到来完成对白人历史的想象。相反,土著人虽然没有文字记载的历史,但是他们的历史在口口相传中得以延续;他们虽然没有象征着现代文明和科技的钟表,但是他们看着天上的太阳估计时间,观察天象预测气候变化,与土地、动植物有着一种密不可分的亲缘性。通过这种有形时间与无形时间的对比,赖特突出了记忆和传统对于一个民族的深刻性,因为它可以超越物理时间的限制,展现人与自我、人与他人、人与世界的关系。从现实时间到历史时间,从回忆到梦境,从魔幻到真实,赖特有意识地让小说的文本多处呈现断裂和分层,既没有完全依照传统的线性时间,也没有完全背离时间的限制,而是从当下引发对过去无休止的回忆,又在追溯中预示将来,然后在将来的幻景中中断回忆,回到当下。这种流动的、全景的狂欢化时间赋予了文本更广阔的空间,更丰富的想象,用土著人的"梦幻意识"挑战和抗衡白人殖民者的主流意识形态,完成自我言说的目的。

狂欢化理论的另一个重要概念是"广场",即节日狂欢的中心场地。它是全民性的象征,"集中了一切非官方的东西,在充满官方秩序和官方意识形态的世界里仿佛享有治外法权的权力"。随着资本主义对世界和人的身体的全面征服,早期的广场空间不断萎缩。时至今日,真正的广场已经不复存在,只能以扭曲的形式转移到一切人们相聚和交际的地方,"诸如大街、小酒馆、澡堂、船的甲板上,都会增添一种狂欢广场的意味"。从这个意义上说,《卡彭塔尼亚湾》中的镇公所和酒吧就是广场的变体,是民众狂欢的舞台和狂欢化世界感受的载体。

在小说中,白人殖民者占据了德斯伯伦斯镇的"中心",将普瑞克尔布什的土著人驱赶到小镇的边缘地带。虽然城里和城外隔着篱笆墙和"无形的网",白人与黑人之间经常发生"越界"冲突。镇公所作为一个公众聚集的场所,自然成了白人殖民者发泄民族仇恨和种族情绪的最佳场所。镇长布鲁斯是个典型的白人种族主义者，喜欢吹嘘自己追遍了城里的土著女人，并在她们的身上留下了印记。在他的挑动下，镇上的白人与黑人之间的矛盾一触即发。可是在镇公所的会议上，白人们严肃声讨黑人"入侵"的官方会议没有持续多久就变成了大众喧哗沸腾的狂欢。会议间歇，布鲁斯与几个朋友喝得烂醉如泥，早把开会的事忘到九霄云外，导致会议无疾而终。而在另外一次镇公所的会议上，因为镇上的守夜人戈蒂被谋杀，所有的公民被召集到镇公所前面的草坪上。戏剧性的场面同样出现了。从戈蒂到底是天使还是魔鬼的话题开始，与会的人们谈到大街上的野狗、鬼怪的故事，甚至公墓，"说出来的话越来越不着调"。这种全民狂欢化的氛围弱化了白人的权力和秩序，颠覆了严肃的等级制度，使得白人殖民者成为了跳梁小丑似的人物，民间文化与官方文化因此形成分庭抗礼的阵势。除了以戏谑和反讽的方式颠覆白人殖民者所宣扬的"理性"和"公平"，赖特对土著人自身的问题也提出了尖锐的批评。在她看来，酗酒和赌博是毒害土著人生活的精神鸦片。镇上的小酒馆是另一个民众狂欢的场所。黑人们成天喝着格洛格酒，借以逃避严酷现实的压迫感。"疯人院似的小酒馆"里挤满了"黑鬼"，进行着日复一日的"夜间痛饮"。除了在台球桌前消磨时光，黑人还将赌博视为最时兴的游戏，他们的喧闹声简直能吵塌屋顶，连警察楚思福尔都要出动来维持秩序。通过这种带有黑色幽默色彩的调侃，赖特敏锐地指出，在强大的殖民文化中，一些土著不自觉地模仿和认同白人的价值观念，主动向白人主流意识形态靠拢，表现出一种保守、颓废、自甘停滞的状态。他们虽然在狂欢中产生了与现实相悖的自我身份幻象，暂时打破了人际交流障碍和等级秩序，但是从本质上看，自由的、平等的、民主的精神并没有真正到来。

二、狂欢化的边缘人

在巴赫金的狂欢化理论中，小丑、傻瓜与骗子等人物形象是狂欢节仪式上不可或缺的典型人物，是广场生活的快乐源泉。他们与讽刺性模拟、笑话、幽默、反讽、怪诞、夸张等文体密切相关，反映了边缘人物的一种特殊的生存方式。在《卡彭塔尼亚湾》中，赖特着力刻画了一群被边缘化的小丑、傻瓜和骗子等形象，其中有黑人，也有处于社会底层的白人。他们的精神狂欢和疯癫行为，表达了对自由平等的向往，以及对不合理秩序的解构和批判。

诺姆的小儿子凯文在众人眼里，是一个小丑式的漫画人物，体形瘦弱，手脚笨拙，喜欢胡闹，"即使全世界的人都认为，桌子必须有四条腿，你要是让凯文一个人待着，他也非得把它弄成三条不可"。但是他同时是家族的骄傲，是老师眼中的优秀学生。他写的关于提姆·温顿的论文还得了个 A+。他思维敏捷，关注时事，是无人匹敌的"智囊"。他的"升格"就像小丑被加冕一样，有着狂欢化的效果。一方面他被视为家族的精英，另一方面土著部落将他归为异类，连他的家人也不看好他，甚至不认为他可以在这个世界里活下去。这种两重性的悖论正是狂欢化世界的重要特征，如巴赫金所说，狂欢式所有的形象都是合二为一的，他们身上结合了嬗变和危机两个极端：诞生和死亡、祝福与诅咒、夸奖和责骂、青年与老年、上与下、当面与背后、愚蠢与聪明。这种两重性在凯文的身上不断转换，让他得以用变化的视角观察和体验现实世界。在一次矿井爆炸中凯文受了重伤，从一个天才变成了"白痴"，一个沉浸在自我世界中的人。这次"脱冕"的过程虽然表面上是一次降格，但是在精神上却是一次升格。凯文彻底摆脱了"白人世界里的事儿"，从一个寂然无声的"未参与者"变为一个族群里的斗士。他关注"族间血仇"，维护家族荣誉。他时而清醒，时而癫狂。

在另一个世界里,他要爬过"一座座百万年形成的高山,学习许多种语言,才能跟人交流"。不仅如此,"他还见过鬼,见过蛇神和祖先们的灵魂,还见过别的死人的灵魂"。在"白痴"的面具下,凯文逃离了黑暗现实的压制,享受着与祖先神灵的精神相通。因此,小丑的怪诞形象赋予了凯文干预生活、颠覆秩序的权利。他有权不成为本义上的自己,有权说出不能言说的秘密。他的存在本身就是一种对不平等的种族制度的讽刺和批判。在小说的结尾,凯文被白人种族主义者疯狂报复,被打成重伤,成为种族矛盾的牺牲品。这时的凯文已经不再是"傻瓜"的代名词,而成为整个土著精神的聚焦点。他的遭遇以及其他种族冲突事件最终造成矿山被付之一炬,白人与黑人之间的矛盾一举升级为暴力革命。法农曾把暴力革命视为建立民族文化的重要途径,他认为,"被殖民的人民为重建民族主权而从事的有组织的、自觉的斗争是最充分的文化表现"。无论是凯文的"加冕"和"脱冕",还是有组织的民间暴力革命,赖特着力体现的是一种交替和变更的精神,死亡和新生的精神。而这恰恰是狂欢化世界感受的核心所在。

　　除了饱受压迫的黑人,小说中的不少白人也是以颠覆性的形象出现的。尼克莱·芬上尉就是其中典型的一位。他不知道自己的本名,也不知道自己的祖先,与史密斯·埃利亚斯有很多共通之处。他的外形是滑稽可笑的,瘸腿,打扮稀奇古怪,总是穿着一件满是蛀虫的军装。他的行动是诡秘的,自诩为澳大利亚边防部门的工作人员,每天满脸严肃地在海滩上寻找可疑迹象,准备向军队情报部门报告。城里的人都把他当成一个傻瓜,一个骗子,甚至是一只患疥癣的狗,对其大加嘲讽。女人们更是对他避之不及,"那个浪费生命的老疯子又来了,真是个大傻瓜!别看他,假装没看见"。面对冷漠的现实,芬只能活在自己的虚幻世界里。他走自己的路,在海滩上打老鹰,虽然很多时候都是在浪费子弹。与大战风车的堂吉诃德一样,他是一个兼有悲剧性和喜剧性的人。狂欢化理论认为,在整个规范和秩序之外建立的"第二个世界和第二种生活",是作为"颠倒的世界"而建立的,因此它包含"逆向"、"相反"、"颠倒"、"易位"等逻辑因素。正是因为这种逆向的、异于常人的视角,在危机面前,芬比德斯伯伦斯镇任何人都清醒和冷静。当众人对神秘登陆的埃利亚斯手足无措时,芬意外地以焕然一新的面貌出现了。"他环顾四周,朝闹哄哄的人群瞥了一眼"。然后,他使劲挤到前面,开始对埃利亚斯进行急救处理。在这个典型的"加冕"仪式中,他不再是边缘化的"物件",而是以唯一救护员的身份轻易地占据了中心位置。他甚至忍受不了警察楚思福尔的愚蠢,朝他大声叫喊着,并挤到前面。他的严肃认真与平日里的玩世不恭形成了鲜明的对比,产生了一种诙谐可笑的效果。"狂欢节是离不开笑声的。狂欢式的笑是全民的、大众的,包罗万象的,是针对一切事物和人的,是双重性的,既肯定又否定,既埋葬又新生"。

　　通过狂欢化世界的重要表征——疯癫和笑声,赖特将处于澳大利亚底层社会的边缘人的精神狂欢展露无遗,侧面批判了现实世界的荒谬和不合理。遭受殖民压迫,渴望着种族平等的黑人凯文,只能披着"白痴"的外衣,在幻象中与祖先对话;被主流社会遗弃,丧失身份的白人芬只能戴着"小丑"的面具行走在残酷无情的世界里。作为小丑和傻瓜,"他们体现着一种特殊的生活方式,一种既是现实的,同时又是理想的生活方式"。

三、狂欢化的语言

　　巴赫金认为,狂欢化体裁的基础是民间语言,一种物质生产劳动和日常生活的语言。民间语言处于官方语言的边缘,包含着各种遭到官方禁止和排斥的非官方言语现象,如"粗俗化的广场语言,伊索式的寓言语言,象征、隐喻、模拟、调侃……以及与滑稽相关的一切美学范畴"。在小说中,赖特动用了一切民间文化和语言动摇了官方语言的整体性,并巧妙地杂糅了讽刺、象征、隐喻等多种写作手法,使得等级制度和"单一语言"的神话最终土崩瓦解。

在狂欢化理论中,广场语言是民间诙谐文化的重要形式和载体,如广场上粗野的骂人话、发誓、诅咒等。在小说中,矿业公司入侵卡彭塔尼亚湾地区,白人殖民者为争取土著人的支持,特意举行庆祝活动。可是在庆典的现场,当地人一边满脸堆笑,表示欢迎,一边压低嗓门儿在客人背后说些难于启齿的骂人话。甚至有些当地人用方言土语直截了当地攻击这些政客。对于白人殖民者的入侵和掠夺,土著人一直敢怒不敢言,只能借狂欢节的机会发泄他们压抑的情绪。他们将这些南方的政客斥为"澳大利亚小政客里的小崽子","散发着铜臭味的玩意儿"。他们使用的广场语言,是一种被边缘化的语言,如同具有两副面孔的雅努斯,赞美中带着辱骂,辱骂中带着赞美,轻松自由地超越了权力界线和既定的等级关系,让这些高居权力顶端的殖民者"降格"为被众人嘲弄的对象。

除了以粗俗的广场语言摆脱阶级等级的束缚,赖特还用多种语言的狂欢来消解主流话语的一统天下。诺姆搁浅荒岛后,见到老人们常说的祖先幽灵,他们用"一种古怪的语言叫喊,让普通人注意他们说的话"。这种古怪的语言是前殖民时代的产物,是现代土著人记忆中的文化遗产。但是在殖民文化的影响下,这种方言土语已经彻底走向语言世界的边缘,身为土著人的诺姆只能在精神上保持一块净土,维护本土文化的完整性和纯洁性。相对于古老的语言,赖特更多地着眼于土著语言的变体,如土著人模糊地意识到"自己说过的话都被坏人偷走了","电波会把你的话带走,变成一种更好的语言"。通过"挪用"和"仿写"帝国语言,土著人开始普遍使用"他们"的语言。土著人塞拉·姆赤作白人的说客时,就操着一口很不流利的英语:"他们就是这样说你和大伙儿的,说——现在这儿,那儿,到处都是我们宿营地的破烂儿——都是从你这儿开始的。说——他们不得不阻止这一切。要表现一点对这个地方的尊重。这个地方属于德斯珀伦斯郡议会。别让这个地方像一个黑脑袋或者别的什么玩意儿出没的垃圾场。"诺姆嘲讽地回答:"你说的是哪门子英语?"语言的选择关系到立场的选择。虽然姆赤竭力模仿主流话语,希望借此重新定义自己的身份,但是他说的英语错误百出,表达生硬,并非是代表着权威的白人语言,而是一种区别于官方语言的"黑色语言"。从这一点上看,现代土著人仍然游离在主流社会的边缘,无法真正融入主流意识形态。赖特有意识地混合官方英语、土著方言以及夹杂了土著语与官方英语的"黑色语言",让它们形成一种语言的狂欢,并相互进行对话和协商。虽然通过对话和协商,民间话语和官方话语的二元对立不可能真正消除,但是,这种狂欢化话语有效地缓解了民间话语和官方话语之间的紧张对峙,侧面传达了民间本土经验和长期被压制的声音。

  在消解"单一语言"的同时,赖特还采用了讽刺、夸张、象征、隐喻等多种手法,让文本形式更趋开放,对如何在困境中构建现代土著性等问题提出了自己的思考。古福瑞特矿业公司对卡彭塔尼亚湾地区大肆开采,造成了大面积的环境污染,"巨大的黄颜色的挖掘机,像可怕的魔鬼,在满眼碧绿的土地上挖出一个个巨大的窟窿","一群群水鸟飞到化学肥料堆成的大坝上,那里的水铅的含量严重超标"。面对家园被毁的危险和生态环境的恶化,土著中的有识之士如威尔、费希曼终于以暴力的方式来对抗白人的入侵,伸张土著人自己的法律。他们打开了"地狱之门",让大火吞噬了矿山,让"有钱的白人烧成穷光蛋"。虽然爆炸很成功,可是他们的担心却很有讽刺性,要是耳朵被炸坏了怎么办?聋了以后会是什么样子?跟随土著精神领袖莫吉·费希曼重走梦幻之路的信徒们并不清楚革命的意义和目的,只是被一种自发的冲动所驱使,如同跟在主人后面的哈巴狗。赖特将具有严肃性、政治性等崇高色彩的意象与琐碎的、卑下的心理变化并置在一起，消解了崇高与卑俗、神圣与滑稽的界限，表现了对黑暗现实和盲目信众的极大调侃。小说的最后，现代文明对土著"梦幻"哲学的挑战和入侵，招致了自身的毁灭。虹蛇所代表的大自然用飓风洪水将德斯珀伦斯小镇夷为平地，以隐喻的方式将历史复原到白人殖民者入侵之前的年代。赖特深知，在目前的阶段，真正的民族和解还不太可能实现，因为白人殖民者给土著带来了太多的伤害和痛苦的记忆。但是这种众生平等的狂欢想象对现实重新洗牌，也许能促使人们警醒和反思自己的侵略行为，尊重他人的民族历史和文化，从而真正开始种族和解之路。同样，在这种狂欢精神的昭示下，原本分裂的两大土著部落因为威尔与霍普的联姻而重新团结起来。如威尔（Will）的名字所示，土著有着勇敢捍卫族群利益、坚定弘扬传统文化的决心和意志，诺姆、迈德纳特和费希曼都是这样的民族英雄。而霍普（Hope）的名字则象征着整个土著的希望。他们的孩子巴拉是超越了族间仇恨的产物，预示着重新联合起来的土著美好的未来。通过巴拉的形象，赖特似乎说明，团结一致是土著维护自身利益、共谋发展，构建现代土著性的唯一出路。此外，赖特还通过大胆的想象对土著社会的未来进行了乌托邦式的描绘。在大风暴后，威尔流落的垃圾荒岛成为一个重要隐喻。德斯伯伦斯镇的毁灭带来了荒岛的新生。那里绿树成荫，果香四溢，一派"伊甸园"的风光。与此同时，僵化的官方意识的死亡也促成了年轻土著的精神成长，他们拒绝被同质化，对土著身份、民族和国家进行重新思考和想象。通过这些混杂的文体，赖特将神话和梦幻拉近到现实，将想象和梦境融入到历史，摧毁了它们之间的壁垒，用狂欢化的语言描绘出土著社会的历史维度和现实理想。无论是在思想深度还是在文学形式上，这部小说都无疑是对传统的土著文学写作的一次创新和颠覆。

巴赫金说,小说的小说性、民间性和杂语性是三位一体的,它在人的意识中发动着一场永恒的革命。从这一点上看,赖特的《卡彭塔尼亚湾》是成功的。她以文学为武器,通过描写土著与白人殖民者、土著与土著之间、土著与自我之间的关系图景,发出现代土著追溯历史、展望未来的最强音;她以民间文化为基础,以神话传说、民间故事等魔幻现实抗衡官方历史和权威意识形态,张扬了土著的精神文化遗产;她以恢宏的气势、丰富的想象和瑰丽的文体传达了民间经验和民间声音,突破了白人殖民者的同质化束缚,呼吁多元共生;从这个意义上来说,《卡彭塔尼亚湾》是从边缘的角度对种族关系、种族历史和种族文化等问题的深层次想象,不失为一次有价值的文学尝试。

基金项目:1. 安徽省教育厅人文社科研究项目"生态批评视阈下的当代澳大利亚小说研究"(SK2012B037)
2. 澳中理事会委托项目"多元视域下的大洋洲文学研究"
3. 安徽大学大洋洲文学研究所项目"澳大利亚土著小说研究"

(安徽大学外语学院 詹春娟)

【参考文献】

Devlin Glass, Frances. 'Alexis Wright's *Carpentaria*.' Review essay. *Antipodes* 21.1(2007):82—84.

Lowry, Elizabeth. 'The Fishman Lives the Lore'. Review of *Carpentaria* by Alexis Wright. *London Review of Books*. 24 April, 2008:26—27.

Shoemaker, Adam. *Black Words White Page: Aboriginal Literature 1929—1988*. St Lucia: U of Queensland P, 1989.

Wright, Alexis. *Carpentaria*. Artarmon, NSW: Giramondo, 2006.

Wright, Alexis. "Politics of Writing."*Southerly* 62.2(2002):10—20.

Wright, Alexis. "On Writing Carpentaria."*Heat* 13(2007):79—95.

巴赫金. 巴赫金全集·文本对话与人文. 白春仁,晓河译. 石家庄:河北教育出版社,1998.

巴赫金.拉伯雷研究.李兆林,夏忠宪译.石家庄:河北教育出版社,1998.

巴赫金.巴赫金全集.李兆林,夏忠宪等译.石家庄:河北教育出版社,1998.

巴赫金.陀思妥耶夫斯基诗学问题.白春仁,顾亚铃译.北京:三联书店,1988.

弗朗兹·法农.全世界受苦的人.万冰译.南京:译林出版社,2005.

夏忠宪.巴赫金狂欢化诗学研究.北京师范大学出版社,2000.

亚历克西斯·赖特.卡彭塔尼亚湾.李尧译.北京:人民文学出版社,2012.

从《浅滩》和《土乐》看温顿的"恋地情结"

A Signature of Topophilia in Winton's *Shallows* and *Dirt Music*

作为当代澳大利亚最多产的作家,蒂姆·温顿(Tim Winton)在过去的 30 年中,已逐渐从一个享有"神童"美誉的年轻作家成长为一个成熟的文学家和艺术家。他的作品不仅广受读者喜爱,在文学界和评论界也受到了越来越多的关注和重视。国内外很多学者对温顿作品中的和谐主题、生态思想和女性主义主题都做过研究和探讨。作为"地域性作家"代表之一,毋庸置疑,"地方"在温顿的作品中占据着举足轻重的位置。"地方"不仅是故事发生的要素之一,更是作者创作灵感的来源。正如他在一次访谈中所言:"我的作品通常以风景描写作为开端,仿佛这个地方的地貌和空间为故事的发生创造了独特的情景。"温顿甚至认为,如果把文学和地理学结合在一起,可以更加透彻地理解他的作品。因此,本文拟运用人文地理学(humanistic geography)先锋爱德华·莱弗(Edward Relph)的地方理论(theory of place),围绕《浅滩》(*Shallows* 1984)和《土乐》(*Dirt Music* 2001),分析温顿如何通过他的"恋地情结"(topophilia)来建构地方身份和地方认同感。

一、"恋地情结"和"地方"

"恋地情结"(topophilia)一词源于古希腊,"topo"指"地方"(place),"philia"的意思是"……之爱"(love of)。"恋地情结"(topophilia)一词最早由英国桂冠诗人约翰·贝杰曼爵士创造,后来为多位学者所用:法国哲学家加斯顿·巴什拉(Gaston Bachelard)在《空间诗学》(*The Poetics of Space* 1958)中提及这一概念;华裔文化地理学家段义孚(Yi—Fu Tuan)则著有《恋地情结》(*Topophilia* 1974)一书,把"恋地情结"概括为"人与物质环境之间的一切情感联系"。由此可见,"恋地情结"表达了一种强烈的"地方感"(sense of place),这种情感包含了人们对某个地方的风景、环境和风俗习惯等文化现象的一种认同。

在"恋地情结"这一术语中,"地方"毫无疑问是核心概念。很多哲学、地理学和环境学领域的学者都对此做过注解。比如:约翰·怀特(John Kirtland Wright)早在1947年就阐述了"'地方'是承载主观性的区域"的观点,这种由人类社会实践和经验所建构的主观性,将地方与抽象、理性的空间概念区分开来。到了20世纪70年代以后,段义孚提出:"'地方'是在世界活动中的人的反映,通过人的活动,空间被赋予意义……'地方'是人类生活的基础,在提供所有的人类生活背景的同时,给予个人或集体以安全感或身份感。"莱弗也认为"人与'地方'之间有很强的联系,它们互相强化对方的个性"。在2005年出版的《环境批评的未来》(*The Future of Environmental Criticism*)中,生态学家劳伦斯·布伊尔(Lawrence Buell)把'地方'概括为"通过个人附属、社会关系和地文区分而被限制和标记为对人类有意义的空间",至少同时包括"环境的物质性、社会的感知或者建构、个人的影响或者约束"三个方向。布伊尔的观点和莱弗不谋而合。莱弗认为任何一个地方都有客观物质(physical setting)、功能活动(activities)和意义(meanings)三重属性,地方性(identity of place)就体现在这三重属性中。但莱弗又进一步解释,一个地方的内涵不仅仅体现在它的地方性上,而更关乎人对于这个地方的认同(identity with place)。

二、《浅滩》和《土乐》中的地方身份建构

温顿的身上有着强烈的民族和地域特征。澳大利亚独特的地理位置和地貌特征对他的文学创作产生了很深的影响。他的每部作品几乎都以他生长的环境——西澳作背景,讲述海边小镇里普通人的生活和经历。这些故事背景体现了温顿对大海的依恋,对他而言,"海边的自然环境像磁铁一样深深地吸引着他,只有在大海的怀抱里,他才能真正认清自己"。《浅滩》和《土乐》当然也不例外。《浅滩》发生在一个名叫安吉勒斯(Angelus)的西澳海边小镇,勾勒了以库珀家族为代表的边远地区小镇居民的生活状态,见证了澳大利亚传统产业——捕鲸业的兴衰,"再现了白人在澳洲大陆150多年的定居史"。《土乐》围绕一位中年女性、一位音乐人和一位当地渔业大亨三人的复杂关系展开,讲述了从海边小镇白点(White Point)到加冕礼海湾(Coronation Gulf),关于音乐、爱情、历史、身份以及孤独等多重主题的故事。

(一)客观环境

按照莱弗的地方理论,一个地方的身份体现了这个地方不同于其他地方的特性,也就是地方性。温顿的"恋地情结"首先表现在如何通过地方的第一重属性——客观环境的描写,来建构该地的身份。《浅滩》中的"安吉勒斯"、《土乐》中的"白点"和"加冕礼海湾"是三个虚构的地名,从中读者不难看出作者的独具匠心——这些地名都是对客观物质环境的暗示。

安吉勒斯(Angelus)实际上是指奥尔巴尼(Albany),温顿曾在少年时期随父母迁居于此。虽然只在这个海边小镇生活

了三年多的时间,这里的地理环境却给作者留下了深刻的印象。正如温顿所言:"奥尔巴尼有着陡峭的悬崖和迷人的沙滩,体积庞大的鲸鱼也会经常光顾……这个地方的自然和社会环境深深地印在我的脑海里,以至于让我觉得这才是澳大利亚。"温顿在《浅滩》的开篇就对安吉勒斯的地理位置和物质环境进行了细致的描绘:"时间是1831年,地点是世界的底部,那个最年轻而又古老的大陆最南端……港湾像记忆般宁静,灌木丛在颤抖,花岗岩石矿张着大嘴……港口,低处长满贝壳的滩涂上,躺着一头座头鲸,是被海水冲刷上来的,身上烂出了坑坑洼洼,腐烂时咕噜作响,连那些在孤寂的浅滩上寻觅胡瓜鱼和鲻鱼的尖嘴海鸥,也懒得去光顾了。""安吉勒斯"(Angelus)在拉丁语里意指"天使"(Angel),而根据《圣经》,天使是上帝的信使。在《浅滩》中,鲸鱼记录着季节的交替和岁月的流逝,女主人公昆妮·库珀不止一次地提到鲸鱼是"上帝指派的信使",她能听到海湾里上帝的呼唤。

和安吉勒斯相似,《土乐》中的"白点"也是澳大利亚西南沿海一个美丽的小镇,当地的居民以捕鱼为生。在这个虚构的小镇中,读者不难发现作者目前居住地——兰斯林(Lancelin)的影子。兰斯林是珀斯北部的一个小渔镇,那儿西邻印度洋,有着长长的海岸线和白色的沙滩。"毫无疑问,这些景色给温顿的《土乐》创作提供了丰富的素材",小镇也因此而被命名为"白点"。比如,当男主人公卢·福克斯(Lu Fox)冲浪归来,"他静静地躺在柔软的、空旷的沙滩上,冲浪时海浪的咆哮声仍在脑海中回旋,身下的沙子是如此的洁白和闪亮,一眼望不到尽头"。当然,除了沙滩,在《土乐》中,作者对其他景物的描写俯拾皆是,从字里行间读者就可以轻易感受到扑面而来的大海的气息。在故事的开头,当女主人公乔治娅·尤特兰(Georgie Jutland)半夜时分无法入睡,来到露台,"……(屋外的)空气非常凉爽,弥漫着浓浓的海洋的气味:有海草、浸泡过海水的沙子、融化的鱼饵以及含盐灌木的芬芳……白点位于南纬40度,地处咆哮西风带口。在这个西海岸中部小镇,海风虽不是每天都刮,却也频繁光顾"。

后来,随着故事的发展,福克斯被迫离开白点,一路北上。在抵达加冕礼海湾之前,福克斯通过搭顺风车经过了不同的地方,这些地方的身份也随着景色的变换而不停地改变着。海岸线在身后渐渐消失,"福克斯看见整个地域逐渐变得明亮、生动。他已离开西南部,到达了菲尔巴拉(the Phibara)。这里的一草一木都很高大、鲜艳。再往前走,四处遍布着巨大的铁矿石,树木环绕。这是一片梦幻般的土地,充满着希望和生命力"。除此之外,读者还可以从土质和土壤颜色的改变看出不同地方的特性。在米卡萨拉(Meekatharra),柏油马路、汽车和房屋的表面都覆盖着一层红色的泥土。到了黑德兰港(Port Hedland)附近,福克斯路过了一块浅黄色的、地势较低而平坦的冲积平原,"像一块大饼干的颜色"。费尽一番周折,福克斯最终抵达了加冕礼海湾:

> 他沿着海湾的东边泛舟而下,经过大片的红树林、多岩石的海角和小岛……岛内看上去一片荒凉。每条小溪流口都留下了大量的岩石块和沙子的印记……他看见许多岛屿缓缓地从海面上升起,那满岛的翠绿让它们看上去和周围的陆地迥然不同……海滩上长满了猴面包树,鸟儿在树荫间来回穿梭。就是这儿,福克斯暗自思忖,这就是我要找的地方。

寥寥几笔,一个没有纷扰、没有喧嚣、美丽而又宁静的海岛便跃然纸上。

(二)功能活动

除了客观物质环境,一个地方的身份还体现在它的第二重属性——功能活动中。这些功能活动包括当地的社会活动、形势和事件等。在《浅滩》和《土乐》的地方书写中,这些功能都成了温顿建构这些地方身份的手段和方法。

《浅滩》中的安吉勒斯和奥尔巴尼一样,是澳洲最后一个陆地捕鲸站所在地。"在19世纪30年代以前,捕鲸业是澳大利亚的第一产业,是第一批定居者最重要的收入来源"。因此,在过去的150年(1831—1978)中,捕鲸业一直是安吉勒斯的支柱产业,是当地居民的主要生存方式。然而,随着时代的发展,越来越多的人开始质疑血腥、残忍的捕鲸活动和随之引发的各种生态危机,政府也开始采取措施,逐步关闭陆地捕鲸站。库珀家族就是这一产业兴衰的经历者和见证者。库珀家族的第一代纳撒尼尔·库珀(Nathaniel Coupar)早年在捕鲸船上工作,参与了血腥的捕鲸活动,亲历了这项产业的发迹;纳撒尼尔的孙子丹尼尔·库珀(Daniel Coupar)一直生活在对捕鲸业的不满和祖先留下的阴影中,丧失了爱与被爱的能力;丹尼尔的外孙女昆妮·库珀则逐渐从一个经常同鲸鱼说话的小女孩,成长为一个保护鲸鱼的斗士,加入了外来的环保主义人士的反捕鲸活动。随着一波又一波抗议活动的进行,安吉勒斯作为捕鲸小镇的身份变得岌岌可危。最终,捕鲸业在这个小镇走向灭亡,但讽刺的是,这并不是反捕鲸活动取得的胜利,而是普特斯林家族为了进一步控制小镇经济而策划的阴谋。

《土乐》中的白点是西南海岸一带唯一一个较为安全的船只停泊点。这个曾经十分贫穷的小镇,在20世纪末,由于资本企业的进入,捕鱼业变得空前繁荣,所以小镇经济获得了发展和腾飞。现在镇上的渔民都非常富有,住着"粉色砖墙的别墅","拥有价值上百万的渔船和捕鱼证、崭新的陆地巡洋舰,每年有六周的时间在巴厘岛度假,在市里开着酒吧,从事着黄金交易,家里的电视机能有钢琴那么大。就连最普通的水手的薪水,也比每天要辛苦地和孩子们待上六个小时的老师要高得多"。吉姆·巴克瑞德杰(Jim Buckeridage)就是这些渔民的典范。吉姆是白点的第二代定居者,妻子早亡,带着两个男孩和女主人公乔治娅生活在一起。吉姆比父辈们更加勤劳,他从来不需要闹钟,"总是清晨第一个出门,最后一个回家,他所取得的成就一直是其他渔民的目标",他成功、富有、受人尊敬,是白点的"无冕之王"。捕鱼不仅是当地大多数居民发家致富的方式,也成了福克斯维持生计的手段。福克斯一家原来以演奏音乐为生,经常在当地的各种庆典活动中进行表演。在一次前往演出的途中,一场车祸夺走了除福克斯以外所有人的生命。从那以后,福克斯开始远离音乐,并焚烧了所有能证明自己身份的文件。为了生计,福克斯只能赶在其他渔民每天开始工作前,偷偷地出海捕鱼,成了一名"非法捕鱼者"(shamateur)。由此可见,白点这个西澳南部海边小镇的特殊地理位置促进了捕鱼业的兴起,而当地居民的辛勤劳作也带来了这一产业的繁荣昌盛以及物质生活的极大丰富,巩固了捕鱼业在地方经济中的重要地位。

不同于《浅滩》的是,《土乐》的故事不是发生在一个固定场所。当白点的居民们发现了福克斯的捕鱼活动以及他同乔治娅的关系,福克斯最终选择离开这儿,去寻找他理想中的王国。他一路向北,进入澳大利亚西部的"麦田带"(wheat belt),"农民们正忙着收割,起伏的山峦间隐约可见堆得高耸入云的谷糠和扬起的灰尘"。随后,"气候逐渐变得干燥,地势低平,麦田渐渐消失了,取而代之的是小牧羊场"。再往北走,他经过了库埃,这是一个传统的矿业小镇。极目而望,"马路两边堆满了开采出来的矿石和废弃的矿渣"。通过对这些地方的传统产业和社会活动的描述,读者对它们的地方性就有了初步的认识。

最终,福克斯抵达了加冕礼海湾,在一个远离喧嚣的小岛上安顿了下来。他每日潮落而作,潮起而息,在大海里和鲨鱼嬉戏,给它们喂食。大海给他提供了丰富的食材,他也开始尝试食用岛上的绿蚂蚁、无花果和浆果。在这样一个世外桃源,福克斯的心理创伤逐渐愈合,他重新燃起了对音乐的渴望。他把一根长长的鱼线拴在两棵树之间,创造了一种特殊的乐器,开始演奏"土乐"。福克斯在岛上从事的每一项活动都进一步彰显了此处的特性——宁静、荒凉、与世隔绝。

(三)地方意义

自段义孚提出"恋地情结"概念以来,地方就成了一种"可感价值的中心"以及社会与文化意义的载体,主观性与日常生活的体验成为建构地方身份最重要的特征。这些特征包括一个地方的人的思想、情感、态度、感受以及体验等,它们赋予该地特别的意义与价值,并不停地变为这个地方的一部分,使地方意义处在不断变迁之中。正如莱弗所言,"地方意义的精华在于无意识的能动性使其成为人类'存在'的中心,以及人类在整个社会与文化结构中定位自身的一个坐标体系"。简而言之,地方意义是人们赋予地方的象征意义和价值,是地方的主观属性。不同的人赋予地方不同的意义,因此,地方意义是复杂多样的,甚至相互冲突的。在《浅滩》和《土乐》中,温顿正是通过地方意义,即地方的主观属性来表达他复杂的"恋地情结"。

《浅滩》中的安吉勒斯以现实中的奥尔巴尼为原型。小镇的地理位置虽然造就了捕鲸业的兴旺发达,但封闭的环境也导致了地方经济的脆弱,居民思想也相对比较保守和落后。对于安吉勒斯的绝大多数居民来说,捕鲸业不仅是他们收入的重要来源,也是他们的精神支柱。他们为自己生活的这个小镇感到自豪,认为"正是这些捕鲸工创造了这个国家"。昆妮虽然生长在这块土地上,但似乎从来就与这个小镇格格不入,经常会讲些奇怪的故事,如同海豚说话或者聆听海贝里的声音等。当她领着一个外地的旅游团去参观澳大利亚最后一个以陆地为基地的捕鲸站时,映入眼帘的是一幅令人作呕的画面:"低处的鲸鱼剥皮台上,有一个很长的斜坡,通到血淋淋的浅滩……几个男子穿着橡胶靴和血迹斑斑的汗衫,用水龙头冲洗着平台……在弥漫的臭气中,其余几个穿橡胶靴的男子冷漠地闲逛着……这头抹香鲸像一条打捞起来的船,被按部就班、血淋淋地肢解着。"正是由于天生对大海的亲近感以及亲身经历和感受,此时的安吉勒斯,在昆妮看来,已经变成了一个血腥、冷漠的屠宰场,承载着不同以往的、消极的、负面的意义。

《土乐》中的白点和安吉勒斯有着相似的背景,得天独厚的地理位置促进了小镇捕鱼业的繁荣。这里的绝大多数居民都用辛勤的汗水换来了富裕的生活,吉姆一家更是其中的佼佼者。可是丰富的物质生活并没有给他们带来内心的平和和包容,却滋长了他们自私、狭隘的地方保护主义。他们对其他种族有着一种天然的敌对情绪,也无法容忍福克斯这种非法捕鱼者。在他们看来,正是他们这些职业渔民一手缔造了小镇的辉煌,其他任何人都无权分享只属于他们的资源和成果。可是,对乔治娅和福克斯而言,白点捕鱼业的发达似乎和他们毫无关系。乔治娅是家中的长女,和三个妹妹不同,她从小就是个特立独行的孩子,不得母亲的欢心。成年后,乔治娅离家读书,毕业后做了护士。多年的流浪、对城市的厌倦以及几段无疾而终的恋爱,让她最终放弃了这种飘忽不定的生活和护士的工作,选择了吉姆,在白点安定下来。可是几年的同居生活并没让她赢得两个孩子的信任,吉姆也变得越来越陌生,唯有网络和酒精陪伴她度过了一个个无眠的夜晚。显而易见,吉姆的财富和地位并不能排遣乔治娅内心的孤寂和空虚。在她眼中,白点只不过是另一个只注重名誉和金钱,而缺少理解、尊重和关爱的地方。当她最先发现福克斯在凌晨偷偷捕鱼时,她并没有告诉任何人,而当她遇见福克斯时,更是被他身上纯真、忧郁和神秘的气质所吸引,不顾一切地和他走到了一起。福克斯一家虽然生活在白点,生活方式却和大多数当地居民完全不同,他们热爱音乐、文学和自然。然而,作为家中唯一的幸存者,其他人的突然离去让福克斯陷入了巨大的悲伤之中,和乔治娅的关系也时常让他感到不安和自责。于是,当这些秘密被公之于众时,他再也没有勇气来面对这里的一切,不得不选择从这个让他感到痛苦、自责、悔恨和罪恶的地方彻底消失。

三、地方认同

根据莱弗的地方理论,"一个地方的深层内涵更取决于人同它的内在联系,即认同感,包括人对这个地方的依恋(attachment)、融入(involvement)和关爱(concern)等"。地方认同是自我认同的一部分,自我认同是个人或社会群体定义"我是谁"的方式,而地方认同则是指意识到自己是哪里人,从该地方的价值和意义中找到和自身等同或相似的价值观、精神追求等,继而获得一种归属感。因此,只有明确"我是哪里人",才能发现"我是谁"。在《浅滩》和《土乐》中,温顿正是通过地方和自我的各种关系以及个人或群体在地方中的位置,来表达故事中人物对地方的认同感和探索自我身份的建构过程,而这些无疑都是作者"地方情结"更深层次的表现。

(一)安吉勒斯

安吉勒斯是澳大利亚西海岸最南端的一个小镇,捕鲸业在这儿已经有150年的历史了。它仅是人们赖以生存的工具,也是当地的一个传统,成为人们物质生活和精神世界不可或缺的一部分。然而,作为安吉勒斯最早的定居者,和捕鲸业息息相关的库珀家族似乎总是徘徊在小镇的边缘,或游离在小镇之外,苦苦地在这片土地上寻觅着属于自己的坐标。纳撒尼尔早年在一艘美国捕鲸船上工作,亲眼目睹了捕鲸工对鲸鱼、同伴以及土著居民的血腥屠杀以及其他野蛮行径。这些经历给他带来了内心的孤独,让他日益变得麻木和冷酷。正如丹尼尔所言,库珀是个骄傲的家族。因此,当纳撒尼尔发现唯有自己被遗忘在安吉勒斯时,他感到"上帝抛弃了他"。在航海日志的最后,记录着纳撒尼尔真实的内心世界:"我这一生并没有如愿以偿……我已经停止了生活,只不过继续生存下去而已。生活让我失望。"纳撒尼尔一生都在孤独和绝望中度过,自始至终都没有在安吉勒斯找到一丝归属感。

相较于他的爷爷,丹尼尔和安吉勒斯的关系、对它的情感要复杂得多。在孩提时代,他深深地为这块土地所吸引,"他渴望假日,渴望农场上的自由,渴望山峦、大海、错综复杂的干枯水道,偶尔游到岸边的鲸鱼的深深的阴影"。可是父亲马丁自杀后,给他和母亲留下一屁股债务,"还使他们丢了土地"。随着他的成长,祖先们曾经的所作所为让他感到内疚、惭愧和失望。后来,在普特斯林家族斗争中的落败更是让他逐渐封闭自己,远离家人和整个社会。他曾沮丧地感叹:"啊,我对这儿很陌生,房子、小镇,还有这该死的身体……有时候我想,土著人也认为自己不属于这里,时不时渴望实现梦想。"可是,不同于纳撒尼尔的是,丹尼尔身上似乎有着"先知的特质",从未放弃过对自我的追求和真理的探索。最终,他以拥抱大海、接受这块土地的方式完成了对自我的救赎和回归。

丹尼尔的大半生都在痛苦和悲哀中度过,直到晚年才逐渐领悟到生活的真谛。于是,他把所有梦想都寄托在昆妮身上,希望她能立刻拥有自己的知识和经验,祈祷她会突然开窍。在这个小镇,昆妮从小就与众不同,是个"令人称奇的怪人"。她热爱大海,总是喜欢聆听大海里的各种声音。在丈夫克里夫(Cleve)看来,她似乎不该生为陆地哺乳动物,在水里的她更自如、更惬意。对大海的亲近和认同让昆妮最终加入了反捕鲸的队伍,站到了小镇的对立面,成了安吉勒斯的一个罪人和背叛者。小镇居民对昆妮的边缘化也曾让她陷入困惑之中:"她的一半要保护小镇,抵制入侵者,她的另一半却让她希望成为他们的一份子。"温顿本人在一次采访中也描述过自己对奥尔巴尼类似的情绪,他一方面很迷恋那儿怡人的自然环境,一方面也对镇上传统的捕鲸业有着复杂的心情:"我于1976年离开奥尔巴尼,那儿的捕鲸业于1978年终止。我对那些失业的捕鲸工充满同情,但我支持环保人士的运动,终止捕鲸无疑是正确的决定。"正如作者所说的那样,小镇居民的不解和质疑并没有阻挡昆妮的脚步,因为她认定自己所做的是"一桩光明正大很有意义的事情"。她要通过自己的努力和行动保护海洋资源,引导安吉勒斯走上一条正确的道路,而这也同时是她实现自我价值的过程。《浅滩》中一系列的反捕鲸抗议活动虽然没有取得令人满意的结果,却也让人们明白了人类的未来"在于物种之间的交流,在于和环境共存"。在故事的结尾,昆妮和克里夫重归于好,又回到了安吉勒斯海滩的怀抱。从纳撒尼尔的自我否定到丹尼尔的自我救赎,再到昆妮的自我实现,库珀家族的身份在对安吉勒斯的一步步认同中逐渐得到建构。

(二)从白点到加冕礼海湾

作为《土乐》中两个主要的故事发生地,白点和加冕礼海湾具有迥然不同的地方特性。从对前者的陌生、疏远和逃离到对后者的向往、追寻和认同,故事中的主人公踏上了寻找自我、发现自我的历程。乔治娅厌倦了城市的生活,多年漂泊在外,本希望能在白点安定下来。可是事与愿违,几年下来,她发现自己依旧是个外来人,无论是这儿还是吉姆都不是她心灵的归宿。夜深人静时,她只有在网络中寻找慰藉,消磨时光。马克·奥格(Marc Auge)认为网络是个虚拟、流动的空间,因而具有"非地方"(non-place)性。乔治娅之所以在网络这个"非地方"中打发时间,是因为她在白点找不到属于自己的位置,永远也成不了"一个真正的白点人"。她在镇上没什么朋友,因为她总看不惯那些暴发户妻子的嘴脸,刻意和她们保持着距离。对于吉姆,她只是个同居女友,因为家中需要一个女人;对于两个孩子,她永远也取代不了他们母亲的位置。在遇见福克斯之前,乔治娅从未仔细思考过地方对于一个人的意义。"她无法理解地方对于人的吸引力。福克斯的思乡情绪让她很焦躁,她不愿看到人总是沉湎于对往事的回忆,或者出于一种扭曲的敬意而不愿离开某些居所或城镇"。一个人只有明确了自身在一个空间意义系统中所处的坐标,才能完整地认识自我、诠释自我。此时此刻的乔治娅还是个漂泊者,她的"无根性"让她没有地方认同感,因而也无法完成自我身份的建构。

福克斯是《土乐》中的关键人物。在灾难发生之前,他有着幸福的家庭,以音乐为伴,快乐地生活在小镇的边缘。可是家中的变故让他无法接受幸存的自己。他烧毁了所有能证明自己身份的文件,希望自己可以从这个世界消失。他开始刻意封闭自己,除了偶尔偷偷出去捕鱼、卖鱼,其余时间都像隐形人一样躲在他和家人曾经生活过的那片土地。乔治娅的出现让他开始慢慢敞开心扉,有了倾诉的对象。从福克斯的故事中,乔治娅明白了乡愁的含义,了解了地方在人的一生中占据的地位。虽然她最初声称不像福克斯那样拥有一个"特殊的"地方,但是福克斯还是在一张夹在地图册中的便条上发现了属于她的那座小岛:

> 乔治娅从未见过如此荒无人烟的地方,他们待的那个小岛更是荒凉。第一眼看到它时,乔治娅就觉得这个地方似曾相识。小岛的表面是一块巨大的红色岩石,四周雨林环绕,好像一个平顶山从花园中升起。在洁白的、铺满贝壳的沙滩上长着许多猴面包树和葡萄树,悬崖的一侧,落日的余晖洒在海面上,泛着黄色、粉色和紫色的光芒,小岛上不时地响起一阵阵海鸟的歌唱。乔治娅无法理解自己此时此刻的心情,一切都是那么熟悉和亲切……连闻上去都那么舒服,熟悉得好像自己身体的一部分,好像每个夜晚在睡梦中回到的那个地方。

这些景象在乔治娅的脑海中留下了深刻的印象,并让她第一次有了一种地方认同感,她把这个地方称作"我的小岛"。

离开白点后,福克斯一路向北,可是他没有明确的目的地。从音乐人到非法渔民再到流亡者,他想逃离的不仅是白点这个小镇,还有他的过去,那儿有他的家人、爱人、音乐、心酸、内疚和悔恨。"他不想像一只野狗一样生活在白点的边缘……他要去一个干净的地方。那儿有水和食物,不必为了生计而偷偷摸摸。那是一个完全只属于他自己的地方。没有马路,没有城镇,没有农场,没有残忍的人类。四周树木环绕,可以在那儿散步"。这个地方藏在他的脑海中已经很久了,在布鲁姆(Broome),这个图像愈发地清晰起来,"看着手中的地图,福克斯猛然想起乔治娅的故事和地图册中标注的那个小岛。就是那个地方,那就是我的目的地"。颇有寓意的是,在福克斯终于弄清了自己要寻找的地方之后,他遇到了两个土著少年。一个是没有肚脐的孟西斯(Menzies),一个是喜欢自弹自唱的阿克塞尔(Axel)。阿克塞尔烧毁了地图,告诉福克斯"路在脚下,而不是在地图上"。正如这两个土著少年所说,没了地图的福克斯凭着本能的方向感和经验,对脚下的土地和道路都有了更加清晰的认识,终于找到了加冕礼海湾的那个小岛。这个小岛给他带来许多意想不到的惊喜,可是福克斯内心深处总有隐隐的不安。直到有一天他在两颗无花果树间拴上一根长长的渔线,演奏起"土乐",他那莫名的愁绪才一扫而光。"黎明时分,周围一片寂静的蓝色,福克斯醒来,走向他的乐器。他用音乐迎接每一天的开始,在落日时分才和它说再见。寻找食物和吃饭倒成了一种娱乐和消遣"。凯西(Edward S. Casey)指出:"地方与自我在一个不断的互动过程中形成了一种亲密的关系,地方成为自我的一个隐喻,发现地方即是发现自我的过程。"音乐和小岛上自然环境的完美融合让福克斯渐渐发现了自我的本质。

"海德格尔以'栖居'(dwelling)概念描述了自我与地方之

间联结与统一的关系。他认为,地方与自我之间的社会、文化与情感联结表明地方对于自我来说不仅仅代表了一种抽象的、物质的生存空间,更体现出了自我身份建构过程中的一个重要表征体系"。在福克斯前往寻找乔治娅的小岛并最终"栖居"在那儿时,乔治娅也常常来到他曾经生活的地方,并最终踏上了寻找福克斯的道路。"他们互相追寻着对方的足迹,有时在同一个时间待在同一个地方,有时又在不同的时间待在同一个地方",试图在一个充满意义的空间里进一步了解和发现彼此。沉浸在音乐中的福克斯一面享受着"土乐"带给他的兴奋和狂喜,一面思念着乔治娅,她的身上有一种踏实和安全感。他在岛上发现了乔治娅的踪迹,她就在这儿。"他觉得真实的自己又回来了……他知道他还活着,整个世界都在他的体内活着……无花果树在微风中摇曳。袋鼬躲进了岩石下。他情不自禁地唱了起来"。福克斯和乔治娅最终相逢,他们在对彼此的追寻和对这座小岛的发现和认同中,发现和回归了自我,完成了对自我身份的建构。

四、结语

莱弗的地方理论不仅通过地方的客观环境、功能活动以及人的心理体验所赋予的地方意义来建构一个地方的身份,更强调人和地方的关系、对地方的认同以及人在这一过程中的自我发现,这一理论无疑给温顿作品的解读提供了一个新的视角。《浅滩》开放式的结局从某种程度上表达了作者对安吉勒斯的复杂情绪,而《土乐》中的加冕礼海湾则是作者心中的圣地。从安吉勒斯、白点到加冕礼海湾,在近 20 年的时间里,作者对故土的理解与认同与日俱增。正如澳大利亚著名女诗人朱迪思·赖特所言:"温顿的小说抓住了西澳地理环境的本质,他已经深深地融入了那片土地。"温顿,这位植根于澳大利西海岸的文学家,正是通过自己的"恋地情结",在一部部作品中表达着对这片土地的依恋、对生命意义的探讨以及对人和环境和谐共生的美好向往。

基金项目:1.安徽省教育厅人文社科研究项目"生态批评视阈下的当代澳大利亚小说研究"(SK2012B037)
2.澳中理事会委托项目"多元视域下的大洋洲文学研究"
3.澳中理事会竞争项目"当代澳大利亚生态文学"

(安徽大学外语学院　朱蕴轶)

【参考文献】

Anandavalli Malathy. "Writing the Land: Western Australian as Textual Space in Tim Winton's Dirt Music". Sarwal Amit. & Reema Sarwal(eds.). *Fact and Fiction: Readings in Australian Literature*. DelhiL Authors Press, 2008: 299—311.

Ben-Messahel Salhia. *Mind the Country: Tim Winton's Fiction*. Crawley: University of Western Australia Press, 2006.

Kuhlenbeck Britta. "Creating Space in Tim Winton's Dirt Music" [A]. Dose Gerd & Britta Kuhlenbeck (eds.). *Australia: Making Space Meaningful*. Tubingen: Stauffenburg Verlag Brigitte Narr Gmblf, 2007: 55—69.

McGirr Michael. *Tim Winton: the writer and his work*. South Yarra: Macmillan Education Australia Pty LTD, 1999.

Relph Edward. *Place and Placelessness*. London: Pion Books, 1976.

Tuan Yi—Fu. *Space and Place*. Minneapolis: University of Minnesota Press, 1977.

Turner John P. "Tim Winton's Shallows and the End of Whaling in Australia". *Westerly*, 1993 38(1): 79—85.

Ward Elizabeth. "Whales at the World's End". *Book World*, 1986—8—15(5).

Winton Tim. *Dirt Music*. Sydney: Picador, 2001.

Winton Tim. *Shallows*. Ringwood: Pengin Books Ltd, 1998.

蒂姆·温顿.浅滩.黄源深译.上海译文出版社,2010.

劳伦斯·布伊尔.环境批评的未来:环境危机与文学想象.刘蓓译.北京大学出版社,2010.

刘蓓.关于"地方"的生态诗歌.当代外国文学,2013(1):35—40.

刘云秋.蒂姆·温顿访谈录.外国文学,2013(3):149—155.

徐显静.蒂姆·温顿《浅滩》中的生态思想.上海理工大学学报(社会科学版),2014(1):45—49.

周尚,唐顺英,戴俊骋."地方"概念对人文地理学各分支意义的辨识.人文地理,2011(6):10—13.

朱竑,钱俊熙,陈晓亮.地方与认同:欧美人文地理学对地方的再认识.人文地理,2010(6):1—6.

移植、嫁接、根植方式下的本土戏剧的嬗变
——20世纪澳大利亚戏剧纵览

The Evolution of Australian Drama with the Mode of Transplantation, Grafting and Grounding:

A Survey of Australian Drama in the 20th Century

一、引言

　　戏剧作为人类创造的一种艺术形式,不仅具有经济上的属性,同时也是人类文化高度发展的精神文明成果。莎士比亚认为,"戏剧是时代的综合而简练的历史记录者"。澳大利亚作为一个新生的国家,20世纪是其戏剧飞速发展的重要时期。20世纪从移植欧美戏剧,到欧洲戏剧与澳大利亚民族主义戏剧嫁接,再到外来戏剧完全植根于本土的文化土壤,历经坎坷、除旧立新,终于创立了不仅表现自己民族的特色,而且多元化发展的崭新戏剧。

二、移植欧美戏剧时期

　　19世纪50年代淘金潮带来的经济繁荣也带动了澳大利亚戏剧的第一个繁荣时期,这一时期的影响一直持续到19世纪末和20世纪的前10年。这一阶段剧院上演的戏剧除了接踵而至的国外巡回剧团与访问明星所演的英国和欧洲其他国家的经典戏剧之外,本土创作的戏剧主题主要是早期的丛林生活和流放犯的遭遇。剧本或由剧作家创作,或由当时比较成功

的小说改编而成,深受英国戏剧的影响,基本上沿袭英国戏剧风格,利用传统的维多利亚风格模式反映殖民地的现实。剧目以音乐剧、情节剧、无韵诗体悲剧、喜剧和闹剧居多。声势浩大的舞台活动、宏伟壮丽的舞台景象、怪异的场面等虽然丰富了戏剧的表现形式,但由于忽略了内容的质量,没有形成澳大利亚自己的特色。再加上严格的剧本审查制度:剧本原稿非经殖民部审批不得公演,20世纪前10年几乎没有出现什么优秀的作品。著名的澳大利亚作家、文学评论家莱斯利·瑞斯认为:"这段时期大多数业余和半专业团体有着根深蒂固、毫无灵魂的习惯,就是依傍国外那些久经考验的剧本,那些来自英国或美国充满美好前景、印刷精美的已大获成功的剧本。因此,很难对一部已打印成稿、带着改动痕迹的、旧得发黄、不知被多少个剧院使用过的剧本作出有原创观点的评论,与其这样倒不如直接接受来自其他国家的观众和评论家的判断。"但是也要看到,在20世纪最初的10年,一些致力于澳大利亚民族戏剧发展的人们,包括一些澳大利亚剧作家,为推动本土戏剧的发展也积极组织戏剧团体开展活动并建造剧院。1904年,里奥·布劳德斯基(Leon Brodsky)在墨尔本建立的"澳大利亚戏剧协会"(Australian Theatre Society,1904—1909)也为20世纪澳大利亚的戏剧作出了重要贡献。

三、欧洲戏剧与澳大利亚民族主义戏剧嫁接

20世纪初期,伴随着以摆脱英国殖民主义桎梏、争取独立为宗旨的民族主义运动,有着鲜明澳大利亚特色的民族文学诞生了。在诗歌和短篇小说创作的影响下,批判现实主义的戏剧崛起并征服了澳大利亚,代表了20世纪澳大利亚戏剧的基本风格。无论在内容上还是形式上,它都迥异于英国传统文学,以一种全新文学的身份开始崭露头角。但由于受两次世界大战和经济大萧条的影响,一直到20世纪中叶,澳大利亚民族主

义戏剧始终在蹒跚中前进,欧美戏剧,特别是欧洲戏剧对其影响仍然处处可见。

1909年,由剧作家威廉·乔治·穆尔(William George Moore,1868—1937)牵头,澳大利亚戏剧协会"(Australian Theatre Society)开始每年举办一次"澳大利亚戏剧晚会"(Drama Night),虽然晚会的举办只持续了4年,但大大推动了澳大利亚戏剧艺术的发展。这个时期的澳大利亚戏剧具有深刻的民族内涵。民族身份意识建构逐渐表现在种族、阶级、性别歧视和压迫等严肃的社会问题上,矛盾冲突从个人性格转向社会问题,从个体命运转向人们的普遍生存现状。20世纪初出现的非常有名的作品不仅有像波特·伯利(Bert Bailey)创作的被认为具有独特民族特色的丛林喜剧《我们的选择》(*On Our Selection*,1912)和凯特·霍华德(Kate Howard,1864—1939)创作的轻快的浪漫丛林喜剧《负鼠围场》(*Possum Paddock*,1919),同时出现了一批反映人民生活与斗争的剧本,如布兰德·郝特(Bland Holt,1851—1942)的《干旱解除》(*The Breaking of the Drought*,1902)、威廉姆·安德森的《内地男子》(*The Man from Outback*,1909)、路易斯·埃森(Louis Esson,1879—1943)的《时机尚未成熟》(*The Time is Not Yet Ripe*,1912)和独幕剧《赶畜者》(*The Drovers*,1920)、万斯·帕尔默(Vance Palmer,1885—1959)的《黑马》(*The Black Horse*,1922)等。埃森在这批剧作家中最富有民族意识和独创精神。在他的剧作中,埃森有意识地向19世纪末殖民主义剧团演出的情节剧和社会喜剧的传统提出挑战,着力反对华而不实的台风。他的许多剧作写得简洁而洗练,为本世纪初的戏剧创作提供了模板。"可即使是这样一位有着强烈民族意识的爱尔兰裔澳大利亚作家,也是深受爱尔兰民族主义作家威廉·巴特勒·叶芝与约翰·米林顿·辛格的影响"(Croggon)。他的大型剧作《时机尚未成熟》是一出讽刺性政治喜剧,是模仿萧伯纳的具有典型客厅喜剧风格的传统情节剧作品,同时还运用易卜生的现实主义犀利笔锋鞭挞澳大利亚的虚伪政治、利己主义和争权夺利。

1922年,埃森与帕尔默等人在悉尼共同组织了"先驱演员"团体(The Pioneer Players,1922—1931),大力提倡创作反映澳洲生活的剧本,对澳大利亚戏剧的民族化起到了推动作用。埃森还在澳大利亚仿造爱尔兰的阿比剧院(Abbey Theatre)建立了一个能达到爱尔兰国家水准的剧院,这在第一次世界大战后经济萧条的背景下实属不易。

战争和经济萧条使戏剧基调大变,再也不见豪华浮饰的场面,关于丛林流浪的故事也销声匿迹。与此同时,有中产阶级背景、带有社会主义色彩的业余戏剧表演运动则方兴未艾。这一阶段的另一位先驱是凯瑟琳·苏珊娜·普里查德(Katharine Susannah Prichard,1883—1969)。她一生共写了十多个剧本,其中有些是30年代的政治讽刺剧,可惜已经散失了许多。《野马酒店》(Brumby Innes,1929)是她的代表作,也是澳大利亚最有影响的现实主义剧作之一,虽然曾在戏剧比赛中获奖,但是只上演了很短的一个时期。这是一出涉及两性关系和澳大利亚种族歧视问题的戏剧。

40年代最富有创新精神的小型戏剧团体是社会主义左翼文化的新戏剧运动的推动力量,它在墨尔本和悉尼开始了社会主义艺术运动。"新戏剧运动"引进了30年代美国左翼剧作家奥德兹和德国现实主义剧作家布莱希特的剧作。这个运动中比较突出的剧作家大多是女剧作家。其中,凯瑟琳·普里查德、莫纳·布兰德(Mona Brand,1915—2007)、丁夫娜·丘萨克(Dymphna Cusack,1902—1981)和奥尼尔·格雷(Oriel Gray,1920—2003)都是现实主义风格的领导者,而这些作家的作品由于历史和社会制度的原因,在很长一段时间内在澳大利亚没有得到应有的重视。多产作家格雷的主题主要是关于"社会和政治问题,如环境、土著人、同化和丛林生活",《夏天突然来到》

是描写乡镇土著居民惨遭迫害的佳作;《无鸟的天空》写战后德国犹太移民遭受的歧视。格雷的剧作具有强烈的自然主义色彩和特别的现实主义感。40 年代还有一位值得铭记的重要剧作家就是 S·L·艾略特(Sumner Locke Elliott, 1917—1991),他的剧作《生锈的喇叭》(*Rusty Bugles*, 1948)在 40 年代末引起轰动,被认为是迄今为止在澳大利亚的英国男性侨民身份主题方面的最佳之作。

总的来说,20 年代至 50 年代期间创作的剧本虽带有民族主义色彩,但为了吸引思念欧洲故乡的观众、迎合他们寻找身份感的需求,剧作不是模仿欧洲各国的戏剧风格和戏剧表现模式,就是在主题上反映各个欧洲国家移民在澳大利亚的际遇。脱胎于欧洲母体戏剧的澳大利亚戏剧彰显了其与欧洲戏剧的嫁接关系,它们互相给予对方养分。

四、根植澳大利亚的本土文化

澳大利亚戏剧自 50 年代以后有了较快的发展。1954 年,澳大利亚被划分为六个州,每个州有了各具地方特点的戏剧。剧院上演的澳大利亚戏剧不断增加,这些剧本大多着力反映澳大利亚的现实生活,有强烈的时代感,且语言生动、富有民族特色。真正具有国际影响力的划时代之作是产生于这个年代、由新成立的"伊丽莎白戏剧托拉斯"(Elizabethan Theatre Trust)推荐上演的雷·劳勒(Ray Lawler, 1921—)的《第十七个玩偶的夏天》(*Summer of the Seventeenth Doll*, 1955)。此剧在国内演出后又赴伦敦和纽约演出,后又被译成多种语言在许多国家演出,获得了广泛的国际声誉。它标志着澳大利亚戏剧的成熟。这个技巧完美的三幕剧,通过表现两个砍甘蔗工与一位城市女性的情爱关系,糅合了早期内陆传统信条与 50 年代市郊的道德准则,在伙伴情谊、爱情与婚姻、自由和友谊等一系列问题上提出了质疑。剧本具有易卜生戏剧的精巧结构和尖锐的戏剧冲突,被认为是澳大利亚表现普通劳动者的戏剧的楷模。接着,它被拍成电影,成为澳大利亚戏剧发展的转折点。继《第十七个玩偶的夏天》之后,60年代澳大利亚出现了剧台新风。简而言之,20世纪60年代前,澳大利亚戏剧基本上沿用现实主义戏剧传统,虽以简练、质朴的戏剧创作方法表现澳大利亚社会的文学主题——乐观主义精神、伙伴情意和反抗殖民主义的精神,但仍可以清楚地看到王尔德和萧伯纳的影响。直到60年代末,文化变革和批判时期才迟迟登陆澳大利亚,并在这个大陆刮起一阵变革之风。这股风潮彻底摧毁了200年来戏剧文学的柱础,重新确立了自第一次世界大战以来一直存在维新思想的演出阵地。

1967年,贝特·伯斯特尔(Betty Burstall)在墨尔本近郊卡尔顿区开了一个类似咖啡馆的小剧院,并把剧院命名为"拉马马剧院"(La Mama Theatre)。在当时,没有本土的剧目,也没有好的剧院为年轻的剧作家提供公开演出的机会。商业剧院和得到州政府补贴的剧院为求稳稳获利,宁可从美国百老汇和伦敦西区引进已广受好评的剧目,并邀请主要演员来进行演出。正是"拉马马剧院"以及同一时期在其他城市自发成立的"非正统"小剧院给予了澳大利亚戏剧极大推动,使之充满生命力,并在各州首府和其他城市渐渐繁荣起来。这些剧院吸引并且发现了新剧作家、新演员、新导演,为他们提供了舞台,使他们有机会寻求表现当时社会问题的独特戏剧形式。新一代剧作家对于社会的许多方面都持批评态度,他们聚集在卡尔顿,向现有的思想和秩序提出挑战。戏剧创作出现了繁荣的局面,产生了帕特里克·怀特(Patrick White,1912—1990)、杰克·希伯德(Jack Hibberd,1940—)、大卫·威廉森(David Williamson,1942—)、亚历山大·布佐(Alexander Buzo,1944—2006)和约翰·罗默里尔(John Romeril,1945—)等一批优秀的剧作家。希伯德、威廉森和罗默里尔与其他一些演员组成了"澳大利亚戏剧演出团体"(Australian Performing Group)。"澳大利亚戏剧演出团体"的宗旨是专演澳大利亚戏剧，反对英式的表演，主张发扬民族风格，掀起了"新浪潮戏剧"(New Wave Theatre)运动的浪潮。其特色为"带有荒诞色彩的半自然主义"。"新浪潮戏剧"不仅仅关注宏大的史诗叙事，更寻求戏剧表现形式上的创新，不再简单地模仿欧洲戏剧：在戏剧形式上逐渐摒弃了传统的三幕正剧，使演出阵容日趋小型化；在语言上放弃了英国式的雄辩戏剧语言，尝试自然地应用各种澳大利亚方言土语，形成具有澳大利亚地方色彩、能够反映澳大利亚现实生活的英语；在主题和戏剧元素上亲近所有澳大利亚人，再现澳洲传奇人物、风俗仪式和历史事件，拉开了澳大利亚现代主义戏剧的序幕。

1968年，"澳大利亚艺术委员会"(Australia Council for the Arts)诞生，接着便展开了反审查斗争并取得了辉煌胜利，正式宣布取消戏剧审查制度，政府下令拨款资助"澳大利亚戏剧演出团体"。这一切都为后来的剧作家赢得了创作自由，繁荣了戏剧创作。布佐在60年代的代表作有《诺姆和阿米德》(*Norm and Ahmed*, 1968)、《根深蒂固》(*Rooted*, 1969)、《前室男孩》(*The Front Room Boys*, 1969)和《麦考瑞》(*Macquarie*, 1971)等。他的许多作品可归属于社会风俗喜剧。他首创的社会风格喜剧形式是他对澳大利亚现代戏剧的贡献，这种形式在"新浪潮戏剧"运动中的作用是不可忽视的。

五、戏剧多元化发展时期

20世纪70年代，"伊丽莎白戏剧托拉斯"的工作大部分为1968年成立的澳大利亚艺术委员会(后改名为"澳大利亚委员会")所承担。澳大利亚戏剧的划分由原先的"商业性"和"非商业性"变革为"资助性"和"非资助性"。"非资助性"戏剧所演剧作主要为国外的成功之作，"资助性"戏剧则上演内容更加严肃的、带有实验性质的剧作和澳大利亚剧作家的新作。各联邦的首府地区都有政府资助的演出团体，如先后在悉尼歌剧院演出的老托特剧院和悉尼剧团、墨尔本的墨尔本剧团、布里斯班的昆士兰剧院。此外，还有一些接受资助的小型职业演出团体，如在澳大利亚最优秀的悉尼尼姆罗德剧院。70年代以后，随着大批新剧作家和新作品的涌现，澳洲戏剧出现了惊人的发展。著名澳大利亚文学评论家克拉默认为："戏剧这一最能表现性格和呐喊的艺术形式，一旦起步会有着无比迅猛的发展。"戏剧界面目焕然一新，开创了"一战"以来从未有过的新局面，迎来了澳大利亚戏剧史上的第二个繁荣时期。

70年代的舞台见证了诸多著名剧作家的成熟。1973年，天才小说家、剧作家、诗人帕特里克·怀特获得了诺贝尔文学奖。此后，澳洲戏剧更是备受世界的瞩目。希伯德、威廉森、布佐和罗默里尔的优秀剧作如雨后春笋般涌现。希伯德是一位多产的作家，他最著名的作品是《丁布拉》(Dimboola, 1969)和《想入非非》(A Stretch of the Imagination, 1972)。《丁布拉》是一部有关婚礼并由观众参与的戏剧，观众充当了闹哄哄的婚礼早餐的来宾。剧情描述了新郎、新娘两家代表的两种宗教（天主教和新教）之间的矛盾最终转变成暴力冲突的过程，该剧后来改编成电影。而《想入非非》在欧美和中国相继上演，是澳大利亚在中国上演的第一部戏剧。

70年代澳大利亚戏剧复兴中最著名且在戏剧方面成就最大的当属戴维·威廉森。从70年代直到21世纪前10年，威廉森一直没有中断戏剧创作，共创作30多部剧作，仅在70年代他就创作了9部作品，这些也是使他声名鹊起的作品。这9部作品分别是《鹳鸟的到来》(The Coming of Stork, 1970)、《搬家公司》(The Removalists, 1971)、《唐的聚会》(Don's Party, 1971)、《三个骗子》(Jugglers Three, 1972)、《假若你明天死了怎么办》(What If You Died Tomorrow？, 1973)、《学院》(The

Department, 1975)、《一群朋友》(A Handful of Friends, 1976)、《足球俱乐部》(The Club, 1977)和《向北旅行》(Travelling North, 1979)。威廉森的戏剧有着明显的自然主义倾向,连旁枝末节都直录现实,但在结构上与"新浪潮"派的其他作品稍有不同。它有现代戏剧的随意性,又有传统戏剧的精心构思,因而备受观众欢迎。他的戏剧语言犀利幽默,场景和情节讲究自然,人物对白紧凑动人、直抒胸臆而又发人深思,语言特点能彰显人物身份。他的作品关注各种群体里的权力规则,以及在这种规则下澳大利亚人内心产生的的孤独寂寞、虚伪不忠和阴谋诡计。

这个时期澳大利亚的一些戏剧作家开始探索澳大利亚的身份认同和在世界上的地位问题,引发了观众对这些问题的反思。具有多元文化背景的当代剧作家一方面力图创作澳大利亚史诗性戏剧,以重大历史和政治事件为背景刻画个人命运,另一方面则把目光投向欧洲、美洲和亚洲。随着澳大利亚在经济、政治和文化上越来越多地融入亚洲社会,亚洲主题在当代澳大利亚戏剧中越来越突出。澳大利亚首部有关亚洲的戏剧是布佐的《诺姆和阿哈迈德》。约翰·罗默里尔则关注澳大利亚与亚洲和南太平洋地区之间的关系。他的《飘浮的世界》(The Floating World, 1975)借用歌舞伎和木偶戏等日本戏剧形式,站在澳大利亚人的角度把亚洲视为文化他者,进而反映澳大利亚在融入亚洲的过程中所面临的文化冲突问题,引发了当代戏剧更多的对过去与现在、本土文化与其他民族文化之间关系的思考。路易斯·诺瓦拉(Louis Nowra, 1950—)的剧作就体现了对这些关系的思考。她的《心声》(Inner Voices, 1977)以18世纪的俄国来影射澳大利亚的当代生活。

70年代戏剧繁荣的背后有各种机遇的推动,但同时也蕴含着危机。戏剧的发展离不开演员的支持,由于英国移民法的限制和办理赴美签证越来越困难,更多的澳大利亚演员不得不留在本国。70年代中期,澳大利亚演员协会为了给本国演员提供更多的就业机会,开始对邀请国外演员增加种种限制。演员在演出戏剧的同时,又纷纷投向电影、电视事业,使得戏剧演出大受影响。国家成立了文化委员会拨款资助剧团,促进了戏剧事业的发展。但是另一方面,政府在艺术方面的拨款和制定政策的机构——澳大利亚艺术委员会颁发的资助金的实际购买力却逐年下滑,而与此同时,演员、剧团和表演学校的数目却在不断增加。各州政府也想方设法维持他们资助的水平。剧团必须更多地着眼于其他收入来源,以便生存和发展。这些来源包括增加票房收入、巡回演出以及接受私人或公司的捐助。自1980年以来,戏剧又通过"伊丽莎白戏剧演出公司"和"阿德雷德艺术中心"等组织朝着联合演出的方向发展,从而使得澳大利亚70年代出现的戏剧复兴能够延续到现在。

作家们也开始拓宽自己的戏剧风格,途径是吸取非自然主义的因素,特别是亚洲传统戏剧形式,其中以中国和日本的戏剧最为突出,如中国的象征主义、宗教仪式和布景设计等。同时,当代戏剧界对于土著民族文化也更为重视。

70年代更值得一提的是1971年首次在悉尼上演的第一出土著戏剧《摘樱桃工》(The Cherry Pickers, 1968),由澳大利亚史上第一个土著剧作家凯文·吉尔伯特(Kevin Gilbert, 1933—1993)所作,描写一群替人采摘水果为生的土著人的生活,获得了好评。虽然评论家认为该剧并没有摆脱传统现实主义戏剧和欧洲戏剧的模式而形成土著戏剧自己的特色,但也标志着土著戏剧文学有了较大的发展。80年代又出现了一批诸如凯文·吉尔伯特、罗伯特·梅里特(Robert Merritt, 1936—1999)、杰克·戴维斯(Jack Davis, 1917—2000)等剧作家,他们在国内外戏剧市场上确立了澳大利亚黑人戏剧的地位。梅里特的《糕点工》(The Cake Man, 1978)在国内巡回演出并拍成了电视剧,1982年又在科罗拉多的世界戏剧节上备受青睐。

《糕点工》及戴维斯的两个剧本《古拉克》(Kullark,1972)和《梦想者》(The Dreamer,1982)被选入了澳大利亚几个州的中学和大学的教材。戴维斯在他的土著剧中描写了土著人的生存窘境:为了生存,他们被迫与主流文化的信仰和习惯在不同程度上融合,生活在两种文化的夹缝中,并努力取得这种混合的文化身份。剧本通过演绎土著家庭从日出到日落的生活,显示出土著人的自我批判精神。戴维斯的《糖没了》(No Sugar,1985)讲述了在30年代经济萧条时期,澳大利亚土著人被迫离开故土,变成受监管的本土定居者的故事。1986年,该剧在加拿大世界戏剧节上大放异彩。和多数当代土著剧作家一样,戴维斯的作品在结构和人物刻画上沿袭西方传统结构,使用土著的仪式及象征符号,以独特的语言和视角,把澳大利亚英语和土著英语结合起来,把西方戏剧形式和土著精神内涵结合起来,表达独特的部族文化精神。在这二三十年中,土著戏剧有了长足的发展。当代土著剧作家们利用戏剧这个大舞台,为观众和读者展现和揭示了独具一格的土著文化与土著人的身份。人们也能从中感受到戏剧作为有效的媒介在传播文化中的重要作用。但由于土著剧往往沿袭澳大利亚现实主义戏剧传统和欧洲传统戏剧结构,直到20世纪末,澳大利亚仍然没有形成真正的土著戏剧。但我们欣喜地看到,2000年前后,澳大利亚本土作家的戏剧创作进入了前所未有的繁荣时期。他们用独一无二的戏剧语言关注土著人的文化传统和生存现状,表现多元文化共存的澳大利亚社会形态。

在七八十年代时,澳大利亚剧作家关心的是中产阶级的价值观、明显的民族主义主题以及自然主义的演出风格,如今,人们既反对亲英的高雅文化的概念,又反对狭隘民族主义的吹捧。他们开始探索国际性的大问题(特别是与澳大利亚在亚洲的地位有关的那些问题)以及与国内具有不同文化背景的人民有关的语言、价值观念和文化传统问题。

与此同时，人们开始具有这样的信心，即澳大利亚在文化上比起英国、美国、法国或者意大利等，也不见得就逊色一筹。如今在国外"镀金"对于澳大利亚艺术家来说已无关紧要。他们在国内同样可以进行自己的创作活动，甚至还可能比在国外进行得更好。他们现在被称为"澳大利亚作家或艺术家"，其意义与以往有所不同，不再是表示"近一个世纪以来反抗英国文化统治"这层意思，而是"和澳大利亚读者或观众密切相关"的意思，自然他们也同时希望这些作品对于其他国家也有现实意义。剧作家开始摆脱在文化处于附属地位时的传统概念。为了赢得观众，他们必须开辟一条与欧洲不同的道路。

六、结论

纵观澳大利亚文学发展的历史，我们可以看到，澳大利亚文学总的发展趋势是由早期的移民文学逐渐发展成为具有个性的民族文学，并走向成熟，形成了众多的文学流派。

20世纪末，在人口只有几千万的澳大利亚，仅仅悉尼歌剧院每年演出场次就达到3000场。悉尼人口只有300万左右，相当于中国的一个中等城市，但是仅悉尼歌剧院每年的演出场次，就超过了北京市所有剧院每年的总演出数量，甚至超过中国多数省份的剧院全年演出的总场次数。当代澳大利亚戏剧在创作方法上突破了现实主义戏剧传统，在戏剧主题上与国际接轨，表现当代澳洲生活的方方面面，特别是澳大利亚有别于其他国家的特征，包括与其历史、社会、文化、自然环境等密切相关的主题，从不同的视角寻求澳大利亚身份。海纳百川，有容乃大。澳大利亚的多元文化政策不但促进了各民族文化的繁荣，更为移民作家和土著作家创造了适宜的创作平台，他们的作品构成了当代澳大利亚戏剧不可或缺的重要组成部分。

（安徽大学外语学院　宋筱蓉）

【参考文献】

Bennett, Tony et David Carter ed. *Culture in Australia*: *Policies, Publics and Programs*. Edingburg: Cambridge University Press. 2001.

Croggon, Alison. "How Australian is it?", *Overland*, Vol. 200, Spring 2010.

Fotheringham, Richard. *Sport in Australian Drama*. Cambridge: Cambridge UP, 1992.

Shakespeare, William. *Hamlet Prince of Denmark*. New York: Penguin Books. 1970.

Rees, Leslie. *A History of Australian Drama*: *Vol.* 1. Sydney: Angus & Robertson Publishers. 1973.

Fitzpatrick, Peter. *After "The Doll"*: *Australian Drama since* 1955. Melbourne: Edward Arnold(Australia), 1979. Print.

吴祯福主编. 澳大利亚历史 1788—1942. 北京出版社,1992.

黄源深. 澳大利亚文学简史. 上海外语教育出版社,2006.

安吉尔·戴人物形象分析

A Character Analysis of Angel Day

《卡彭塔尼亚湾》(*Carpentaria*, 2006) 是澳大利亚土著女作家亚历克西斯·赖特 (Alexis Wright) 文学创作生涯中最有影响力的作品,描述澳大利亚土著民族在白人占主导地位的社会中的生存现状。即使在 20 世纪,澳大利亚的土著居民仍然受到白种人严重的压迫和歧视,并没有摆脱殖民统治遗留下来的影响,他们在政治、经济、思想、文化上被白人排斥于社会生活的边缘。这一残酷现实使土著人如同戴着无形的枷锁,其肉体和精神都受到无尽折磨。

安吉尔·戴是这部作品中的主要女性人物,她个性鲜明、敢作敢为、勤劳善良。但是在白人政权的统治下,她和家人过着极为贫困和悲惨的生活。面对政府残暴的统治和社会上存在的种种阴暗面,安吉尔内心充满了痛苦和困惑,在坎坷的命运之中苦苦挣扎,试图在土著民族被边缘化的社会里找寻自己的位置。

本文借助这部作品里的叙述视角和语言刻画,探讨以安吉尔为代表的澳大利亚土著女性在白人统治和压迫下的"他者"形象和自我意识、对殖民者的勇敢反抗,以及在坚守本族传统与认识外来文化的冲突中的"他者"与自我双重身份之间的思想困境与无助,展示并分析安吉尔的不幸遭遇和心理状态。

一、安吉尔·戴的"他者"形象

爱德华·萨义德指出,少数群体是一个被"他者"化的弱势群体,他们生存在社会的底层或边缘,无法取得作为合法公民应有的权利。少数群体并不完全指数量上占少数的一群人。它不仅仅出现在前殖民地,也可以存在于西方资本主义国家之中,这一点通过黑人移民的生存状况能得到说明。少数群体在政治和文化上受到控制和压迫,缺乏有效途径保障自己的合法权益和诉求,安吉尔·戴就是一个例证。

德斯珀伦斯镇的白人和镇郊土著人的生活在小说中形成了鲜明的对比。白人通过创建矿业公司和开办牧场发了财,过着豪华奢侈的生活,而土著人的土地被侵占、生存环境受到污染、可以采摘和狩猎的空间越来越小,在几乎没有任何收入的情况下,过着衣不蔽体、食不果腹的生活,他们中的绝大多数人不得不靠捡拾镇边垃圾场中白人丢弃的垃圾为生。安吉尔就是这些可怜的土著人的一个缩影。

首先,她没有属于自己的土地可以安家。安吉尔和其他土著妇女一样,把家放在第一位。由于土地都被殖民者霸占了,安吉尔和家人无处搭建安身的小屋,只好四处漂泊。刮风下雨的日子和酷暑寒冬就是一年中最难熬的日子,一家人经常挤在树下、灌木林里躲避炎热或寒冷的侵袭。赖特这样描述:

> 六个孩子和她一起,坐在一棵枝繁叶茂的大桉树树荫下面,直到她用两块毯子撑起一片更为长久的荫凉。这是她拥有的唯一的财产。

生活的困境让人心力交瘁,安吉尔苦苦地寻找出路。当她发现镇郊白人的垃圾场时,简直如获至宝,决定把家搬到垃圾场附近,因为离垃圾场近一点,她就更方便从废物中挑捡家里需要的东西。白人认为垃圾场是一个肮脏凌乱、臭气熏天的地方,而安吉尔却觉得这"是他们生活过的最好的地方",因为她只需穿过公路,走几步就可以到达垃圾场,不用花上一分钱就能从垃圾中捡到她想要的东西。她在家里原有的两块毯子的基础上,用捡来的木头、绳子、塑料、旧油桶、破铁皮以及生锈的汽车零件等废品,为家人盖起了可以挡风遮雨的棚屋,赖特对棚屋进行了这样的描述:

> 那是一座似乎永远都在嘎嘎作响的波纹铁皮棚屋,一座碉堡。用喷洒的圣水、驱邪的魔咒、满腔的热情、染发剂给予的诱惑以及从公路对过的垃圾场捡来的废物建造而成。

在安吉尔的眼中,这个棚屋是她一手创造出的"财富",因为它使她结束了流浪和漂泊。但即使安吉尔们没有把家搭建在镇子里面,他们安身的棚屋仍然是白人的眼中钉、肉中刺。白人千方百计要把这些棚屋拆除掉,理由是它们严重损害了镇子的形象。从这些文字中读者能够深切地感受到,在这个滨海小镇,土著人的经济处境是多么艰难,他们已经一无所有,而白人殖民者还想夺走他们唯一可以遮风挡雨的地方。

其次,土著女性没有任何社会地位,整日生活在惊恐之中。安吉尔虽然是小镇的居民,但是她基本的生存权利无法得到保障,合理的诉求无人倾听,想要欺侮和迫害她的白人受到政府的支持和包庇,因为处理镇子里的大小事务时没有人听取土著人的意见。她不明白那些横行跋扈的白人官员在用篱笆围得密不透风的政府大楼里做些什么,只担心他们随时策划出一些新的花招来对付土著人。

白人政府的残暴统治,使得每个土著人都活在惊恐之中。他们都尽可能地躲避白人,不敢和他们打交道,生怕给自己惹上摆脱不掉的麻烦。土著人心里都清楚,即使一件微不足道的事情都有可能招致杀身之祸。安吉尔在垃圾堆里不敢触碰被扔掉的"官方文件"这一细节很好地体现出土著人对于白人的恐惧心理：

如果那些"官方文件"不把她吓得看一眼就心怦怦直跳的话，安吉尔·戴一定觉得非常惊讶。她翻垃圾的时候，手指一碰到那堆"官场"上的玩意儿，就会颤抖。

安吉尔捡到座钟时内心产生的思想斗争，也明显表现出这种恐惧的心态。当她在垃圾中发现座钟的一刹那，简直不敢相信自己竟然会有这么好的运气。她小心翼翼地擦拭着它，心里盘算着这个座钟将会给家人和生活带来的变化，他们可以不用再像以前那样，每天只能靠太阳来估算时间。但是安吉尔很快又从这种极度喜悦之中清醒过来，意识到这件东西有可能给她带来灾祸，担心白人治安官会污蔑是她偷了这个座钟，然后把她关进警察局。她甚至还想象到了自己像一条鲻鱼一样被装进网里的可怜模样。可见，对白人的恐惧感已经进入到安吉尔们的潜意识之中，如果不是白人凶狠残忍、专横跋扈，在垃圾堆中捡到一个被人扔掉的座钟时，她根本不会有这样一个复杂的心理变化过程。

再次，白人殖民者对土著妇女的精神和身体上的侮辱。德斯珀伦斯小镇的镇长是白人斯坦·布瑞舍，他依靠投机取巧发了横财，取得了镇长的职位。他性格孤僻、凶狠残暴。布瑞舍的格言是：

"没用的东西，就吃掉它；吃不掉就让他妈的见鬼去，然后就没那么多麻烦了……"镇上的每个人都清楚他追逐并奸污了多少个土著女人。

安吉尔清楚地记得布瑞舍是如何粗暴地糟蹋自己的。他骑在一匹飞奔的马上追她，把她逼到了很远的小河边，一直到安吉尔绝望而无助，被荆棘划破的双腿再也无法动弹。厄运无情地降临到她身上，而布瑞舍的内心丝毫不会产生罪恶感，他认为土著妇女比妓女还不如，根本不能算作是人类，骑在马上追逐土著女人就好像是在狩猎,而奸污土著妇女如同给牲口打上烙印。在他的眼中,土著是极其愚昧、落后的民族,他给小镇的每个土著女人都留下了这样的印记。斯比瓦克在她的论述中也提到,第三世界女性的命运更为悲惨:在种族层面上,她们一直受帝国主义的政治压迫和思想控制;在阶级层面上,她们无法获取应该得到的社会地位和合法权利;在性别层面上,她们经常遭受男性的身体摧残和性别歧视,所有这些都导致了第三世界女性多重"他者"的命运。

如果说家庭的贫困、地位的低下、内心的恐惧还都能忍受的话,那么在人格和身体上受到的侮辱,是安吉尔所经历的不幸遭遇中最让她感到痛苦的事情,给她的心理造成了永远无法弥补的创伤。

虽然自己遭到了强暴已是极大的不幸,但她的悲伤还远远不止这些。她的女儿长期被白人警察霸占,而两个儿子没有犯下任何罪行就被关进监狱里,惨遭布瑞舍的毒打,最后在监狱中含冤死去。安吉尔保护不了自己,更没有办法保护她的孩子们,她只有眼睁睁地看着灾难接二连三地降临到自己的身上。

在德斯珀伦斯小镇,土著人在黑暗的深渊里挣扎。生存是每个人最基本的权利,但是对于他们来说拥有这种权利是艰难的。安吉尔也向往美好的生活,也希望过衣食无忧、自由快乐的日子,而这个没有任何公平和正义的社会使她看不到任何希望。

二、安吉尔·戴的自我意识

自我意识是人类个体对自身的认识,对自己作为历史和社会活动主体价值的认识。自我意识推动着人类不断地去创造世界、改造自然,以求"自我"在客观世界的变化、发展中得到确认。当然,有什么样的文化就有什么样的自我意识,有什么样的自我意识就会创造出什么样的文化。安吉尔没有受过任何教育，不能从文化的深层次上来表达自己的自我意识，她只能通过各种言行来证明自己的存在和对生活的要求。

  安吉尔有强烈的家庭责任感。她认为："生活除了为自己和孩子建一个遮风挡雨的屋顶之外，并无别的意义。"因此，她每天都会推着小车往返于家和垃圾场之间，风雨无阻，无论多么劳累，她都坚持在垃圾堆里翻找需要的东西，终于凑足了材料，搭起了一个可以勉强居住的小棚屋。孩子是她生活的全部，只有他们不再过那种挨饿受冻、四处漂泊的生活，自己才能够安心，才算尽到一个母亲的责任，这就是她活着的意义和价值。

  我们不难理解为何她的内心会有这样的想法，在德斯珀伦斯这样一个种族歧视严重的小镇，一个土著女人又能够奢求什么别的呢？她也羡慕城里的白人女性，能够穿漂亮的衣服，戴华丽的首饰，把自己打扮得光彩照人，住在宽敞明亮的高楼里，过着宁静、自由和富足的生活。但是所有这一切只能出现在安吉尔的幻想之中。她很清楚，土著人能够活下来都极为不易，自己根本无法取得和白人女性同样的权利和生存条件，更不用说得到像白人男性那样的社会地位了。因此，靠捡拾垃圾来养家糊口和抚养孩子，这只能是安吉尔自我意识的最直接表现。

  安吉尔厌恶白人。白人认为土著人相貌丑陋、性情懒惰、身体肮脏、思想愚钝，如同野兽一般，因此，必须镇压他们，让他们服服帖帖。在这样的环境中，安吉尔逃脱不了被彻底边缘化的命运。她也想拥有公民的基本权利，哪怕仅仅表达一下自己的观点。但这对于生活在白人殖民者统治下的土著女性来说，根本就是一个永远无法实现的幻想。这使得她对镇里的白人充满了愤恨，希望有至高无上的神灵（上帝）来惩治他们。赖特对于安吉尔的心理进行了细致的刻画：

  她经常谈到德斯珀伦斯的上帝不知到了什么地方，他应该到城里人们居住的地方，用他的光芒救赎那些该死的家伙……她只需看一眼白人的脸色,就知道他们要说什么话,尤其是那些写"官方文件"的人。她管他们叫"胡说八道的伪君子"。

在通过言语来释放愤懑情绪的同时,她也通过行动来表达自己的极度不满。小说多次描写安吉尔翻找垃圾时在垃圾堆中看到被丢弃的官方文件的场景,每当她触碰到这些文件的时候,心里就充满了愤怒。她认为这些文件里都是白人制定的迫害土著人的政策。安吉尔不断愤愤然地嘟哝着,让自己离这些文件远点,离白人远点。

安吉尔这样做也是一种无奈。镇里的白人政权用尽一切手段打压土著人,安吉尔没有办法来改变这残酷的现实,如果想要使自己痛苦的内心得到些许安慰,就不去想他们正在做的那些肮脏无耻的事情,把他们彻底地排除在自己的生活之外。因为安吉尔明白,即使土著人遵守白人社会的法则,也无法改变白人对土著人的偏见。

安吉尔珍视土地。土地是土著人的命根子,现在被白人强行夺走,也引起了土著人内部的矛盾,反映该矛盾的垃圾场之战就是小说中一个突出的情节。在这场争斗中,安吉尔为了争抢垃圾场的使用权和其他土著人发生了冲突,被打得头破血流。表面上这是一场发生在土著人之间的争斗,实际上,作者想借助它来表明土地在土著人心中的重要性以及安吉尔对土地权利的意识。安吉尔当时这样想:

> 她认为自己接替诺姆的祖父,成为了这块土地的"守护者"。在她的心目中,不管是谁,要想进入这块土地,必须先和她这个"守护者"打招呼,说明来意。她欢迎那些骨子里充满了对古代遗址的崇敬,迈着庄重的步子走进这块领地的人们。每当看到那些人因这里风景秀丽而一脸痴迷,因老祖宗的发明创造而激动不已的时候,骄傲之情在她心中油然而生。

这段文字很形象地突出了安吉尔对被她视作"领地"的垃圾场有多么珍视,也从深层次上说明了这位土著女性对于土地的深厚情感,以及当赖以生存的土地被白人侵占之后她的心情何等痛苦。

三、安吉尔·戴的反抗

在垃圾场之战的当天夜里,安吉尔的一些邻居从镇子东边搬到西边,形成一个新的土著营地。镇里的白人暴跳如雷。正像赖特在小说中描写的那样:"垃圾场之战炸开了诺姆·凡特姆一家以及所有和他们有关系的人的那个小小的世界。"白人认为土著人无法无天,从东西两边包围了镇子,严重妨碍他们的生活。镇长斯坦·布瑞舍迅即召开了会议,商量惩治土著人的办法,企图铲平土著人的营地。白人官员们把矛头直接指向了安吉尔。

安吉尔对白人的蛮横霸道感到极为气愤,当官员们来到家里指责她时,刚开始她还强忍住心中的怒火,为自己做一些辩解。但是白人却不依不饶,斥责安吉尔在垃圾场引发的冲突,又导致新的土著营地建立。他们辱骂她是一个丑陋的黑鬼,把她的住所变成令人作呕的垃圾堆。土地被霸占、生存权被剥夺、人格受到侮辱,所有的这一切使得安吉尔的怒火终于爆发,她厉声地呵斥这些道貌岸然的白人:

> 我们都是体面人。我这个家族,我们从来不给任何人找麻烦,你们为什么总是来找我们的麻烦呢?我要告诉你们,我受不了!我甚至连看都不想看你们这些人。我不想让你们这些家伙来这儿打搅我们……如果你们这些家伙敢再来这儿,我就告诉你们,我会怎么办。我会通过土著人法律事务所,以谋杀罪控告你们。

在场的白人官员听到安吉尔的话时,简直无法相信自己的耳朵,没有料到这个瘦小的女人竟能有胆量反驳他们,还说要以法律为武器惩治白人。镇长斯坦·布瑞舍更是极大地震怒,决定要羞辱这个胆大妄为的土著女人。于是在众人面前大声地说出了当年安吉尔被自己奸污的往事,脸上露出洋洋得意的表情。被揭开痛苦伤疤的安吉尔的愤怒已经达到了极限,她从屋里端出一盆滚烫的开水,对准布瑞舍泼过去,接着找出一把锋利的尖刀,想要和他同归于尽。所幸布瑞舍被诺姆推出了房间,才避免了惨剧的发生。

这些情节显示出安吉尔的反抗精神。这种反抗是她对白人所犯下的罪行的无情揭露,所有的话语和行为不仅表达了她的极度愤恨,而且蕴含着无尽的痛苦。早在安吉尔出生之前,家族中就有很多人被白人残酷地杀害。即使是现在,活着的人仍然受到压迫和摧残。每当她想起家族遭遇的不幸,她就觉得自己的心脏像被撕裂般的疼痛,甚至整夜都无法入睡。通过这些话语和行为,安吉尔释放出了多年被压抑的对于白人的愤恨情绪,表现了她的反抗意识。

安吉尔不仅敢于反抗骑在土著人头上作威作福的白人官员,对来自家庭内部的性别压制她也具有反抗精神,这一点主要体现在她与丈夫诺姆的关系上。

在最初选择搭建棚屋的地点时,诺姆反对她把房子建在垃圾场的旁边,因为他认为这个地方使人不舒服:"总是觉得好像有什么东西从地下升起,一直钻进他的骨髓。"因此,诺姆常为这件事与安吉尔吵架,警告她,如果她不改变决定,那么在搭建棚屋的时候她不会得到丝毫帮助,甚至以离家出走来威胁。安吉尔没有屈从,她选择这个地方安家,一是因为这里环境隐蔽,从公路上无法看清楚里面的一切;二是离垃圾场近一点,更方便她在那里捡到家里需要的东西。

其实安吉尔非常渴望能够得到丈夫的关心与支持。搭建棚屋是体力活,她每天都要往返于家与垃圾场之间,身体非常疲惫。如果丈夫能够帮助她,哪怕只是精神上的鼓励,也会给她很大的安慰和动力。但是她的丈夫不仅极力阻止,还要离家出走,这让她感到非常难过和气愤。最后,安吉尔并没有对诺姆作出任何妥协,还是违背了诺姆的意志,凭借自己的双手把棚屋建在垃圾场旁边。

土著人内部有着非常严格的生活习俗和社会行为规范,男性在社会和家庭中处于绝对的支配地位,负责维护这些习俗和规范,而女性则要恪守各种各样的传统礼仪,尊重男性在各个层面的支配地位。像建造房屋这样重大的事情,一般是男性做决定,女性服从。但是安吉尔没有顺从诺姆,在他一再反对下仍然坚持自己的立场,这一点很好地体现了安吉尔的立场和反抗精神。生活对于安吉尔是极其不公的,她不仅要面对白人在肉体和精神上的摧残,而且也要承受来自于家庭中的性别压制,这是后殖民社会中土著女性悲惨命运的真实写照。

小说中的结局也令人深思。最后安吉尔离开了那个让土著人饱受耻辱的德斯珀伦斯小镇,并且与诺姆离婚,到了一个虚幻的、无从知晓名字的地方独自生活。作者在小说中并没有明确地说明这个地方是否真实存在,它只是经常出现在土著人的梦中,那里没有白人的压迫和歧视,也没有家庭的性别压制。

由此可见,生活的艰难让安吉尔感到绝望,也让她对自己周围的生存环境充满了极度的憎恨。但作为一位土著女性,她没有能力改变这一残酷的现实,只要在这样的环境下生存,她就必须要面对所有的不公。逃避是安吉尔为了解脱的无奈选择,同时也是反抗各种压迫的方式。不难看出,赖特通过安吉尔的这种形式的反抗,表达了她对迫害女性的整个社会的控诉,而逃离这个社会也许是作者为这位女性角色所能安排的最好的结局。

四、安吉尔·戴的困境

安吉尔是赖特笔下一个很复杂的人物角色,为孩子搭建棚屋体现了她作为母亲的勤劳善良,棚屋地址的选定体现了她性格当中所蕴含的坚韧。她对自己的民族有着深厚的情感,对于社会和家庭的压制,她又能针锋相对地进行反抗。安吉尔所展现出来的这些品质是值得肯定的。但是换个角度看,她对自己贫困背后的深层次原因并没有一个正确的认识,这也突显了她思想上的困境。

小说的第二章有这样一个情节:安吉尔在垃圾场捡到一尊圣母玛利亚雕像。雕像很陈旧,但却完好无损,甚至连一道细微的裂痕也看不到。她感到异常激动,觉得如果有了这尊雕像的护佑,自己马上就会时来运转。她天真地以为,白人有钱的原因就是圣母玛利亚把恩泽降临到了他们头上。赖特这样描写安吉尔当时的心理状态:

> 她会像白人一样祈祷,说她也信基督教。而这正是普瑞克尔布什的穷人和镇上那些白人的区别。白人富裕,就是因为他们攒了足够的钱,因为他们家里供着圣人的雕像,所以就看不起别人。那些精神上的老祖宗如果看到他们多么起劲儿地祈祷,就会因为他们虔诚而给他们钱。这也正是他们拥有城里所有产业的原因。

可以看出,白人和土著人生活水平的强烈反差给她造成了思想上的困境。她以为,白人之所以能够拥有财富,是因为信奉基督教,家里供着圣人的雕像。如果自己也信奉白人的宗教,像白人那样对他们的神灵进行虔诚的祈祷,她也很快能够变得非常富有。很明显,她的这种认识是完全错误的。

在欧洲殖民者入侵以前,澳大利亚土著民族一直过着传统的游牧生活,这块"幸运的大陆"为他们提供了丰富的食物,狩猎、采集和捕鱼是传统的生活方式,也是最主要的经济活动。

在沿海地区和其他气候湿润的地方,他们只需很少的时间就能够获取到几天的食物。因此,那个时候土著民族完全可以做到自给自足,而这样的生活也使得他们感到无比的快乐和幸福。

然而殖民者的大量涌入彻底破坏了这种美好安宁的生活。土著人赖以维生的肥沃土地被白人圈作牧场和用于矿业开采,从中谋取巨额利润,而土著人却被驱赶到人烟稀少的荒漠或土地贫瘠的内陆地区。由于那里自然条件极端恶劣,他们很难觅得足够的食物,不得不选择距离城镇很近的地方与白人共同居住。但是在白人统治区,土著民族的生活资源相当匮乏,人身权利得不到保障,更不用说找到合适的工作来维持一家人的生计,最终陷入极度贫困。

安吉尔从来没有受到过任何形式的教育,主要知识都来自土著的传统,而白人又采取一切手段对土著民族洗脑,妄图使土著人放弃自己的宗教信仰,接受西方人的思维方式和所谓的先进文化,进而对他们实行精神奴役。白人的这种做法确实对土著人产生了相当大的影响,安吉尔甚至请来白人传教士为自己的房子驱灾避邪。所有的这些内在和外在的条件都限制了她理解事情的方式和能力,遇到问题时也只能停留在表面上对其思考,很容易陷入思想上的误区。因此,安吉尔无法认识到白人的入侵和压迫才是导致土著民族贫困的根本原因。

安吉尔在认识方面的困境具有极大的危害性,很容易衍生出安吉尔对自己民族文化的不信任,从而导致自我贬抑和自我扭曲,这一点从安吉尔为家人搭建棚屋时的复杂心理能够得到验证。她当初选在垃圾场附近安家,深层次的原因是她觉得诺姆所向往的土著民族早期的那种生活方式并不是她现在想要的。她对诺姆说过,一想到要像狗一样在外面生活,她就恶心、反胃。

在德斯珀伦斯小镇,白人视土著人如牲口,认为他们和野兽在生活方式上没有什么分别。土著人对于这种偏见无力抗拒,久而久之,他们甚至会将这种看法逐渐内化,会或多或少地认同白人对自身形象的扭曲,从而以白人的眼光来看待和审视自己。安吉尔就是这样的一个角色。她对土著民族流浪似的生活方式感到不满,不想再过那种让白人鄙视的生活。这种想法折射出她从某种程度上接受了白人的洗脑,对自己民族的生活方式产生了质疑。当然,她对自己的民族怀有深厚的情感。她把圣母玛利亚雕像带回家之后,按照自己的理解为雕像重新着色,又对它重新修饰,经过她的一番努力,圣母玛利亚已经不再是人们所熟悉的在白人教堂中的模样,而变成了土著人心中"一位俯瞰、关注海湾地区粘土湖生灵的女神"。

这个情节表现出安吉尔的矛盾心理。虽然她对白人的宗教存在错误的认识,相信白人的雕像能够为她带来财富和好运,对自己民族的生活方式有着某种偏见,但是通过她把雕像精心修饰成一位土著女神的行为,也能够看到安吉尔思想深处保留着土著民族的传统,保留着对本民族难以割舍的依恋情怀。从这一层面来分析,这两种想法势必会使安吉尔陷入到更深的思想困境之中不能自拔,从而让她饱受情感上的煎熬。

亚历克西斯·赖特以自己的切身经历和感受,从土著人的视角出发,对白人统治阶层的残暴和虚伪以及土著人所遭受的压迫和歧视进行了深刻的描写。安吉尔的形象反映出澳大利亚的殖民政权解体之后,社会各方面仍然残留着形形色色的殖民文化基础,导致土著人在肉体和精神上遭受双重折磨,在自我定位过程中必然历经困惑与迷惘,即使有很强的自我意识和反抗意识,也逃脱不了被边缘化的命运。要想改变土著民族的生存现状,除了需要土著民族自身坚贞不屈和发愤图强之外,全社会也应该对他们的艰难处境予以关注。处于强势地位的白人阶层应该在政治和经济方面,包括思想和信仰方面,都更多地了解土著民族的诉求,给予他们更多的人文关怀,从而在二者之间建立起平等沟通的平台,只有这样,才能在土著民族处于弱势地位的社会里真正地实现公平和正义,促进整个社会的和谐发展。

(四川西华大学外国语学院　向晓红
安徽理工大学外国语学院　兰兴武)

【参考文献】

Wright, Alexis. *Carpentaria*. Sydney: Giramondo, 2006.

爱德华·萨义德. 东方学. 王宇根译. 北京:三联书店,1999.

民族文学 vs. 全球化
——以当代新西兰小说为例

National Literature VS. Globalization:
A Case Study of New Zealand Literature

    第一次世界大战后,原先的英殖民地各国要求民族独立的呼声此起彼伏,在国际上形成一股潮流,最终迫使英国承认所有自治领地为自治的英联邦国,至少在理论上与大不列颠平起平坐。作为这股潮流的组成部分,新西兰的民族运动迅速发展。20世纪30年代,以后来被称为"民族文学之父"的弗兰克·萨吉森为代表的新一代青年作家登上文坛,异军突起,标志了新西兰文学中出现的一个的重大转折,宣告了殖民文学的落潮和民族文学的兴起。这些作家有意识地摆脱、扬弃英国文学的样板,立足本土,描写和反映该时该地的真实生活。他们从本地人的视角出发,塑造本地人物,分析和探讨本地人面临的问题,将关注重心和思考基点转移到了本国,求新求异,竖起了新文学的大旗。

    由于政治上的民族自治、文化上的民族认同和民族文学建构之间的密切关联,非殖民化运动推动了表达民族思潮的文学革命步伐。伴随着非殖民化到来的,是资本主义工业和城市化,以及作为文学常规主题的种种现代问题:阶级的两极分化、传统价值的丧失、人心的异化和孤独、商业环境对艺术的压迫等。文史学家布鲁斯·金在《新英语文学——变化世界中的文化民族主义》一书中指出:"迅速发展的城市化和工业化往往导致民族主义的产生……民族主义运动是一项城市运动,但它将乡村认作本源,在民众的态度、信仰、习俗和语言上创造一种民族一体感。"第一批民族文学作品中的人物,如萨吉森小说中的主人公,与他们的作者一样,大多是生长于城市环境、又与城市环境难以相容的青年人。民族文化的倡导者往往也是旧秩序的反叛者。

30年代是文学上对新西兰"再发现"的年代。以社会批判为基调的现实主义文学随着大萧条的到来成为主导。文学转向"小传统",作家的视野从体面社会(如凯瑟琳·曼斯菲尔德所描绘的)转移到了劳苦大众(如弗兰克·萨吉森所描绘的),尤其是那些社会生活中令人不安的角落。于是,城市贫民区、不得志的小人物、社会非正义现象等成为文学表现的主要对象。民族文学书写的对象和阅读对象都瞄准本地人,因而摆脱了正统英语、采纳民众方言,也同时成为新文学的显著特征之一。从此,民众语言再也不是表现"地方色彩"的装饰,而成为新文学表达的主要媒介,堂堂正正登上了舞台。在新西兰这个欧洲—毛利双文化的国度,毛利特色被大大突显,成为民族文学亮丽的标签。几十年来,民族文学逐渐形成了气势磅礴的大潮,成为主流和正宗。

我们以两位民族文学新生时期的代表人物Ａ・Ｒ・Ｄ・费尔伯恩和弗兰克·萨吉森为例。诗人费尔伯恩早期作品沿袭英诗传统。1930年,他去英国寻根,进行文化朝圣,却发现自己根本不是英国人,毫不客气地否定了自己。他在伦敦自费出版了第一册诗集《他不再醒来》。虽然人们往往对这本浪漫主义色彩浓郁的诗集评价不高,但其中作为书名篇的最后一首诗《他不再醒来》值得关注。诗人在这首诗的结尾,也是全书的最末两行中,将一种认识转变告白于天下:

今晚我收拾起过去的一切,

掐死了那个面色苍白的青年。

那位"面色苍白的青年"是费尔伯恩以流放的英国人自居的前半生,也是他那些苍白无力的模仿作的象征。他对先前的自我进行了彻底否定,把"过去的一切""收拾"起来后,将先前的自我"掐死"埋葬,让他"不再醒来"。诗人同时宣布,一个具有新文化身份的新诗人诞生了。这种民族认同意识同样表现在萨吉森的小说中。他于1927年离开家乡去英国寻根,发现自己与该社会格格不入,次年返回,终于明白自己应该面对新西兰的生活,别无选择:"我毕竟是个新西兰人,应该在自己的国家立足生存,因为无论是好是歹,我命中注定属于这块土地。"这一认识使他坚定了走民族文学道路的信心,决心以小说为手段,让更多的同胞真正认识他们自己,认识他们的历史和脚下那片自己的土地,以及他们必须面对的此时此地的生活。布鲁斯·金指出:"萨吉森走过了很多英联邦国家作家都走过的路:反叛墨守成规的中产阶级家庭,流亡欧洲,发现自己的真正归属,然后带着新意识返回故里,成为殖民地社会的批判者。"他通过在小说参与民族身份的建构,讨论民族归属和认同。萨吉森开创的本土文学很快确立了中心地位,在后来的几十年中渐渐得到强化。

随着20世纪70年代后殖民主义理论在西方学术界的兴起,学界更加关注前宗主国和前殖民地之间的影响关系和对抗关系。后殖民主义一般指向两个方面,一是指一种带有政治和文化批评色彩的理论思潮;二是指一种有别于殖民地宗主国"正统"文学的写作。这种理论关注文化差异,倚重福柯关于"权力"与"话语"的学说,否认欧洲中心主义的主导叙事,强调主体性,强调文化杂糅。在后殖民主义理论的统领下,原欧洲殖民地诸国推崇凸显民族文化和本土特色的文学作品,用以解构和消解西方资本主义社会中某些既定的概念与偏见。不同的后殖民地国家有着不同的原属文化历史、发展模式以及对殖民主义的认可和接受程度,这就决定了其文学发展的多样性。但是文学中探问文化属性与身份、重视区域文化和地方性,强调不同文化之间的平等对话与交流,批判欧洲中心主义,则是一种共同倾向。萨义德的"东方主义"表达了一种明显的倾向,即拒斥总体叙事,强调异质性和差异性。

如果研究一下伴着后殖民主义理论出现的几位新西兰小说家的作品,我们就能发现,不管他们的风格差异有多大,他们作品的主题与后殖民理论都是并行不悖的。70年代开始发表主要作品的莫里斯·谢德博特,着眼于从社会、历史、个人3个角度立体地反映当代的题材,塑造仍被父辈的旧梦困扰的新西兰人,描写"欧洲理想"给他们带来的幻灭和痛苦;珍妮特·弗雷姆的《猫头鹰》三部曲讲述了新西兰乡村小镇3代人的故事,努力再现小地方主义和僵死的文化道德导致的心灵创伤;莫里斯·吉的《普伦姆》三部曲也讲述了一家几代人的故事,反映新西兰特定的历史和社会塑造的各色人物,表现他们从无知走向成熟的历程。这3名第二次世界大战后最著名的新西兰作家,体现出两个共同特征:第一,他们都努力再现特殊历史语境中当地人的生活,表现的都是乡土题材;第二,他们的主题甚至创作手法其实都受到了欧美文学的深刻影响,如表现现代人的异化和孤独等,又如弗雷姆作品的乔伊斯式的风格和卡夫卡式的主题。按照霍米·巴巴的杂糅理论,像新西兰这样的前殖民地的文化具有双重性:一方面重现现有文化的起源;另一方面又在一种文化帝国主义的压迫下不断创造新的文化形式和文化实践,以新的文化来抵抗旧的文化。因此,我们必须看到,民族文化不可能是纯粹本土的,它不可避免地受到历史潜移默化的影响。但是我们更应该看到,它是向心的,聚焦于本土。"凡是民族的,才是世界的"——自非殖民化以来这种意识在文学界根深蒂固。

新西兰是个历史独特、地处边缘、人口不多、文学史短暂的岛国。在后殖民时期的民族文学中,作家和诗人们通过想象,生动地记录了本民族的社会变迁、历史发展和生活细节,将一种丰富多彩的民族文化和与众不同的情感体验再现于笔下:岛国被发现而闯入世人的眼帘、那里先于欧洲人存在的毛利人和毛利文化、大移民和殖民的历史、新民族的生成演化以及生活在那片土地上的人民的喜怒哀乐等。这片具有神秘历史的神奇土地,是滋养民族文学的沃土,已经养育和造就了一大批杰出的作家。他们的作品是反映这片土地、这个国家和这段历史的镜子,是民族文化的重要组成部分。

民族文学从边缘走向中心之后,在原殖民地国家建立了自己的主流地位。但是,批评界注意到了近20年中出现的值得注意的变化。到了20世纪90年代,新西兰文学中出现了十分显著的转变。作家兼文学研究学者帕特里克·埃文斯认为:"最近十余年在认识和创作新西兰文学方面出现的重大变化说明,这个时代是具有历史意义的。可以这么说,我们的文化跨越了后殖民时期,而进入了全球化时期。"他大胆地提出了这样的见解:新西兰文学正在跨过后殖民这一历史阶段而进入一个新时期——全球化时期。信息化和视觉化的后期资本主义文化对文学传统的颠覆更甚于以往任何时代,不同文化在更广泛和深刻的层面进行着交流、渗透、杂糅,文化壁垒和地理疆界被迅捷的交通和电子化、网络化的传输技术冲破,作家的关注和视野以及读者的阅读习惯和模式也都随之发生变化。但是埃文斯所指的,显然不是这些普遍的方面,而是指新西兰文学,或以新西兰文学为代表的原殖民地文学的一个动向:几十年的后殖民写作所建构的民族文学似乎出现了拐点。新西兰小说被卷入了一股更大的全球化的历史文化潮流之中。这种动向是离心的,对向心的民族文学形成了反拨。

新西兰作家不再把自己限制在民族文学概念中"划定"的创作领域内,书写的事件可以发生在本国,也可以发生在他国;

主人公可以是新西兰人,也可以是任何其他国家的人;故事的时间可以是当今,也可以是远古时代;内容可以是现实的、可信的,也可以来自梦幻和狂想。他们关心的是"人",是地球村的公民,但所有作品都投以当下的关注。风格上,很多作家偏好非现实、超现实的手法,采用后现代主义的拼贴、互文性、魔幻现实主义等。在上世纪80年代前后,西方文学界后殖民研究建立起了严肃文学批评的某种"体系",强调历史因素和文化因素,强调表现模式创新,结果导致了表现内容方面的趋同性。新西兰当代小说整体上对后殖民文学书写有所突破,逐渐使之成为"过去时"。

从整体上看,当代新西兰文学进入了一个突破创新、加速发展的时期。文学不仅已成为国民文化的重要组成部分,而且日益国际化。到了20世纪末和21世纪初,文学在一个高起点上再次转变,积极融入全球化的文化语境之中。当代新西兰作家们把自己从特定历史、地域和社会环境中解放出来,拥抱更广博的世界,更多地写"人"的故事而不一定是"本地本国文化中的本地本国人"的故事。当代文学以一种包容、杂糅、多元、开放的态势,逐步取代原来作为前提的对作家的民族身份、作品的地域特色、语言的当地色调、人物的社会环境等的要求和制约。

我们以近来颇有名气的女作家伊丽莎白·诺克斯(Elizabeth Knox 1959—)为例。她从1997年开始成为职业作家,次年便出版了代表作《酒商的运气》(The Vintner's Luck 1998)。小说在国内和海外同时出版,也被改编成同名电影。小说背景设在19世纪的法国,故事从19世纪初开始,延续55年,讲述一个普通的酿酒人由于天使的到来而被彻底改变的生活。故事产生于作家患肺炎时脑中出现的狂想,但出版后获得了评论界的高度赞扬,并赢得多个大奖,包括道依茨小说奖章、读者选择奖、书商评选奖、英国的奥兰治小说奖和塔斯马尼亚太平洋地区小说奖,使她蜚声海外。尽管《酒商的运气》获得了众多褒奖,但小说也引出了不少质疑和批评之声,其焦点问题是"民族性"的缺失。

诺克斯的第二部长篇小说《黑牛》(*Black Oxen* 2001)也是在新西兰和海外同时出版,同样引起了不小的争议或非议,关注点仍然是"民族性"问题。同《酒商的运气》一样,《黑牛》故事发生在别国,其中唯一与新西兰相关的,是一个仅出现过两三次的无足轻重的次要人物。诺克斯的小说淡化甚至抹除了地域和文化特征,但这样的作品是不是还能够为"新西兰文学"所涵盖?诺克斯的其他长篇小说作品也不太顾及"民族性":《比利的吻》(*Billie's Kiss* 2002)讲述的是发生在苏格兰的故事;《白昼》(*Daylight* 2003)的故事把读者带到地中海;《酒商的运气》的续集《天使之伤》(*The Angel's Cut* 2009)的背景设在 20 世纪 30 年代的好莱坞,这些小说的内容基本上或完全与新西兰无关。

19 世纪的新西兰作家写的是欧洲文学,20 世纪的新西兰作家写的是新西兰文学,21 世纪的新西兰作家尝试写全球文学(global literature)——这样的概括虽然笼统,但还是能够比较扼要地说明一些问题。早期移民"身在曹营心在汉",人到了南太平洋岛国,精神、文化和情感的归属却在欧洲,文学传统、作家的立足点和作品的读者基本上都是欧洲的。到了 20 世纪,文化民族主义要求作家们关注和反映当地的具体现实,聚焦民族和地区特征,在文化上反映和建构一个摆脱殖民文化压迫、独立独特的民族身份。而进入 21 世纪,在全球化的语境之中,作家们越来越希望突破民族身份和地方文化的束缚,面向国际读者。曾经作为文学之本的民族性、地域性越来越遭到轻视,传统的新西兰作家的身份和新西兰文学的定义受到了挑战。伊丽莎白·诺克斯写任何国家任何人的故事,有意识地做出改变,使作品面对世界的读者。她代表了一种突破新西兰语境,投入"文学全球化"潮流的新趋向。

如果我们将20世纪90年代至新旧世纪之交看作分界线,将其前后的两个时期暂且称为"后殖民阶段"和"全球化阶段",那么,在新西兰文学中,前后两个阶段中"新西兰化"或"去新西兰化"的意愿,即强调或淡化历史和地域文化特色,在作家中表现得相当明显。我们以两位女作家为例。比如,1985年以长篇小说《骨头人》(1984)获得布克奖的克里·休姆,在作品中和作品外,都极力凸显自己"毛利作家"的特色。著名作家K·C·斯特德曾对休姆的"毛利身份"提出过质疑:她凭什么被理所当然地视为毛利作家?她只有部分毛利血统,说的是英语,接受的是正统的欧式教育。斯特德暗示休姆以毛利作家自居,只是一种策略,为了迎合后殖民文学的潮流,凸显边缘群体的身份,强调平等对话,渲染地方色彩,因此她获得国际大奖是否实至名归,值得怀疑。

休姆在"建构"毛利身份方面确实做了不少努力。虽然她只在假期中去过她母亲亲戚的毛利居住区,但她说:"地球上我最爱的莫过于这个地方。这是我的心灵停泊的土地。"类似的话她讲过不少。同时,她又通过小说叙事强化自己的"认同",让《骨头人》中的混血主人公克里温·霍姆(名字听起来也近似克里·休姆本人)说:"按血缘、身体和继承来说,我只是八分之一毛利人;按心灵、精神和情感倾向来说,我是个完完整整的毛利人。"值得注意的是,休姆本人也是八分之一毛利血统的混血人,而她也说过这个人物是她自己的"另一个自我"。

在21世纪发表作品的青年作家波拉·莫里斯(Paula Morris)也有部分毛利血统,但她不愿意把自己定义为少数族裔作家,以毛利作家的身份进行写作。她连承认自己是新西兰作家也十分勉强,说既然她出生在这个国家,非得算新西兰作家的话,就算是吧。休姆与莫里斯两人,一个努力用毛利人的装束打扮自己,另一个选择穿上没有身份标签的服装。分析一下两位著名女作家进行小说创作的时代背景,我们或许可以发现其各自身份"选择"的动机。两位作家都在"配合"各自时代的文学风向,一个希望读者看到自己身上的民族色彩,另一个则不想让身份符号妨碍她融入全球化的潮流。

全球化和文化多元淡化了年轻一代的民族归属感。对于他们中的很多人,民族身份和文化归属已不再是文学的决定性因素。他们的作品不一定非得表现新西兰人和新西兰主题。他们更多关注国际文学市场的风向,或努力寻找新西兰与国际文学市场的连接点,或干脆切断这种连接而一头扎入国际文化市场。许多青年作家写的故事发生在新西兰之外:欧洲、南北美,甚至亚洲和非洲等地;人物可能是北欧人,是韩国人或土耳其人;出版地可能是新西兰,也可能是任何其他国家,尤其是世界出版中心伦敦和纽约。

新西兰文学的传统概念正在被延伸扩展。史蒂文·埃尔德雷德—格里格(Stevan Eldred-Grigg)的《完蛋!》(*Kaput!* 2000)写的是第二次世界大战中柏林的一个劳动妇女;凯瑟琳·切杰(Catherine Chidgey)的《转变》(*Transformation* 2005)讲的是19世纪90年代逃亡在美国佛罗里达的一个巴黎假发制造商的故事;达米安·威尔金斯(Damien Wilkins)的长篇小说《小主人》(*Little Masters* 1996)的主要背景是英国伦敦,次要背景为新西兰和美国,人物中有波兰人、丹麦人、澳大利亚人、智利人、美国人、德国人和爱尔兰人。故事中的"小主人们"在世界不同的地域和文化中穿行,民族、地理和文化疆界并无太大的意义。托阿·弗雷泽(Toa Fraser)也从写新西兰小说渐渐转向写"国际小说"。这些都是当代新西兰小说界有影响力的作家,他们的风向标作用不容忽视。

新西兰作家队伍也面临着重新定义。2010年以长篇小说《地球变为银色时》(*As the Earth Turns Silver*, 2009)获得了声誉颇高的新西兰邮政图书奖的华裔女作家艾莉森·王

(Alison Wong)，出版印度故事《查伊的大亨》(The Guru of Chai 2010)的印度裔作家雅克布·拉加恩(Jacob Rajan)，在英国广播公司国际剧本竞赛中受到高度评价的《死者还会再生》(The Dead Shall Rise Again 2007)的作者、从津巴布韦移民到新西兰不久的斯坦利·马库维(Stanley Makuwe)，在英国出版小说后又到美国定居的艾米丽·帕金斯(Emily Pakins)等，他们的身份是新西兰作家吗？他们的作品是民族文化的一部分吗？新西兰本身越来越国际化，大量的新移民使得多元文化逐渐取代"欧洲—毛利"二元文化。民族文化的的概念正在悄然发生变化。

和其他国家一样，新西兰正在成为地球村的一部分。尤其在新西兰这样一个人口有限、地域隔离、历史不长的岛国，这种对民族文化的坚守和扬弃的选择，将牵涉文学发展和定义的许多重大方面。民族性、地域性和随之而来的具体性和真实性，是否就是文学之本？近年来本质主义的认识在新西兰引起了广泛的讨论和质疑。在一个全球化和文化多元的时代，每个人都或多或少地成了"文化混血儿"。有的作家提出走出本质主义，走向文化杂糅；有的则坚守民族文学的阵地，认为地域感和文化环境的具体性使得想象文学获得代表性和感召力，因此只有民族的才能超越边界，通达普遍性，因为历史、地域和文化是作家无法分割的情感根基。但是"全球化"趋势的代表作家伊丽莎白·诺克斯和波拉·莫里斯等，分别以各自的代表作《酒商的好运》和《新潮但随意》(Trendy But Casual 2007)在国际上取得了巨大成功。她们的榜样是具有诱惑力的。

（上海外国语大学文学研究院　虞建华）

【参考文献】

Bruce King. *The New English Literatures—Cultural Nationalism in a Changing World*. London: Macmillan, 1980.

A. R. D. Fairburn. *He Shall Not Rise*. London: Legion, 1930.

Frank Sargeson. *Never Enough*. Wellington: A. H. and A. W. Reed, 1976.

Bruce King. *The New English Literatures*.

Homi K. Bhabba. *Location of Culture*. London and New York: Routledge, 1994.

Patrick Evans. "Spectacular Babies: the Globalization of New Zealand Fiction". *World Literature Written in English*. 38.2(2000), June 2012.

Roger Robinson and Nelson Wattie, eds. *The Oxford Companion to New Zealand Literature*. Oxford and New York: Oxford University Press, 1998.

Keri Hulme. *The Bone People*. Auckland, 1985.

Roger Robinson and Nelson Wattie, eds. *The Oxford Companion to New Zealand Literature*.

Erin Mercer. "As Real as the Spice Girls: Representing Identity in Twenty-first Century New Zealand Literature". *Journal of New Zealand Studies*. Jan. 2012.

汪民安主编.文化研究关键词.南京凤凰传媒集团/江苏人民出版社,2011年.

自我成长:玛格丽特·梅喜的《变身》

Development of Self: Margaret Mahy's *Changeover*

当代新西兰著名作家玛格丽特·梅喜(Margaret Mahy)是一位在世界范围内有着重大影响的儿童文学大师,其代表作《变身》叙述了14岁女孩劳拉的成长历程。劳拉有着潜在的超自然能力,她在某天早晨收到了警告,并在当天带弟弟杰科回家的路上,目睹死魂灵布拉克在弟弟身上盖上印章,弟弟因此生命垂危,医生束手无策,母亲凯特伤心绝望。后来,劳拉只能求助于学长索里这位巫师。最终,勇敢独立、充满朝气的劳拉历经重重困难,变身为女巫,终于救回了杰科。这部小说将魔幻与现实紧密结合,不仅涉及了传奇文学谱系的诸多作品,还对当今现实生活中的经济现状、家庭关系、伦理冲突等话题进行了深入探讨。故事中,劳拉与死魂灵布拉克的对立冲突,劳拉与母亲凯特之间相互依赖又相互排斥的矛盾冲突,劳拉与索里之间朦胧的情感起伏,使小说充满各种张力。贯穿整部小说的核心线索在于劳拉成长中的自我。小说的标题"变身"说明了其青少年小说的核心母题,即成长的过程和成长中的蜕变。这部1984年获得英国卡耐基文学奖的作品,也是梅喜随后获得世界儿童文学奖的王冠——安徒生文学奖所凭借的主要作品。

本文认为,尽管梅喜作为当代世界儿童文学大师的地位牢不可破,但是迄今学界对于她的作品的研究还远未深入,对《变身》等作品还远未充分理解其丰富的哲学与社会内涵,对其中蕴含的文学价值还需要进一步的发掘。纵观20世纪后半叶西方儿童文学中出现的"复调小说"和"成长小说"的整体转向,儿童文学在保持其文类固有的趣味性、教育性的同时,不懈地追求其哲学上的、深刻性的创作实践,再加上儿童文学所凭借的神话具有丰富的想象力和富有韧性的阐释空间,使得儿童文学的阐释难度也空前增加。这正好符合梅喜的这部作品的艺术特征,从而也说明了其研究现状陷入如此窘境的原因。

本研究以小说的核心主题"成长的自我"为主线,首先从经济等要素入手,探讨小说如何构建一幅成长中的女性所置身的当代经济压迫的社会现实图景,反映了小说中女性成长与女性主义的双重主题走向;然后从性别等要素入手,探讨小说中人物的性化这一主题,说明小说中现实与魔幻的双重特点表现出的青春期和性成长期的女孩的成长困境和特点;最后,指出小说中魔幻叙事对于成长问题的存在论—伦理学内涵。

一

《变身》是一部诞生于20世纪80年初的作品。当时西方第二波女性主义运动已经结束,正向第三波女性主义运动转向。这个时代的新西兰文学家对于性别政治和性别压迫的主题的再现,呈现出与时俱进的势头。梅喜自然也不例外,她对女性生存状态的忧虑和关怀也渗透到她的作品创作中,但是她的作品对于性别政治和性别压迫的叙述并不是单纯的抗议,也非脸谱型的漫画,而是呈现出多元的思考,有时甚至在表面上呈现出反女性主义的走向,但却反讽性地启发读者思考性别压迫的现实根源。

小说中,劳拉在父母离异后与弟弟随母亲居住,她对于女性生存的艰难,特别是在经济条件上所受到的制约感受颇多。作家对于"钱"在故事世界中起到的媒介作用和交换功能,给予了很多的关注,说明金钱交换所带来的经济压迫的决定性意义。金钱在组织社会的日常生活,规定人物成长的价值取向,对社会阶层进行区隔分化,并最终实现各种不平等的社会关系中,发挥着终极媒介的作用,也对性别政治产生深远的影响。小说中劳拉父母离异,给劳拉母女和姐弟的日常生活产生了巨大的影响。离婚前的母亲凯特在经济上依靠丈夫,没有独立挣钱的能力;离婚后,她被迫去书店打工,养家糊口。家庭经济状况的拮据,加之父亲越来越少地提供甚至最后停止了支付子女抚养费用,让凯特一家的生活压力骤然增大。例如,凯特的汽车电池坏了,无钱换新,只得每天靠手推来发动汽车,其经济上的窘境,让读者恻然。家庭的贫困使得劳拉对于范太太家和索里家的奢华产生了钦羡之意,特别是索里家的"高大结实的书柜里摆满了书籍,几乎没有哪本是从图书馆里买来的便宜的'注销'过的书"。劳拉甚至萌生了这样的看法:"这所房子也表明金钱所能带来的好处,至少好处之一就是能带来足够的闲暇时间。因此,为钱跟索里谈恋爱倒是条捷径,谁都知道金钱所能提供的体面和舒适有时候令人难以抗拒。"劳拉在家中看到了妈妈的新模样,就指责她家里周末就要破产,居然还去做头发;知道母亲的男友是学哲学的,就预感到他的贫穷;招待母亲的男友时申明家中的"雪利酒是冒牌的,咖啡是速溶的"等。从这些琐事中可以看到,钱成为劳拉日常生活中最缺失的资源,钱是她衡量人物价值的最重要维度,钱是她在恋爱求偶过程中关键性的判断依据。从一方面看,劳拉处处以钱的标准来打量别人,固然显得有些势利,让她成为这个世界中金钱逻辑的牺牲品、盲从者和奴隶;但从另一方面来看,金钱恰恰是主人公和其他所有人嵌入这个世界和社会的依据,金钱相当程度上决定着其各自的生存空间、价值取向和行为方式。正如杰姆逊在分析一些前现代向现代转折时的故事形态时指出,以金钱为纽带和衡量标准,能够构成这些现代性故事中人与反人、非人之间的对立的紧张关系,其中渗透着权力与奴役、文明和野蛮的紧张对峙。故而,为金钱所奴役的世界让劳拉领悟到的是:"我身上发生的一切都证明了金钱和教育的力量。"金钱是通行于经济场和社会场的决定性依据,而教育则是积累文化资本的必要手段,并以金钱为最终目的。金钱甚至渗透到巫术世界,在劳拉的变身中,金钱成为疏通变身路上各个关卡的通行证。在摆渡时,要付钱;在劳拉变身路上最后一关,即将去找回头路时,温特对劳拉说道:"我是完结者。要通过我这一关你也必须付钱,把硬币给我。"可见,钱的魔力不仅仅存在于资本主义的现实社会,而且还成为一个符号和隐喻,它是成长的代价和标志。通过以钱为媒介的交换关系,才能够交换到自己所需要的巫术,交换到自己渴望的女巫的身份。钱成为通行古今、穿越现实与奇幻世界的唯一中介。

在这种金钱凌驾一切的社会现实下,事实上可以理解凯特离婚之后生活艰难的原因,从而说明金钱所施加于现代婚姻之上的性别政治的问题。凯特在跟女儿提起自己为何当初要生杰科时,说自己的"理由很卑鄙",只不过是"想拴住另一个人"。这其中未必没有金钱的考虑。在凯特离婚之后,她也摒弃了过去的这种以婚姻为唯一关切、以丈夫作为家中经济的唯一来源的人生观念,经历了精神上的成长,蜕变成自食其力、不仰人鼻息的坚强女人。关于儿子对于自己人生的意义,她也经历了从当初纯粹功利性地以他作为挽救婚姻的工具,到将之作为对更大的纯粹的母爱的褒奖。凯特说:"只要给孩子们一点机会,他们就肯定明白世界要是没有他们会完全乱套的。孩子们美好得简直不可思议。后来我不再太在乎你们的父亲……就完全爱上了跟你和杰科在一起的日子。"这代表一种脱离于经济考量和人际心机之上的更为独立自主、更加笃信坚强的人生信念和生存格局。这种信念在母女二人互为宽慰的话语中也不可避免地在帮助劳拉成长。

关于对待钱的态度,也可以从劳拉和凯特的新男友克里斯的交谈中看到,当劳拉在半是自卑、半是嫉妒的坏脾气中招待克里斯喝雪莉酒时,明确申明这是冒牌的。而克里斯回答道:"没什么可以难得倒我。我拿的可是哲学的学位呢,哲学可比人们认为的要实用得多。冒牌儿雪利酒——对哲学家来说是小菜一碟。"这里,凯特的男友克里斯和劳拉形成了一对镜像人物:对于冒牌酒,劳拉觉得难以启齿,克里斯则处之泰然;劳拉处处以金钱为念,克里斯则对之毫不介意。如果说这时候的劳拉还是一个被金钱高度困扰的成长中的少女,克里斯就是一个超越了这种困扰的成年男性。这种相对的超脱,其实与凯特此时的独立性形成了呼应和共鸣,从而标志着劳拉的另一个成长方向及其可能性。

二

性化(sexuation),即人物随着青春期的到来而逐步吸收社会关于性别区分的规范性意义,对于两性关系和行为有了一个认识和发展的成长过程,这是青少年小说常见的主题。在这部小说中,梅喜对于性化主题的处理,体现出既大胆表现,又小心规避的双重策略:一方面,梅喜诉诸现代读者熟悉的日常生活,从现实层面表现出劳拉作为女性主人公的性化过程;另一方面,又诉诸奇幻文学的传统,对性主题做出各种暗示性的描述,在表现中巧妙规避这一主题。两种策略的整合使用,使得小说中男女主人公的成长成为探讨作者所认为的性身份生成之本质的标本。

小说对于性化主题的再现始于第二章,劳拉和好友尼基对男生的窃窃私语,表现出两人朦胧的性意识。直到小说中段,劳拉夜访索里时,这一主题突显出来。当时,索里作为高年级的学长,在性意识上更为成熟,其房间的摆设中"混着一张裸体女人的招贴画"和"书架上放了一整排言情小说",说明了这一阶段少年的典型特征,对异性的朦胧憧憬和对罗曼斯文学的依恋。虽然劳拉认为,这些书籍都是"让她和凯特嗤之以鼻的东西","这证明索里的理解力还停留在非常低级的阶段,而她却早把他远远地抛在后面了",但是索里在谈话中对劳拉没有顾忌的性暗示和性挑逗,其实说明索里在这一方面反而更为成熟。当劳拉坐下来时,索里"在一旁用挑剔的目光看着她,似乎劳拉是他叫来的模特,按照他的命令摆出各种姿势"。并且说道:"要我说的话,你的校服也太短了吧!""学校规定说坐下的时候,裙子应该盖过膝盖。"在两人对话时,劳拉的"目光四处移动着:周围的书籍,那副人体骨架,画上的裸体女人——这个女人的形象在劳拉眼里显然越过了一种说不清的界限,让她感到难为情。那个女人似乎是自己一个人待着,光着身子,一副若有所思的样子,不知道有人在拍照,然而实际上,当然知道而且同意别人拍下这张照片,摄像师一定就站在旁边,并且这样的照片就是拍给男人们看的。那张招贴画的一角上钉着一张小的快照相片,但劳拉看不清上面的内容,眼下也还不敢凑近了看",并且说这"就像藏在暗处偷窥别人家的窗户"。青春期的害羞跃然纸上。随后,索里甚至说道:"我这里也许只有春药,没有避孕药。"索里的这种挑逗一直延续,事实上是在企图唤醒劳拉的成长。后来,当劳拉误以为索里要吻她时,叙述者用直接引语叙述了劳拉对于吻的认识:"一方面亲吻可能意味着儿童时代,意味着阳光灿烂、天真无邪、玩耍嬉戏;而另一方面,亲吻也可能意味着拥抱、黑暗、激情,以及绝对信任某个人,从内心到肉体。然而,无论多么相爱,那个人将永远还是'另一个人'。"这种吻的意味开始发生改变。从某种角度来看,劳拉之于索里的关系正如凯特之于其男友的关系;两两构成一对镜像关系,故事中劳拉在得知母亲拥有新的男友后,所产生的妒忌感和排斥感,可以理解为其原先构建想象的母女的二元关系被打断,并由新的二元关系的组合而得到新的平衡。凯特在杰科住院后留宿男友,次日被劳拉发现,索里在疏解、开导劳拉的愤怒时说:"我给你一个建议,你应该祝你妈好运才对。怨天尤人根本于事无补,什么用也没有。"后来母女之间终于达成新的谅解,使得这对镜像人物之间构成了动态的平衡,这标志着劳拉在思想上的成长。人嵌入社会的结构是通过意识对于结构的占位来完成的,而占位形式主要是由一系列的二元关系构成。用劳拉自己的话来说:"世界似乎有一种让人们成双成对的规律,可是不用多久,它又会像掷骰子一样把他们打乱重新配对。"索里对于爱情小说的阅读,在某种意义上,完成了热奈—杰拉德所谓的"模仿性的想象"。当他进入这个幻想的二元性结构时,与另一元的空缺相遇,并通过语言来邀请劳拉进行二元结构中另一元的占位,以实现这个模仿关系。在故事世界中,劳拉对于这个结构的想象性占位,其实标志着自己在性化的过程中的发展。

小说在女巫的奇幻叙事中提出了性别构建和性化发展的重大哲学问题。小说中,女巫是一种特别的身份,其基本上由女人来承担的事实,说明了这种职业的性别化特质。小说中的索里虽然是男性,但是由于被母亲和外祖母寄予了继承女巫身份的厚望,而被迫作为女巫来训练,以试图完全抹去其男性的性别特质。但是正如米里安所说:"索伦森有时候很反感这个身份。他觉得自己既不是纯粹的男人,也不是纯粹的女巫,而是两样东西混合起来的四不像。因而他总是竭尽全力想维持其中一种身份。可无论如何,他都摆脱不了另一面。"这就触及了社会压迫下性别生成的政治问题,联系到索里置身的家族的分化——这个家族或者进入现代的世俗社会的新秩序,或者留存在荒凉山庄继承女性独自居住的传统——就可以进一步解释小说中女巫存在的这一事件的性别政治指向,一方面她们排斥男尊女卑的现实秩序,另一方面在这种自成格局的女性乌托邦的生活环境中,女巫的超验能力使得她们脱离了世俗普通女子的层次,成为捍卫女性价值观的代表。她们言语中的生态主义观念,其重视自然、反对工业文明的哲学,代表了生态女性主义的价值。这种女巫所持有的超自然力量,在神话学中有着非常好的解释,即在西方的一些母系社会中,女祭司代表着智慧和权力的象征,她们是较之男性更为强大的性别,因而被赋予了更多的魔法。另外,叙述者还隐晦地暗示了女巫和普通女性的区别和联系,以及这两者之间转变的界限,只是未明确言说或点明。在劳拉要变身时,温特问她是否为处女,"是",劳拉回答道,"这有关系吗?""会有一点影响,"温特说,"如果你不是太执着于现在的状态,可能会让变身容易些。"在其后,索里竭力劝说劳拉不要变身:"忘掉你弟弟吧,用尽全力朝外面跑,打开大门回到真实生活中去吧。找个真正有血有肉的好男孩,谈谈恋爱,慢慢变老,像真正的人类一样死去,不要做一个幻想中的人物。"两处场景,前者隐晦地讲述了变身与性行为的关系,仿佛是在说明性行为对于变身或者成长的重大意义;而后者则说明,变身后,女巫的身份一旦确立,将不复有世俗生活的可能性,特别是失去世俗伴侣的可能性。这一方面说明,现代社会与传统社会在性别结构上的巨大脱节和矛盾,两者在很多方面无从兼容和沟通;另一方面说明,性化是贯穿现代社会与传统社会的永恒主题。

三

《变身》中的奇幻叙事有着强烈的个人成长的存在—目的论和伦理学的修辞指向。这可以集中表现在生与死、自我与世界和个人命运的冲突中。

首先来看生与死的问题。小说中,劳拉的弟弟杰科被死魂灵克拉克打上了印章,以致日趋衰老并濒临死亡,而克拉克则吸取对方的生命变得年轻,这种将年轻作为某种可以在生物体和非生物体中交换传递的介质的认识,是将青春和生命视为一种可以脱离于作为生物体的人的自然衰老的物质体,并且通过某种仪式或者程序实现交换和流转,体现出原始人对于生死的理解和愿望。死魂灵克拉克对于自己的所作所为做出这样的辩解:"你要是明白——你要是明白……我热爱人类的感觉,你知道,我不能,不能放弃这个想法。你永远无法想象,认为那是理所当然的——你天生就拥有那些感觉,所以你从来不会知道触摸和品尝味道的快乐。光是你的皮肤——你的皮肤就能给人带来——狂喜!"这就是一种悖论性的认知,如果说青春和生命是一种可以脱离于肉体进行流转的抽象性的物质,那么死魂灵克拉克偷取它们的目的恰是实现其肉体的鲜活和感觉的敏锐。在现实世界中,人的生长、发展,必然以死亡为终点,这是一种单线型的成长模式,但是在原始的巫术意识形态下,这种单线性的有起点和终点的成长模式是可以通过巫术被打断的,以实现从死向生的逆转,这也标志着一种针对现代认知逻辑的反成长或逆成长。但是小说的故事逻辑的设置,则是以巫术打破这种不道德的反成长和逆成长,用超自然的力量对抗超自然的反力量以维系现代认知基础上的自然的循环和生长的逻辑。

这个逻辑在故事中的发展取决于劳拉对于个人和世界的认识和互动的进程,取决于她不停地领悟自己的命运和改变世界的规则。劳拉对自我的探索经历了一系列的变形。小说刚开始时劳拉盯着镜子中的自我,镜子中的自我形象与自己的心理想象产生了严重的偏差,镜子中的自我具有无比的神秘性:"有时候,细枝末节的改变甚至比面目全非更令人惊恐。要是这时有人问:镜子里的劳拉怎么就不是她本人?可能连她自己也说不清那副模样到底有什么不一样。明明还是自己的头发、眼睛,眼睛周围长着纤细的乌黑睫毛,这不就是平时她有点沾沾自喜的样子吗?可是,不管怎样,那张脸肯定不是自己的脸。

那脸上的表情好像在说：我知道你不知道的秘密。那副神秘兮兮的面孔上，除了恐惧，竟然还莫名其妙地露着些许兴高采烈的表情。表情千真万确。难以预料的未来想传递的不只是一种警告，而且似乎还在向劳拉发出邀请。"这种陌生感，不仅说明自我对自我目前状态的认知错位，也暗示着自我对自我的其他方面的懵懂和怀疑，是自我与自我相遇变幻出的疑窦，也是对自我命运的窥探。在夜间探视卡莱尔家族的老屋时，劳拉想到："人们的态度让她觉得其实自己也很可能成为下一个被选中的受害者。唯一要做的就是在合适的时候'正好'出现在某个合适的坏蛋面前，而眼下的黑夜正是最合适的时间。"劳拉最近时常为自己这副刚从儿童身体蜕变出来的、多少有点显眼的少女身体感到有点不自在，但她却不得不无奈地接受这副身体的一切优点与缺点，除此之外，还得时刻提防随之而来的各种禁忌和警告。这是对自我和世界之间关系的认知，"刚从儿童蜕变出来的"的"少女身体"，在"人们的态度"，也就是在话语织就的"禁忌和警告"之网中，需要遵守各种界线。夜间探视的举动，其实有悖于世界对于个体的规训，特别是对于这个年纪的女孩的规训。这是她试图打破世界的藩篱的表现。随后，她被告知她天生具有常人不具有的敏锐感觉，具有通灵的能力，但还是需要自己的决定和行动，才能够实现自己的命运：这不仅需要她自己能愿意变身为女巫，而且还需要得到死魂灵的邀请才能拯救弟弟实现自己的使命。也就是两位女巫给她解释的："对女巫来说，邀请是非常重要的。死魂灵必须得到你弟弟的允许才可能把他的符咒打在他的身上。你必须得让他本人愿意才能去掉那个符咒，我想唯一的办法就是也给他打上符咒，然后命令他去掉杰科身上的东西。"劳拉作为一位成长中的女巫，在变身的过程中，不谨守两位老女巫"不得回头"的警告，在回头后也没遭遇什么后果的事实，也说明个体在成长中对于社会规范的抗拒、反动和变革。

在变身为女巫之后,劳拉在如何处理死魂灵克拉克的问题上,与索里的冲突和自己最终的决定,说明了作品的巫术叙事的伦理性,旨在强调人的伦理性成长。起初,劳拉在"看到他那副绝望无奈的模样"时,"觉得很解气","她忽然意识到这个怪物的命运现在就掌握在自己的手心里"。"虽然她知道在别的时候,尽管她曾深爱过的人伤害过她,但还是必须原谅他们,因为她自己有时也需要得到别人的原谅。这是一份人与人之间的契约。然而,卡莫迪·布拉克不是真正的人类,所以他必须为他的邪恶付出代价……现在,劳拉面临着一个极其特殊的决定:她可以将生活中的痛苦释放出来,发泄到这个躲藏在黑暗中的鬼魂身上,没人会知道这一切"。于是就率先开始对自己的不择手段的报复提出了正当性的辩护,其理由在于人的宽恕契约不适用于非人类。而后索里和劳拉发生争执,索里认为:"这是一个人作恶而另一个人受罪! 如果只是在外表上摆脱——邪恶,比方说吧——然而却在内心让它慢慢生长,那还有什么用呢?"劳拉反驳称:"这是伸张正义,不是残酷无情!"这就进一步提出了复仇与邪恶、宽恕与正义这四者紧张的悖论。复仇与宽恕如何抉择,邪恶与正义的尺度在哪? 当复仇基于正义却超越了正义而陷于邪恶,当邪恶挟持正义引发复仇,其根源在哪? 人在饱受恶的折磨后是否会异化为恶的本身? 所以小说得以进一步追问:"邪恶究竟是偶然来自外面的世界呢,还是本来就潜伏在自己的心里?"索里对其总结是:"我赞同你说的你所面对的那个东西并不是真人,而是——这很难说——一堆欲望,呃,那个东西不知怎么从自己的时空里溜出来了,留在这里挥之不去。他就像是情感的病毒,因为某种原因凝聚在一起。"这样对克拉克的定性,不啻为暗示劳拉不应为邪念裹挟的劝谕。终于,克拉克自生自灭,而劳拉也得到了精神性的成长。

综上所述,梅喜的《变身》通过对主人公劳拉的成长的叙述,对现实的经济社会加以剖析和关注,赋予了其中具有奇幻色彩的巫术叙事以现实的道德训谕，说明了现代的女子成长所面对的各种艰难和纠结，既抨击了当代的男权社会的性别政治，又提倡男女间互相尊重和引导的平等观念，还在穿梭现实与奇幻之中提出了重大的成长中的哲学和伦理问题，故而，这是一部含义丰富、写法精湛的青少年成长小说，值得学界进一步发掘其中的内涵。

（安徽大学外语学院　俞莲年）

【参考文献】

Polstosky, Mathew. *Mimesis*. London and New York: Routledge, 2006.

Ragland, Ellie. *The Logic of Sexuation: From Aristotle to Lacan*. Albaby: State University of New York Press, 2004.

杰姆逊.后现代主义与文化理论.唐小兵译.北京大学出版社,1997.

罗宾·麦考伦.青少年小说中的身份认同观念:对话主义构建主体性.李英译.合肥:安徽少年儿童出版社,2010.

玛格丽特·梅喜.变身.胡显耀译.长沙:湖南少年儿童出版社,2010.

马丽加·金芭塔丝.活着的女神.叶舒宪等译.桂林:广西师范大学出版社,2008.

戏剧性突转与隐藏文本
——从《一堂音乐课》和《一小时的故事》看女性生存悲剧

Peripeteia and Subtext:

On Women's Tragic Fate in *The Singing Lesson* and *The Story of an Hour*

一、引言

　　19世纪下半叶是美国女权意识空前高涨的时期,在众多女性作家中,表现最突出、文学成就最高的是小说家和女权主义者凯特·肖邦(1851—1904)。肖邦的作品随着20世纪60年代以来当代美国妇女运动的兴起而重新得到批评界的重视,其中最受关注、再版次数最多的是被中外学界视为女性主义文学名篇的《觉醒》(*The Awakening* 1899)和《一小时的故事》(*The Story of an Hour* 1894)。学者朱虹在《美国女作家短篇小说选》中指出,《一小时的故事》的主题"与《觉醒》相近,表现了一个女人的自我意识的突然发现,比《觉醒》更集中、更有戏剧性"。

　　《一小时的故事》是凯特·肖邦于1894年4月写的一部短篇小说,故事情节跌宕起伏,充满了伏笔和悬念,富有戏剧性。身患心脏病的女主人公玛拉德夫人突然得知出门在外的丈夫在一次火车事故中丧生的消息后,感到十分悲痛,然而随之而来的却是从未有过的轻松和解脱的感觉。正当她对未来的独立生活充满无限向往的时候,丈夫突然出现在她的面前。于是玛拉德夫人心脏病突发,不治而亡。国内外学界普遍认为,这篇小说反映了女性意识的顿悟和觉醒,以及随之而来的幻灭,提出了女性生存困境这一社会问题,揭露了19世纪末男权社会对女性的压制,反映了当时女性生活的真实状态和悲惨境遇。

而凯瑟琳·曼斯菲尔德(1888—1923)是20世纪前20年活跃在英国文坛的新西兰女性小说家。曼斯菲尔德出生于新西兰的惠灵顿,1903年随身为银行家的父亲来到伦敦,在皇后学院学习音乐。在英国完成学业后,于1906年返回新西兰,但她很快对新西兰狭小闭塞的文化氛围感到厌倦,不能适应那儿的中产阶级生活,两年后便离开了惠灵顿,定居伦敦,开始了她的写作生涯。她致力于短篇小说创作,与弗吉尼亚·伍尔夫等人一起开创了英国小说历史上的女性美学传统,对英国现代短篇小说艺术的创新做出了开拓性的历史贡献。其生平所创作的近90篇短篇小说摆脱了维多利亚时代故事加说教的创作模式,淡化故事情节,重彩描述人物内心世界,标志着英国短篇小说在她笔下进入了成熟的现代阶段。

从严格意义上说,曼斯菲尔德称不上是激进的女性主义者,但是她的许多作品所塑造的人物形象真实地反映了现代女性的生存状况,使读者觉察到一种女性主义思想的自然流露潜藏在她作品的每个角落。短篇小说《一堂音乐课》(The Singing Lesson 1922)就是这样的一篇关注妇女命运、生活和精神状态的作品。小说讲述了小学音乐教师梅多思小姐的故事。30岁的老处女梅多思小姐因被未婚夫巴兹尔拒婚而陷入深深的绝望之中。在小说的前半部分,她对同事充满敌意,对学生冷酷无情,折磨学生并让他们唱悲惨凄凉的"哀歌"。可巴兹尔一封和好的电报又使梅多思小姐心情大好,重新获取的希望和喜悦之情使她转眼间判若两人。她变得慈爱友善、欢快热切,并且兴高采烈地指挥学生唱起了欢快而热烈的凯歌。

总的来说,西方学界主要是从女性主义的角度入手来对

《一小时的故事》进行阐释,指出肖邦的作品着力表达了对受压迫女性的同情,揭示了女性在男权社会中所处的受压制地位,对女性是男性附属品的不公平待遇进行了有力的控诉。而对曼斯菲尔德的《一堂音乐课》的阐释,西方学界则更多的是以较为乐观和单纯的眼光来看待作品,聚焦于情节的喜剧性,认为《一堂音乐课》从绝望到欢欣的戏剧性突转表达了"'那种绝妙的胜利',生活中的美丽战胜了丑恶"。还有评论者以较为悲观和老练的眼光来看待作品,聚焦于情节的悲剧性,认为女主人公愚蠢盲目地依赖男人,"失去未婚夫后,她的疯狂程度令人惊恐"。

笔者认为,《一堂音乐课》和《一小时的故事》这两篇不同时期、不同国籍的女性作家所创作的短篇小说都运用了戏剧性突转的叙事手法,在潜藏文本中剖析女性生存困境这一社会问题,反映了当时女性生活的真实状态和境遇。本文将从戏剧性突转与隐藏文本入手,对《一小时的故事》与《一堂音乐课》的故事情节和戏剧性突转进行比较,分析这两篇小说是如何运用戏剧性突转的叙事手法,在潜藏文本中剖析"悲喜转换所隐藏的女性生存悲剧"这一相同主题的。

二、相同的故事情节——失而复得的"婚姻"

《一小时的故事》是凯特·肖邦于1894年4月写的一个短篇故事,同年12月6日在 Vogue 杂志上发表,当时使用的标题是《一小时的梦想》(The Dream of an Hour)。1969年被收录进路易斯安那州立大学出版社出版的《肖邦全集》(Per Seyersted 主编)中,题名改为 The Story of an Hour。

这部不足千字的作品,描述了玛拉德夫人在得知噩耗时的悲,到突然意识到某种程度上重获自由、能为自己而活的喜,再到对未来独身生活前景未卜感到犹豫不决,到最后发现丈夫归来而绝望离世的一系列心理变化。作者运用戏剧性突转的叙事形式,紧扣主题,将叙事形式和作品主题完美结合在一起。故事情节极其简单,主人公由楼下走到楼上,再由楼上回到楼下。而作者集中笔墨细致地把外部景色与人物的意识交织在一起,呈自然流动状态,不留痕迹地表现了玛拉德夫人跌宕起伏、大喜大悲的情感世界。

  玛拉德夫人患有心脏病,在得知丈夫遭遇车祸不幸丧生之后,她先是失声痛哭,随后独自回到房间,经历了一场有关"自由"的暴风雨的洗礼。可是当她带着享受未来自由的憧憬从房间走出时,有人用钥匙开门。看到丈夫安然无恙地出现在面前,玛拉德夫人突然倒地猝死。医生的诊断是她死于高兴过度。肖邦用玛拉德夫人的悲剧命运告诉世人,在父权制社会中,女性想要独立、自由是要付出生命代价的。文中的戏剧性突转让一位饱受婚姻束缚的女性形象跃然纸上,丈夫死亡的消息激发了她对自由的向往,自我意识觉醒,然而她的觉醒却是以生命为代价的。

  而曼斯菲尔德的《一堂音乐课》则讲述了小学音乐教师梅多思小姐先是被未婚夫巴兹尔拒婚,后又被要求和好的故事。小说开篇第一句话就是对梅多思小姐走在通往音乐厅阴冷的回廊上的一幕的描写:

  带着绝望——冰冷、锋利的绝望——像一把邪恶的刀子深埋在她的心窝里,梅多思小姐头戴方帽,身着长袍,带了支小指挥棒,在通往音乐厅的冰凉的回廊里走着。

  30岁的老处女梅多思小姐因被未婚夫巴兹尔拒婚,而陷入深深的绝望之中。面对跑来上学的小姑娘们和迎面走来的理科女教师,梅多思小姐充满恨意地瞪了她们一眼,因为对方身上浑身散发出来的喜气洋洋的气息更加重了梅多思小姐的悲伤之情。巴兹尔一封和好的电报又使梅多思小姐转眼间判若两人,她变得慈爱友善、欢快热切,并且兴高采烈地指挥学生唱起了欢欣的凯歌。梅多思小姐对失而复得的婚约做出的过激反应揭示了父权制社会中女性的生存困境,明知道巴兹尔不爱自己,梅多思小姐还要执意与之结婚,可见父权制社会中婚姻对于女性的重要性。而选择了没有感情基础的婚姻,则预示了梅多思小姐今后生活的不幸,以及所隐藏的悲剧性色彩。而梅多思小姐所担心的婚事告吹这件事带给自己的极其不利的影响——没脸见人,不得不离开学校,躲起来——则明白地告诉读者,父权制社会下性别歧视给女性生存带来的巨大压力。

三、相同的戏剧性突转模式:悲—喜—悲

19世纪末20世纪初的西方女性,所面对的仍然是一种置她们于劣势的社会期望——妻子是丈夫的仆人,必须完全服从于他们的丈夫。女性被局限在家庭之中,相夫教子、操持家务。她们与男人所代表的外面世界之间的鸿沟是不可逾越的。虔诚、贞洁、服从、温顺是当时社会对于女性的要求,也是女性要获得所谓的"幸福婚姻和生活"所必须遵守的准则。人们过多地关注了男性的感受而忽略了女性作为人的基本的精神诉求。表面看来,《一小时的故事》中的玛拉德夫人拥有一个女人当时所想要的一切:过着中上层社会中的女性的理想生活,作为"家里的天使",受过上流社会的教育,有浪漫的婚姻,一个"亲切体贴"、爱着自己的丈夫,和无微不至关怀自己的亲朋好友。事实上,作者在文中指出,玛拉德先生虽然对妻子"一向含情脉脉",关心、爱护她,但是他总是"盲目而固执地"把自己的意志强加于妻子,使其屈从,是专制、无视妻子人格的男人。

《一小时的故事》第一段就告诉读者这是一个悲剧故事——患有心脏病的玛拉德夫人得知了丈夫去世的消息。虽然她悲痛欲绝,一头扑在姐姐的怀里,悲声抽泣起来,但她没有像其他女人那样,没有在丈夫死后过多地考虑自己以后生活的艰难和凄苦,以及没有依靠时的无助。她也没有像人们所以为的那样,"会茫然失措,不能接受残酷的事实",没有继续沉浸在

悲痛中,却一个人走进了房间。这给读者留下了很大的悬念,一个刚刚丧夫的女人在短暂的悲痛之后竟然如此镇静。在读者心中充满疑惑的时候,作者运用戏剧性突转把故事情节推向了人们意想不到的方向。按照常理,一个女人忽然得到丈夫死讯后应该沉浸在悲痛中,忘却周围事物,即使看见窗外的东西,一切也该是灰色的,但她所看到的却是"湛蓝的天空",感受到的是"新春的气息",闻到的是春雨的芳香,听到的是歌声和麻雀的欢叫。此处的景色描写反映了玛拉德夫人感受到自由的欢欣之情。"她突然意识到伸张自己意愿的权利是她生活中最强烈的一种冲动;与此相比,爱情这个未解之谜又算得了什么"。她终于摆脱了丈夫的束缚,获得了自由,世界因此而变得美好。原来丈夫的死,带给玛拉德夫人的不是悲伤,而是欢欣,是身心的自由,无拘无束的自由。于是,她不在乎由于丈夫去世而导致的物质贫困,或是精神孤独。她唯一的渴望就是不再生活在夫权的控制之下,不再遭受婚姻、家庭的束缚。

丈夫的死(悲)换来了她对生的希望(喜),而丈夫的生为她带来的却是死亡(悲)。丈夫突然安然无恙地归来击碎了她关于自由的所有憧憬,也摧毁了她对于生的渴望。她刚刚对未来有了期望,在还没有来得及享受自由之时,丈夫的归来彻底击碎了她的美梦。她将再次回到从前那种没有自我、没有自由的生活当中。这是她在觉醒之后所不能承受之重,因为这意味着她又将继续那压抑的婚姻生活悲剧了。她死了,"医生来了,说她死于心脏病——兴奋过度而亡"。作者再次运用戏剧性突转让读者理解了玛拉德夫人的处境与情感,也会憎恶这个束缚女性的社会,因为每位读者心中都明白,玛拉德夫人是由于极度失望和对未来生活的恐惧引发了心脏病的复发,最终走向了死亡。至此,作者运用戏剧性突转,在潜藏文本中告诉读者,主人公在父权制婚姻中所受到的压迫有多么严重。玛拉德夫人悲伤(失去丈夫)——喜悦(获得自由)——绝望(重回婚姻)的心路历程在一个小时内得到充分的展现。这样的情节安排也正揭示了女性在男权社会中所处的受压制地位,对女性作为男性附属品所遭受的不公平待遇进行了有力的控诉。

　　作为中上层社会的已婚妇女,玛拉德夫人在所谓"幸福的婚姻"中仍然感到压抑和绝望,而《一堂音乐课》中来自社会下层的梅多思小姐则面临着比这更悲惨的命运,境遇更加糟糕。既没有社会地位较高的家族背景,又没有真正属于自己的一笔收入,梅多思小姐只能靠找到一份所谓的"体面工作"来养活自己。婚约破裂,梅多思小姐成了"男人不要的女人",在社会上难以抬头,甚至无容身之地,连谋生的工作都难以保住。所以当理科女教师和她打招呼时,她用充满敌意和猜疑的眼光来观察理科女教师,并且把后者友好的招呼看成针对自己的嘲弄,因为她担心"一旦(自己被拒婚的)事情传开来,她再也没脸见理科女教师了,也没脸见学生。她得躲到什么地方去才行"。

　　这里我们可以看到性别歧视对女性的无形迫害:被男人抛弃之后,梅多思小姐不得不放弃她的工作,从社会上消失,甚至可能面临死亡。作者似乎在告诉我们,小说开头所描写的扎在梅多思小姐心窝上的那把尖刀实际上是她因被拒婚而不得不面对的社会偏见和性别歧视,而社会偏见和性别歧视导致的绝望又将梅多思小姐变成邪恶冷酷的老处女。美国学者莫罗(Patrick D. Morrow)直接将女主人公称为"邪恶的梅多思小姐",指责"她匕首样的目光和冷冰冰的话语",认为造成这种情形的是她自己天真的爱情和对男人的盲目依赖。其实,梅多思小姐的多变性情难道不是被社会偏见和性别歧视这把尖刀所逼迫的吗?她的绝望产生于对社会歧视的担心,而这种担心又使她开始臆测周围人们的想法,进而对周围的人产生敌意。

　　仅仅一封绝交信就使梅多思小姐陷入绝望,不是因为梅多思小姐太爱她的未婚夫巴兹尔,而是因为她担心由此而来的各种社会偏见和歧视:

大滴大滴的雨点打在窗户上,只听得杨柳在絮语,"……倒不是我不爱你……不过,宝贝儿,你要是爱我,"梅多思小姐寻思着,"我倒不在乎爱得多深。只要你有点爱我就行。"……可是她知道他并不爱她。甚至不屑涂去"厌恶"这两个字,免得她看出来!"转眼间,秋去也,寒冬已来临。"(歌词)她势必也得离开学校。一旦事情传开来,她再也没脸见理科女教师了,也没脸见学生。她得躲到什么地方去才行。"消逝不聆。"(歌词)歌声开始转弱,渐渐减弱,像低语……消失了……

梅多思小姐这么关注她与巴兹尔的婚约,心甘情愿嫁给一个不爱自己的男人,只是为了暂时摆脱性别歧视的制约,保住饭碗,得到生存机会。这里作者将梅多思小姐的想法和学生所唱的歌词融为一体,仿佛为梅多思小姐即将到来的悲惨命运奏响了一首哀歌。

可是就在梅多思小姐陷入极度绝望之时,戏剧性的突转出现了:她被叫出课堂去接收巴兹尔的电报,重新得到婚事的许诺。刹那间,梅多思小姐判若两人:

> 梅多思小姐满怀希望、爱情和喜悦,不由飞也似的跑回音乐厅,跑过过道,跑上台阶,跑到钢琴边……她冲着学生笑眯眯的……"姑娘们,别那么愁眉苦脸的。应当唱得温暖、愉快而热切……"这一回梅多思小姐放开嗓门,压倒了别人——声调饱满而深沉,充满着热烈的感情。

这是全文的结尾,作者运用戏剧性突转描述了梅多思小姐获得求婚许诺后的欢欣和狂喜,与作品开篇的绝望形成截然相反的对照。从绝望到欢欣的戏剧性突转:悲伤(被拒婚)——喜悦(被要求和好)和体现在潜藏文本中的悲伤(无爱的婚姻)揭露了父权制社会对女性性格的扭曲,加强了对父权制社会的抨击。由此可见,在父权制社会中,没有独立经济地位的女人只能靠男人为生存途径,梅多思小姐开始的乖戾病态是父权制扭曲的结果,她在故事中性格变化越大,越能说明父权制社会对女性的扭曲,对父权制的控诉也就越尖锐,对读者的震撼也越强烈。

四、作者的创作压力

在19世纪末期,虽然要求社会平等和政治平等的"新型妇女"已成为公众讨论的话题,成为小说创作的题材,而且与同时期其他女作家相比,肖邦具有更明确的女性自我意识,但是生长于19世纪后半期保守的美国南方的肖邦在面对19世纪末女性的真实地位等文化环境的压力时,并没有让玛拉德夫人对男权的反抗在生活中得以实现。肖邦31岁时,丈夫去世,留下她独自抚养6个未成年的孩子。以写作为生的肖邦为了挣钱,不敢公开抨击男性压迫对女性造成的致命影响,而是间接含蓄地通过隐藏文本来表达。所以,她为玛拉德夫人"选择"了死亡,说她兴奋过度死于心脏病。事实上,每位读者心中都明白,玛拉德夫人是由于极度失望和对未来生活的恐惧引发了心脏病的复发,最终走向了死亡。至此,读者深切体会到女性在父权制婚姻中所受到的压迫是多么严重。

同样的,尽管受到19世纪末兴起的新女性运动的影响,20世纪初的英国还是相当因循守旧的。在这种社会环境下,若想靠写作挣钱,就无法公开表达对男权压迫的抨击,而只能通过潜藏文本来暗中表达,在潜藏文本中涉及社会问题。因此,《一堂音乐课》的保守结局也可能与曼斯菲尔德自身的经济困境有关。1915年元旦,曼斯菲尔德在日记中写道:

> 今年我有两个愿望:一是写作,二是挣钱。想想吧,有了钱我们就可以如愿离开这里,在伦敦租间房,自由自在,独立自豪,不受他人束缚。只是因为贫穷,我们才被捆住了手脚。

为了生存,曼斯菲尔德必须考虑读者的接受,给梅多思小姐一个看似喜剧性的结局。但正是这戏剧性的结局更加突出了梅多思小姐无处可去的窘境。《一堂音乐课》中表面看来相当保守的大团圆结局,却隐含着女性除了嫁人走投无路的生存悲剧,控诉了男权社会的性别歧视对女性的压迫。梅多思小姐在先后收到未婚夫巴兹尔要求断绝关系以及维持关系的信和电报后,精神面貌和行为表现所经历的戏剧性突转,将女性没有主导权,甚至连自己的情绪也没有能力自主的事实呈现得有声有色,看似滑稽可笑,颇有闹剧的色彩,实则蕴含悲哀。

因此,让梅多思小姐对命运妥协正是曼斯菲尔德对父权制社会深刻清醒的认识:这是一个没有女性立足之地的社会,女性的命运掌握在男人手中,因此她们只能服从男人的安排。梅多思小姐的未来完全依赖并受制于未婚夫巴兹尔。巴兹尔是她"幸福"生活的来源,一想到对方要结束两人的婚约,她就觉得生活没有了指望,仿佛跌入了绝望的深渊。从表面上看来,曼斯菲尔德给梅多思小姐安排了一个完美的结局,让她步入梦寐以求的婚姻殿堂。但是,读者明白梅多思小姐的生活注定不会幸福,因为在故事的结尾读者能感受到和故事开头一样的一种悲惨的沉闷氛围和压抑感。对于梅多思小姐来说,解除婚约给她带来的伤害远不及恢复婚约后父权制社会下的婚姻对她进行的迫害,因为她对巴兹尔的突然改变主意没有丝毫的质疑,甚至根本不在乎巴兹尔是否爱她,那么她婚后的家庭地位可想而知,她婚姻的悲剧性也就不言而喻了。

五、结语

如今,评论家们一致认为,凯特·肖邦迫于社会压力过早终止创作生涯与凯瑟琳·曼斯菲尔德的早逝一样,是英美文学界的重大损失。肖邦在作品中着重表现个性自由、妇女地位等问题。虽然她的作品多以南方农村为背景,但她作品的内容和历史意义远远超出了乡土文学的范畴。《一小时的故事》也和

《觉醒》一样,成为女性主义文学的经典著作,同时也是很多女性研究和女性文学课程中的必读篇目。肖邦本人也由于对妇女问题的重视,成为一条连接由萨拉·朱厄特、薇拉·凯瑟等人开创的美国女性文学传统的纽带。

诚如拉曼·赛尔登(Roman Selden)所说,尽管曼斯菲尔德不是激进的女性主义者,但她的女性意识"却潜移默化在每部作品"。曼斯菲尔德从未撰写过女性主义理论的文章,甚至特别抵制这一定义,但她作品展现的叙事手法、女性角色丰富的心理活动,无不流露出她强烈的女性意识。作为一名独闯世界的女性作家,曼斯菲尔德对男权统治下的女性生存悲剧有着较为深刻的了解,她在自己的作品中刻画了许多传统性别角色束缚下被迫害的女性形象,并对造成她们性格扭曲和悲惨遭遇的男权中心社会进行了揭露和抨击。在《一堂音乐课》中,曼斯菲尔德巧妙而戏剧性地描述了女性对男性或家庭在经济上和精神上的过度依赖,表现了女性身心所蒙受的戕害和自我迷失的苦闷,揭露了父权制社会的婚姻对女性的扭曲,使读者觉察到她的女性主义思想的流露和她旨在表现的反叛和抗争主题。

《一堂音乐课》既不是一个简单的喜剧,也不是梅多思小姐的个人悲剧,而是具有深层社会内涵的女性生存悲剧。和《一小时的故事》一样,《一堂音乐课》使用了戏剧性突转的叙事技巧,在潜藏文本中剖析了女性生存困境的社会问题,反映了现代女性生活的真实状态和悲惨境遇。

(安徽大学外语学院　张玉红)

【参考书目】

Boddy, Gillian. *Katherine Mansfield A 'Do You Remember' Life*. Wellington: Victoria University Press, 1996.

Mansfield, Katherine. *The Collected Stories of Katherine Mansfield*. Hertfordshire: Wordsworth Editions Limited, 2006.

Morrow, Patrick D. *Katherine Mansfield's Fiction*. Bowling Green: *Bowling Green State University Popular Press*, 1993.

Murry, J. Middleton(ed.). *Journal of Katherine Mansfield*, London: Constable, 1954.

O'Sullivan, Vincent, Margaret Scott(eds.), *The Collected Letters of Katherine Mansfield*. Oxford: Clarendon Press, 1984.

拉曼・赛尔登.文学批评理论——从柏拉图到现在.刘象愚译.北京大学出版社,2000.

李维屏,宋建福等.英国女性小说史.上海外语教育出版社,2011.

秦小孟.美国女作家作品欣赏.上海外语教育出版社,2008.

申丹.叙事、文体与潜文本——重读英美经典短篇小说.北京大学出版社,2009.

徐晗.英国短篇小说研究:凯瑟琳・曼斯菲尔德.北京:科学出版社,2013.

徐颖果,马红旗.美国女性文学:从殖民时期到20世纪.天津:南开大学出版社,2010.

虞建华.新西兰文学史.上海外语教育出版社,1994.

赵文兰.凯瑟琳・曼斯菲尔德小说研究.北京:中国社会科学出版社,2013.

朱虹.美国女作家短篇小说选.北京:中国社会科学出版社,1983.

新西兰早期电影的兴衰

The Rise and Fall of New Zealand's Film Industry

　　新西兰现在拥有诸多本土文艺作品,诸如戏剧、芭蕾、音乐、电影、电视及文学作品等。但在20世纪初,这些文化娱乐产品完全依赖进口。就表演艺术而言,新西兰是澳大利亚巡回演出的一站,新西兰观众也习惯了欣赏一批批外来巡演的剧团的表演。1903年,有3个英国喜剧歌剧团来当时的殖民地新西兰巡回演出,其中一个剧团演出的《塔普》(*Tapu*)就是由出生于澳大利亚的新西兰作曲家艾尔弗雷德·希尔创作的严肃歌剧。

　　此时,电影开始在新西兰崭露头角,并很快取代了剧场里的现场表演。虽然后来电视的出现对它造成了冲击,但电影艺术仍然顽强地存活了下来。电影制作行业早期发展速度比较缓慢,直到20世纪70年代后期才逐渐壮大,走向繁荣。

　　新西兰最早的电影制作于1898年。当时有一个奥克兰娱乐经纪人怀特豪斯(Whitehouse)制作了几部反映各种事件的短片,其中包括兰弗利爵士(Lord Ranfurly)为奥克兰展览馆揭幕、赛马乌兰(Uhlan)赢得1898年度奥克兰杯马赛等。1900年,怀特豪斯携10部影片参加了巴黎世界博览会。

　　1901年,墨尔本救世军佩里(Perry)少校受命把康沃尔郡和约克郡的公爵夫妇访问新西兰的旅程拍成电影。佩里是英国人,1900 年曾在墨尔本郊区拍摄了一部史诗般的影片《十字架战士》(Soldiers of the Cross)。这部影片采取分集上映的形式,配乐采用了圣歌和赞美诗。这部影片可被视为世界上第一部标准长度的故事片,比美国影片《火车大劫案》(The Great Train Robbery)还要早 3 年。佩里在 1024 米的胶片上记录了公爵夫妇的整个行程。这位救世军军官曾写信给新西兰总理理查德·塞登(Richard Seddon),建议把电影底片保存在国家历史档案馆,等将来需要的时候,还可以重现这些场景。不幸的是该建议未被重视,现在只有 4 分钟左右的胶片被保存下来。

其他新西兰电影也有类似的不幸遭遇。在 1914 年至 1940 年期间,新西兰大约拍摄了 20 多部故事片,现在只有几部保留下来。偶尔也有这些影片的片段被挖掘出来。1981 年,一盘《海尼莫阿罗曼史》(The Romance of Hinemoa)的胶片在伦敦一栋房子的阁楼上被发现。这是 1925 年意大利摄影师古斯塔夫·保利拍摄的一部故事片,所有演员都是毛利人,描述了在新西兰广为流传的毛利酋长的女儿海尼莫阿和年轻武士图唐纳凯(Tutanekai)之间的爱情故事。根据 1926 年 12 月的《电影》(Bioscope)杂志的评论,这是一部值得整个英国骄傲的影片,它在所有放映的国家都获得了赞美。1927 年,保利的第二部片子,为英国星球电影公司拍摄的《南十字座下》(Under the Southern Cross)问世。这虽然是部故事片,但更像是日常生活的记录,它没有什么故事情节,充满了新西兰人劳作和玩耍的动人画面。2 年后,美国环球电影公司拍摄了一部以新西兰人民生活为蓝本的同名有声故事片。

海尼莫阿的爱情故事曾多次被拍成电影,它也是在新西兰拍摄的第一部故事片的主题。1913 年,法国电影创始人乔治·梅里爱(Georges Méliès)的哥哥加斯顿·梅里爱(Gaston

Méliès)就拍摄了《海尼莫阿,一位毛利首领之爱》(*Hinemoa, Loved by a Maori Chieftess*)和《庞加首领赢得新娘》(*How Chief Te Ponga Won His Bride*)。两部电影都由毛利人出演,故事背景大同小异,具体情节略有不同。1914 年,新西兰本土导演乔治·塔(George Tarr)拍摄了第一部真正意义上的新西兰本土的剧情片《海尼莫阿》(*Hinemoa*)。一些国外导演也效仿梅里爱,利用新西兰具有异国情调的场景和与众不同的主题来拍片。澳大利亚电影的开拓者雷蒙·朗福德(Raymond Longford)分别于 1916 年和 1917 年在新西兰拍了两部影片:《一位毛利姑娘的爱情》(*A Maori Maid's Love*)和《邦蒂号兵变》(*The Muting of the Bounty*)。《邦蒂号兵变》描写的是英国历史上的一个真实事件,叙述在邦蒂号军舰上,年轻的海军大副和士官不满舰长的残忍虐待而带领水手们发起叛乱的故事。这部影片后来由美国米高梅公司重拍,并于 1935 年荣膺第八届奥斯卡最佳影片。

1921 年,《新西兰生活》(*New Zealand Life*)杂志报道说,纳尔逊气候的魅力和独特的环境吸引了世界电影界的目光,奥克兰很快就会在电影演员、摄影师以及其他与拍电影有关的人们的忙碌中躁动。澳大利亚游泳运动员安妮特·凯勒曼就在一部反映惊心动魄的海底场面的电影《南海维纳斯》(*Venus of the South Sea*)中担任女主角,该片由其丈夫詹姆斯·苏利文执导。苏利文是新西兰自治电影公司的导演,而摄影师来自洛杉矶。影片拍摄使用了一艘美国生产的新型潜水器,能够更好地记录和表现新西兰海底新奇的自然景观。影片于 1924 年杀青,是新西兰早期电影中浓墨重彩的一笔。

1929 年,有声电影开始进入新西兰。新西兰电影人埃德温·考布雷利用自己设计的设备拍摄了新西兰第一批新闻短片《考布雷之声新闻》(*Coubraytone News*)。1931 年,一群年轻的奥克兰电影爱好者大胆地尝试拍摄了可算是新西兰第一部有声故事片的《粉碎》(Shattered)。这是一部战争史诗片,按照《新西兰观察家》(New Zealand Observer)的记述,电影采用了欧洲大陆快速连续拍摄的风格。这部影片并不成功,因为它在放映中声音和画面时常出现故障。虽说拍摄技术上还存在一些问题,但演员表演很到位,场景安排也很得当。

新西兰第一部成功的有声故事片是1935年由李·希尔制作的《去农庄》(Down on the Farm),这部影片的胶片和脚本目前已无从查找。直到1940年,新西兰共拍摄了6部有声电影,因鲁达尔·海沃德(Rudall Hayward)的作品《雷维最后的抵抗》(Rewi's Last Stand)达到顶峰。影片展现了1864年在新西兰怀卡托战争中,毛利人首领雷维率领奥拉考村民顽强抵抗英国军队的激烈战斗场面。海沃德认为新西兰的历史为电影创作提供了丰富的素材。英国纪录片制作人约翰·格里尔森(John Grierson)出席过该片在惠灵顿举行的首映式,并告诉记者,他认为新西兰人应该多出这样的作品,出一部这样的作品比看100部好莱坞电影更有意义,因为在《雷维最后的抵抗》里,他们所呈现的是一个伟大的民族。

自《雷维最后的抵抗》之后,新西兰电影创作出现了很长一段时间的枯竭期,在1941年至1975年的35年中,只有8部影片面世。在此期间,新西兰独立制片人约翰·奥谢拍摄了3部影片。1952年,奥谢出品了《冲破阻碍》(Broken Barrier),打破了战后新西兰电影的沉寂。影片讲述了白人记者苏利文和毛利姑娘拉维的爱情纠葛,以及最终他们冲破双方家庭的重重阻碍走到一起的故事。剧情揭示了欧洲人与毛利人之间的猜疑和成见,也引起了社会的广泛关注和争议。12年后,奥谢制作了他的第二部电影《逃亡》(Runaway),讲述一个野心勃勃的会计师,由于生活奢靡而债台高筑,最后走上逃亡的道路。而另一部电影《别让你陶醉》(Don't Let It Get You)则是一部展示当时新西兰和澳大利亚流行歌手的作品的影片,记录了新西兰流行音乐史上最辉煌的时刻。同时这也是一部浪漫喜剧，前后矛盾的对话，可笑的滑稽动作，显示出不落俗套的讽刺意味和厌恶享乐的生活态度，其中很多角色都是由歌手亲自演出。时隔32年，鲁达尔·海沃德的最后一部影片《爱上一个毛利人》(To Love a Maori)最终问世，讲述的仍然是跨种族的爱情故事，这是新西兰电影衰落期的一部不错的作品，也预示着新西兰的电影事业即将迎来新的曙光。

新西兰政府曾表明，在电影发展初期他们就非常重视电影在宣传方面的作用。1901年他们就委托墨尔本救世军艺术部把皇家康沃尔和约克公爵夫妇来访殖民地的行程拍成电影，可惜大部分资料没有保存下来。1907年旅游部门雇用了一名电影制作人拍了一系列以新西兰独特风光为主题的纪录片，以帮助国家对外宣传。从1913年起，国家旅游部的宣传部门开始定期拍摄宣传片。1936年，新西兰政府成立了国家电影广告制片厂。1940年，这个部门制作了55分钟的有声纪录片《风雨百年》(One Hundred Crowded Years)，庆祝新西兰建国100周年。1941年，新西兰成立了国家电影局，主要负责宣传片和纪录片的出品，其新闻片《每周回顾》(Weekly Review)免费派送给影院放映。影片一开始就是新西兰军队行军的镜头，配有振奋人心的主题音乐，让人耳熟能详。《每周回顾》一共播出了459集，1949年因政府更迭而停拍。由于政府前部长们经常在新闻片中露面，新的国家政府认为《每周回顾》是前执政党的宣传工具，于是就用每月一集的《图片新闻报道》(Pictorial Parade)取而代之，一直持续播放了20多年。

新西兰电影发展的早期大致可以分为两个阶段，以1940年为分水岭。从1913年梅里爱拍摄的《海尼莫阿，一位毛利首领之爱》到1940年海沃德的《雷维最后的抵抗》，新西兰几乎每年都有受欢迎的作品出现。而在之后的35年里，新西兰本土电影事业几乎没有发展，究其原因，主要是受到电视发展的冲击。直到20世纪70年代后期,电影产业才开始回暖,逐渐走上复兴之路。

(合肥师范学院大学英语教学部　张青
安徽大学外语学院　张明)

【参考文献】

Hanish, Keith Obe. *New Zealand Yesterdays*. Sydney: Reader's Digest Services Pty Ltd, 1984.

Martin, Helen and Sam Edwards. *New Zealand Film 1912—1996*. Auckland: Oxford University Press, 1997.

南太平洋文学研究
——南太平洋短篇小说述评

An Overview of Short Stories in South Pacific Region

南太平洋文学是近几十年才崭露头角的新地域文学。自 20 世纪 60 年代民族独立的浪潮激荡大洋洲各国以来,南太平洋新文学在传统的口头文学基础上勃然兴起。这种新文学主要是南太平洋各岛屿国家本土作家用英语进行创作的文学。为了对这一地域及其研究范畴有所概览,首先我们有必要对南太平洋文学研究范畴做一个简述。

一、南太平洋文学研究范畴

南太平洋地区(也称"大洋洲地区")的地理范围具体可划分为 6 个区域:第一个区域以塔哈提岛为中心,主要为法语区;第二个区域为关岛一带,分属美国管辖;第三个区域是复活岛一带,为智利殖民地;第四个区域是澳大利亚和新西兰。上述地区都有独立的文学主体。而南太平洋文学主要是第五和第六个地理区域的文学作品,这两个区域包括巴布亚新几内亚、斐济、西萨摩亚、库科群岛、基里巴斯、瑙鲁、纽埃、所罗门群岛、托克劳、汤加、图瓦卢、新赫布里底(瓦努阿图)等 12 个岛屿国家,它们不仅在地理上一衣带水,而且通过各自不同的政体制度相互作用与影响。它们种族众多、语言繁杂,大部分都是英、澳、新等不同国家的殖民地。受宗主国的影响,英语成为土著人民用以相互交际的唯一工具。"南太平洋文学"就是指上述这些地区用英语创作与发展的文学,而南太平洋文学研究则以巴布亚新几内亚大学和南太平洋大学为核心,集中在这 12 个讲英语的国家。

南太平洋口传文学有着源远流长的历史,然而南太平洋书面文学(指诗歌和小说创作等形式)却是近些年来一个新的课题。60 年代以前,人们所说的南太平洋文学,大多是由西方传教士、旅游者及作家写的一些作品,有的还带有种族歧视,真正出自当地土著人之手的作品寥寥无几。进入 60 年代以后,南太平洋岛屿各地的土著作家纷纷运用自己的笔墨真实地再现了各岛屿的生活图景,描绘了他们的风土人情,从而打破了白人异想天开的"南海天堂"的神话,第一次向全世界传递出南太平洋土著人民的真正心声。随着 60 年代大洋洲新兴文学的勃然兴起,70 年代的短篇小说在南太平洋地区作为一种重要的文学形式确立了自己的地位。在口传文学基础上形成的短篇小说的起源归功于 60 年代个别作家的努力,而直到 1966 年巴布亚新几内亚大学和 1968 年南太平洋大学正式建立之后,它才获得较大的动力。这一时期的短篇小说多是自传式素描,表现了对英雄行为的赞赏,有易于吸引公众的巨大魅力。正如沙普科特(Shapcott)所评论的那样:"短篇小说为这种年轻的文化提供了更大的空间。"南太平洋短篇小说的新兴与发展正是体现了这一特点。本文以南太平洋短篇小说为研究视角,以巴布亚新几内亚大学和南太平洋大学这两个文学中心为重点,对这一地区南太平洋文学中短篇小说的发展进行全面而系统的述评。由于巴布亚新几内亚独立较早,其文学发展也较为成熟并自成一体,所以我们对巴布亚新几内亚短篇小说的发展单独作述评。而南太平洋其他各国虽然政治归属不同、文学发展也不够平衡,但是这一区域的作家大多在国外受过良好的教育,因而他们的作品风格也都显示出一定的跨度与力度，因此本文将对南太平洋其他国家的重要作家及作品的迥异风格作较为深入的评析。

二、巴布亚新几内亚短篇小说——自成一体

随着巴布亚新几内亚 1975 年获得独立，其民族文学在独立的浪潮中获得了新生。巴布亚新几内亚民族文学既古老又年轻：该国口传文学源远流长，而 60 年代在传统的口头文学基础上勃然兴起的反映土著人民心声的新兴文学只有不过几十年的历史。巴布亚新几内亚的人民纷纷拿起笔向全世界人民展示本民族生活的真实情景，抒发本民族人民的喜怒哀乐，传播本民族人民的正义呼声，这些都是该民族最宝贵的财富。巴布亚新几内亚的新兴文学正以其强大的生命力在这片沃土上生根、开花和结果。

在南太平洋地区，巴布亚新几内亚短篇小说兴起得最早。二战以后，在政治独立的骚动、区域意识的滋长、大学的建立以及日益增长的民族民主意识和社会制度西方化等各种力量的汇合中，新文学应运而生，蓬勃发展。许多诗人和剧作家在口头文学基础上创作出自传式素描，为短篇小说的发展开辟了道路。纵观巴布亚新几内亚短篇小说的发展，大致可以分为 3 个阶段：

第一阶段是从 1968 年艾伯特·毛利·基基发表自传到 1973 年巴布亚新几内亚实现自治的 5 年，是该国文学创作充满乐观情绪的阶段。在沉默地任人摆布了一个多世纪之后，人们终于听到了清晰而强硬的抗议呼声，人人都感觉到殖民主义时代已经结束。青年作家们（大多是巴布亚新几内亚大学和其他高等学院的学生）意识到，他们正在运用自己手中的笔为本国的政治觉醒和民族身份的确立做出贡献。这一时期，他们的作品虽然有些稚嫩，不大讲究辞藻，却富有惊人的真实性。

早期的巴布亚新几内亚短篇小说大多建立在传统口头文学基础上,以自传式素描形式居多。不少作家以这种形式写出许多短篇小说,回顾他们的乡村生活,叙述他们进入白人世界所遇到的种种问题。如里奥·汉内特在《对祭司职务的幻想破灭了》(Disillusionment with the Priesthood 1970)中,对自己及本民族的发展作了一番痛苦而自尊的剖析。较为突出的作家还有拉塞尔·索阿巴,他的三部曲式的短篇《受排斥的畸零人的画像》(A Portrait of the Odd Man 1971)、《地狱的一瞥》(A Glimpse of the Abyss 1972)和《遭难者》(The Victims 1972),主要描述了一个怀抱梦想的青年人由于行为不符合社会准则而遭受挫折,梦想破灭。小说的主人公富于内在强烈的反抗力量,嘲讽本国人的盲从,大胆地摈斥现代生活方式的堕落性、欺骗性和破坏性,指责其与传统的道德准则背道而驰,因此被社会所排斥,最后落得一个悲惨的结局。他的作品大多以人物的心理分析见长。

巴布亚新几内亚英语新文学发展的第二阶段是自1973年实现自治之后,作家们直接投身到争取独立的政治斗争中。这一时期,政治气候和文学气候都发生了巨大的变化,文学界处于新旧交替的变更时期。虽然有些作家投笔从戎,但同时也有像拉塞尔·索阿巴和库玛拉乌·塔瓦利这类作家仍然活跃在文坛上,从未停止过写作;年轻的新作家如雨后春笋般涌现。这一时期文学的变化,只是侧重点、表现形式及表现途径比以往有所不同而已。

拉塞尔·索阿巴写了短篇小说《村民的要求》(The Villager's Request 1974),描写了一个古怪的老年村民,由于陷入困境处处受到歧视,因而一直生活在一个怀有敌意的世界里,最终不得不放弃自己青年时代的执着梦想。作者的这种悲观主义在其后来的《伊贾亚》(Ijaya 1977)的主人公,一个青年艺术家的身上被战胜了。主人公坚持确立新的美拉尼西亚的梦想,并始终保持了其独立傲慢的精神。卡尔·凯尔皮也写了一个三部曲式的短篇《他们来世报复》(In the Next World They Avenge 1973)、《库尔普的女儿》(Kulpu's Daughter 1975)和《货物》(Cargo 1975),讲述一个受过教育的青年遭到传统信仰和老一代权威的摧残。他在《他们来世报复》(1973)中,描绘了一个值得人同情的青年人形象。这个青年羡慕白种人的思想,但灵魂深处并没有与旧的精神作彻底的决裂。其后的二、三部曲《库尔普的女儿》(1975年)和《货物》(1975)则进一步探索了受过教育的青年所承受的精神负担。他的作品与索阿巴的作品不同的是,所有故事都是以乡村为背景的。

另外两位短篇小说作家亚瑟·贾沃迪姆巴里和约翰·卡萨伊普瓦分别在《地方长官和我祖父的睾丸》(The Magistrate and My Grandfather's Testicles 1972)和《马图达的离去》(Matuda's Departure 1972)中,以幽默讽刺的笔调描绘了农村和城市的生活,他们的创作风格与索阿巴和凯尔皮悲剧性的讽刺风格截然不同。

第三阶段是独立以后这段时期,作家的地位显得很不稳固,他们在视野上与政治家们开始出现分歧。政治家们对作家们的批评颇为敏感,作家们也不满于执政者们对国家前途和民族命运的漠不关心,最终作家和政治家分道扬镳。作家们用理性的思辨,对文学以及文化方面的许多问题进行了客观冷静的审视,并对过去进行重新评估。这种文学上的反思对文学的发展无疑是一个重要的贡献。

这一时期的写作题材和创作手法也有了较明显的变化,原来彰显自我的自传体作品已显得无足轻重,更多作家关心的是民族文化和文学的特点。政府在一系列国际事务中表现怯懦而且政府部门官僚作风严重,这些都引起各界民众的强烈不满。于是,作家们通过各种形式的文艺作品各抒己见,矛头直指政府。近些年来,约翰·卡萨伊普瓦洛瓦的剧本《原始音乐》

(The Naked Jazz 1980)对政府的无能和官僚腐败进行了揭露；剧本《我的兄弟，我的仇人》(My Brother, My Enemy 1982)则对政府反对西伊里安自由运动进行了抨击，诺拉—瓦基·布拉什对上台的新贵族以及他们的矫揉造作、崇洋媚外的行为进行了无情的鞭挞；从西伊里安采访回来的约翰·柯利亚写的一部关于查亚普拉的短篇小说集《传统是这么说的》(Tradition Says in This Way, 1972)，向我们展示了一幅农村社会的现实生活图景，抨击了乡村暴力行为以及严重的大男子主义。同时富有战斗性的作品也频频出现，《他从我手里抢走了扫帚》(He Took The Broom from Me 1970)就是笔调辛辣尖刻的一个范例。约翰·卡萨伊普瓦洛瓦的诗《倔强的火焰》(Reluctant Flames 1971)，以温暖的人情味和诗人独到的见解，自豪地表达了民族独立运动的精神，因而成为一部充满民族主义热情的壮丽诗篇，也被认为是巴布亚新几内亚人民自己创作的最成熟的一部作品。

在巴布亚新几内亚短篇小说经历了这3个阶段的发展之后，人们看到该国作家已摆脱了文学创作初期的幼稚而变得日趋成熟，越来越多的有一定思想深度的文学作品从巴布亚新几内亚各地不断地涌现出来。

三、南太平洋各国短篇小说——风格迥异

以南太平洋大学为中心的其他各国短篇小说的发展，同巴布亚新几内亚短篇小说一样，在经历了民族独立、高等教育的发展及区域意识的增长之后，以其迥异的风格体现了短篇小说发展的成熟。虽然口传文学曾给有潜力的作家提供了写作起点，但其世界观对短篇小说的创作也施加了一种压力，反而局限了短篇小说的充分发展。我们看到，只有那些一开始就对口传文学没有任何依赖、对现实又不抱有任何"神化"观点的作家，才写出了较为成功的现代短篇小说。他们中有雷蒙德·皮

拉依、温尼萨·格里芬和艾伯特·温特等,他们一直不间断地从事着短篇小说的创作,并以他们迥异的创作风格为南太平洋短篇小说的发展增添色彩。

首先值得一提的是斐济短篇小说家皮莱依和格里芬,他们几乎是在20世纪60年代末同时开始在南太平洋大学期刊《尤尼帕斯》(UNSPACE)上发表小说。虽然两人才华不相上下,但是创作风格却截然不同。

斐济作家雷蒙德·皮莱依是一个印度斐济人,他主要以短篇小说见长,作品大多反映了印度斐济移民的生活,属于寓言式的创作。在皮莱依大多数的小说人物中,几乎没有哪个属于比较大的社会群体。在他的小说中,有一种明显的中产阶级家庭生活的气氛,这些人物在社会上既不是穷人也不是地位很高的人。

皮莱依擅长描写家庭和爱情生活,能非常自如地描写情感关系:如《短暂的冲突》(Brief Skirmish 1975)中无回报的爱、《到市场去,到市场去》(To Market, To Market 1975)中的禁止的爱、《良心问题》(A Matter of Conscience 1970)中不幸的爱以及《姆尼杜欧的鬼怪》(Muni Deo's Devil 1970)中充满暴力和软弱无力的爱等。南太平洋作家中再也没有哪一位作家能够像他这样如此广泛深入地触及如此多类型的婚姻和爱情题材了。

就主题和文学技巧而言,从皮莱依众多的作品中我们可以看到以下几个特点。

其一,作者极善于利用民间口传文学的素材使短篇小说富有新意。他的一部题为《披着狮皮的驴》(The Ass In Lion's Skin 1980)的作品由一个印度民间故事《披着虎皮的驴》改编而成,以民间故事中讲述的欺诈和伪装作为小说的主题。他通过这类作品的创作,试图在生活在斐济的印度人这一群体与印度的传统文化、文学之间建立起一种内在的联系。当然,他对印度文学的兴趣并未超越其自身文学传统的框架。

其二,我们可以从皮莱依短篇故事集的结构和形式安排上体会到其作品的寓言性。如故事《恶魔缠身》(A Case of Diabolical Possession 1980)就很巧妙地被安排在皮莱依《庆典》文集的开头篇,那段开场白读起来给人感觉似乎是在批判有关鬼神的故事:"在当今现代化的时代,科学和技术已帮助人们消除了许多带有神秘和迷信色彩的东西,而任何声称相信鬼神的人都要冒着被别人看作是愚昧无知、头脑简单的人之嫌。"但作者已开始注意使理性的时代与神鬼的寓言世界互为关照。重新审视一下皮莱依的作品,其实它们并未远离常规主题,其重要组成部分仍在现实的框架里:恋爱婚姻、家庭场景和主人公的自我意识等,通过那种古老的道德视野展现出真正的力量。

其三,作者在其作品的人物塑造上也体现了某种讽刺和幽默的特点。有时候,这种幽默是通过使用诙谐的文学术语、反语以及冷嘲热讽性的语言表现出来的。如皮莱依在《披着狮子皮的驴》中,就使用了谚语中的顺口溜来描绘男主人公惧怕老婆的情景:妻子喋喋不休/妻子时常烦恼/妻子说的是大道理/却永远是陈词滥调。另外,《最初的视察》和《短暂的冲突》等都是以一种简单的方式表达了人们情感上的喜怒哀乐。这些作品的特点是,在作品的开始、中间以及结尾都以模仿一种表面的自信为主线,经过精心的构思和合理的布局,最后达到讽刺和寓言的效果。

斐济女作家格里芬与皮莱依风格不同,她是以女性细腻的情感吸引读者,从而别具一格。格里芬出色地写出了像《玛拉玛》(Marama 1974)和《音乐会》(The Concert 1974)这样的小说,并引起了评论家艾维得逊的注意。他赞赏格里芬小说表现出一种能用简单的情绪扣住人们心弦的那种令人羡慕的能力。格里芬小说的亮点是其主题、基调与语调,而不是情节。小说往往抓住了现实的直观感觉并根据印象组合而形成主题。

正如艾维得逊所说的那样,支撑格里芬的两篇各只有一页纸的小小说《玛拉玛》和《应征士兵》(The Conscript 1975)的力量是感情和情绪。《应征士兵》只有515字,故事几乎没有什么叙述和描写,但它却突出地表现了一位孤独的应征士兵内心畏惧的感觉:"恐惧渗透到他身体的每个部分,以至于他最后感到自己可能会死掉⋯⋯于是他把'可能会死掉'这句话当作一根救命稻草。"故事的主人公是位无名氏,也没有国籍,这里故事暗含着一种违反人类规律的普遍现象。作者在文章的前面提及了人类、自然和生命等,这与其后的内容形成了对比。显然,格里芬在她清新的能唤起人们情感的散文里传递了一种深邃的思想与感情。

作者在《一个周六的早晨》(One Saturday Morning 1973)中展现了她刻画瞬息间感情的才华。在一个暖和的小木屋里,弥留之际的祖父要吃蟹肉,而女主人公带着几经周折拿到的蟹鳌回到家时,老人已经去世。悲痛至极的女主人公陷入深思,当她看到手中的伸出肢体的蟹时,她似乎突然看到了印第安婴儿乌黑的眼睛和她自己脸上的表情。这是一个很不起眼的故事,没有重大的命运转折,也没有什么人物的塑造,只是记录下早晨这一瞬间的印象和感情,但却使叙事变得极有意义。作品的诗意以及某种情感的起伏体现了卢卡契对短篇小说所下的定义:"最纯净的一种艺术形式,是以即刻的素描来表达所有艺术创造的最终意义。"

人们发现,她早期作品的主题大多是单调的日常生活的描述,而她后期的小说《新路》(New Road 1976)却在很多方面有重大的突破,这是格里芬超过4000字的最长的短篇小说。小说背景也从斐济首都转移到农村,显示了她的开拓能力和描绘性风格。小说的开篇使人联想起作者原先小说中那些非人格化的事物。"从山脊的顶部,他可以看到下面遥远的一片房屋。"人们从主人公的眼里再一次观察世界,但随后又从字里行间全貌环视的描绘中,人们看到作者—叙事者的意识变得渐渐清晰。当主人公塞拉西发现这条长满了杂草的老路越走越窄以至渐渐消失,直至最后在朦胧中发现自己正沿着一条新路前行,一个轮回结束了。塞拉西和作者—叙述者终于从阴暗中走了出来,走到新铺的砂石路上。《新路》这部作品没有复杂的人物塑造、情节处理或哲学道德启迪,它只不过是表现了"远离故乡的孩子回家了"这样一个极为普通的主题。作品开篇看起来似乎是作者出现在往日曾经辉煌过的一个被人们遗忘了的地方,但这个地方却很神秘而又被赋予了重要的历史意义。她就这样邀请读者进入这笼罩着阴郁而又令人思考的废墟。

通过格里芬的作品,我们可以看到一个作者和小说的关系问题,换句话说也就是一个作者先知的文学问题。格里芬的作品完全是从戏剧的角度来写的,使作者往往退居到戏剧性小说世界的背后。她尽量避开用第一人称叙述,却能巧妙地诱使读者进入不易冲动的小说的想象之中。她所有小说的叙事都紧紧围绕着一个人物,而对于小说世界的其他叙述总是保持常规的表现手法,作者—叙事者的声音常常和人物心中的声音交织在一起,这就是格里芬作品的艺术魅力所在。她作品中的人物大多比较个性化,因为他们的思想是从内部向外显示出来的。她一旦选择了一个人物,就会在思想和感情上与他融为一体,以使主题、主人公和叙事者的情绪和谐统一,来体现一种完美。

斐济另一位作家萨特德拉·楠丹的短篇小说,以其奔放的感情和形象鲜活的语言而与众不同。他的作品《宗教教师》(The Guru 1974)的整体风格有些傲慢和自负,但又具有喜剧性的夸张和民间幽默。他的散文片段和小说中不够连贯的情节往往由于其作品的内涵和喜剧的效果而得到补充。

西萨摩亚著名作家艾伯特·温特的作品在南太平洋文学中可以说独树一帜,在大洋洲新文学中占有突出的地位,值得深入探讨。他撰写的几部长篇小说在文学的跨度与力度上都是不可低估的,其短篇小说也颇引人注目。如果说皮莱依以叙事为主、格力芬以抒情见长的话,那么温特的小说则是因抒情和叙事的完美结合而具特色,这充分表明了作者写作涉及的范围之广和创作的灵活度和成熟性。他的两个短篇小说集《自由的狐蝠》(Flying-fox in a Freedom Tree 1974)和《一个奇异人的生与死》(The Birth and Death of the Miracle Man 1979)中收录了许多短篇,其中包括各种形式、体裁和篇幅的小说。例如,《山之子》(A Descendant of the Mountain)这部小说就以明显的抒情散文的笔调来展开,属于抒情类作品;而较长一些的作品,如《马背上的小恶魔》(Little Devil on Horseback),则以叙述而见长。通过这些作品,温特塑造了一个现实世界和历史神话世界混合的边缘世界。不同的作品有不同的长度、结构和风格,形式迥异、各具特色。温特称他的作品是集故事、奇谈、寓言与萨摩亚生活方式为一体的产物。

  首先我们看到温特往往赋予其短篇小说的标题一定的意义,如短篇集《自由的狐蝠》这一标题,就体现着自由和狐蝠这两个不断出现的主题和象征,两者都暗示着对现实的关切。狐蝠在温特的中篇小说《狐蝠》里象征的是"自由",这个词在温特看来有其特定的社会内涵,也暗含着一种本体论的意义;但狐蝠在其后来的长篇作品《叶子》中,又成为陪伴佩佩萨神到九重天去寻找西纳的一群生物;而在萨摩亚语中,狐蝠又是"人"的意思。因此,温特选择这个标题,显然表达了深刻的内涵。

  《狐蝠》这个短篇集是以描写人物皮利为中心的,故事中所有人物和事件几乎都和皮利联系在一起,这个文集是作为一个"罪犯"的自传来展开的。皮利是一个萨摩亚的流浪汉,在他的身上有许多的特点。为了使读者充分理解皮利的性格,叙述者追溯了控制他童年与成年的英雄观以及因此困惑他一生的"法则"。皮利的人格首先是在他祖父的影响下逐渐形成,其祖父的活力和自信与那些一味效仿西方的包括叙述者在内的受过教育的精英们的生存方式形成了鲜明的对照。对皮利性格形成有重大影响的还有其祖母,老异教徒祖父的对立面。她体现了清教徒的一些优秀的品格:受到过良好的教育,勤劳、节俭、诚实并且虔诚。皮利就是在这样一个环境中成长的。20年代他随着祖父进入城市,目睹了30年代萨摩亚独立运动、40年代美国人的到来,最后皮利作为盲流和罪犯而被监禁,一直服刑到60年代。皮利的经历,实际上是现代萨摩亚多元化的产物,而作品中所涉及的人物和事件,大多带有萨摩亚历史的痕迹,而且其中往往反映了某些历史的必然:如祖父一家搬到城里就是这种历史现象的写照,他之所以同意搬到城里的主要原因是,他把这看成上帝赐予他的一个再一次地向其敌人证明他是一个自由的斗士、民族主义的领导者的良机……他终于成为法律的化身。城市给了祖父和皮利表现他们自身的机会,而留在家中的祖母说道:"我们的家已不同于以往,它已变成具有城乡两种特色的家庭,并且永远成为含有两个世界的家庭。"人们由此可以看到,叙述者历史学家的身份和短篇小说的形成原本便是出于这两个世界的经历,叙述者在此作为一个戏剧性的人物出现,这增加了人们对故事主人公行为的可信度。从历史学家的角度和观点来讲述一个故事,不仅提高了作品的"叙事"质量,而且也为研究人物创造了必要的空间。尽管历史学家们对皮利人生观形成的准则进行了认真细致的研究和分析,但是皮利最终却用自我牺牲超越了这些准则——这位一向反英雄的人物却以传统英雄的死法死去了——他最后在救两名落水的狱卒时献出了自己的生命,因而成了一位英雄。这样,温特在主题和形式两个层次上取得了神话和历史的统一。皮利的死亡不能用一种简单的自我毁灭的行为来解释,也不能单纯地看成一种自我超越,也许两者兼而有之。他可能像半神半人的精灵"马乌依"一样最后投入到黑暗之中,他的这一行为本身就包含了一定的象征意义。

对于温特来说,寓言编造者和历史学家都可以起到一种讽刺的作用,以历史的方法来嘲笑经验主义。温特在运用模仿、讽刺、历史和罗曼蒂克的对英雄的描绘中,使用了一种恰当的戏剧化的方式来描绘人物的经历,这些体现了作品所运用的独特创作手法。

温特在《狐蝠》之后又出版了另一部的短篇小说集《一个奇异人的生与死》,其中《天才》(A Talent)这一短篇小说的主题集中在故事集的标题上,它是通过对一个单独人物的描绘并精心地布置情节来展开的。作品的主要情节集中在塞尔佩的天才上,他的天才令阿皮亚市场上的人大为羡慕。可当他从萨佩安牧师那儿"得到"10美元的时候,他的太太竟然带着孩子离开了他。在市场上人们的赞扬声中度过一天之后,他朝着妻子拉吉娘家的村落走去,来劝她回家。他以他善辩的口才终于成功地说服了他的妻子:"有些人生来就像我:我的天才就是违法,但这也是我拥有的唯一才能。你知道耶稣说过什么,他说不要浪费你的天才。"拉吉被说服了,而且她也学会了展示她自己的才能以满足丈夫性的要求。然而,当塞尔佩由于欺骗阿皮亚一些卖山薯的小贩而被抓进监狱时,塞尔佩聪明的天才从此结束了。那以后,他的妻子拉吉与另一个男人一起逃跑了,他的一个女儿与人私奔了,他最喜欢的女儿富西也离开了家并寄居在萨瓦依维的亲戚家中,而儿子艾米加被学校开除了。这时,塞尔佩开始咒骂上帝给了他这份独特的天才。如果说温特的第一部小说集《狐蝠》运用的是一种抒情的文风,那么《天才》这部作品是以叙事的形式来展开的。

与这两个短篇集风格不同的是其另一短篇作品《独立宣言》,它采用了较长一些的篇幅和散文式的手法。作品首先把保瓦利·洛索被谋杀这一中心事件置于故事的开端,给读者一个悬念,然后再以倒叙的手法把保瓦利被谋杀这一中心事件和戴维德·图斯特的家庭生活这一次要的情节交织在一起,并通过洛索和图斯特这两个男性人物的童年和成年生活的对比描写,把他们的个人悲剧放置到推动殖民者和被殖民者生活的整个社会和经济的范畴中去检验。

我们由此会不可避免地得出这样一个结论,即温特的创作由于变化太多,无法给予它一种严格的定义。有些短篇小说是围绕单一主题用简洁叙述和抒情来揭示人物世界观的;而有些则篇幅稍长、时间跨度较大,还包括了人物思想的变化和道德观的成长。从总体来讲,其短篇小说主要表现了个人在某一突然变革的世界中的状态幸存,大多表现了一种新的自由意识。不过在他的短篇小说的结尾,往往现实的世界消亡了,而主人公面对的则是一个抽象的世界。这些在他之后的长篇小说《黑暗》和《叶子》中,都得到了体现,他还把个人自由的倾向转向对共同社会责任感的追求。由此可见,短篇小说在温特的创作过程中起了一个过渡的作用。温特善于运用一种强有力、形式多样的手法来创作小说,这使得他能以历史学家、社会评论家、寓言作家、破除迷信者以及预言家等多种面貌出现。这也是他短篇小说创作具有丰富内涵的重要原因所在。

汤加作家豪·欧法在短篇小说创作方面也独具风格。豪·欧法把短篇故事素描与小品文融为一体。我们知道,小品文是为社会评论的目的服务的,从政治上来讲,小品文极易于在读者和作者之间建立起一种联系,还可以引起人们的各种评论。从表面上来看,豪·欧法的短文似乎松散不够切题,但其内在的思想却是通过隐喻的手段、夸张的手法、精心的布局以及格言警句式的表达技巧来体现的。

豪·欧法把人物和场景用小品议论的方式进行评论。在他的汤加民间故事中,他从历史的角度对具体的人物和情景加以评论:"蒂科在摆脱了殖民统治获得独立之日起,元首陛下立即宣布无限期地停止对所有被帝国主义和资本主义走狗控制的岛屿资源的乱加开采。在发表历史宣言的这一时刻,蒂科最杰出的词作家撰写了5首不朽的诗篇……"豪·欧法在这个段落里通过蒂科的独立,阐发了带有讽刺性的议论,描写了这一地区许多大洋洲人都极为熟悉的情景,而具体的人和事则是作者杜撰的,通过虚拟的小品文反映了历史。豪·欧法的小品文与短篇故事略有不同的是,小品文的随笔有时没有正规的开头和结尾,只有一系列的社会评论夹在随笔之中。很少有戏剧性的冲突以及采用随笔的形式,已成为豪·欧法短篇小说的两大特色。随笔不但是一种很好的文学形式,而且有利于多元化文学的发展。斐济作家楠丹的《我不再是土人》和格里芬的《玛拉默》等采用的都是这种小品文或随笔的形式。

在南太平洋地区还有其他类型的短篇小说,如以民间故事、神话传说为题材或以短篇故事散文体形式创作出的一种带有夸张色彩的短篇故事。这些夸张的散文体故事虽然不长,但它们也像民间故事一样以口传的形式在酒吧、旅馆和其他公开的场所自由地传播,成为人们闲谈的话题。如在《玛纳年鉴》上发表的玛塔图鲁·罗克索伊的《杜拉瓦克》(Duruwaga 1967)和《萨卡拉伊亚和石头的能量》(Sakaria and the Stone Power 1964)这两个作品,都由于描绘了一些常人难以达到的能力而令人颇感兴趣,因它们幽默的表达、素描的风格以及大众化的语言而独具特色。

这类作品还有个明显的特点,就是有些粗野并有伤风化。它们更接近波克希欧的滑稽故事,其中有对主人公出轨的性行为的描写,以吸引和迎合广大读者的兴趣,如典型的例子是所罗门群岛的吉登·托拉恒图的《听从妇女》(Listen to Women 1974)。在这个短篇故事中,浪荡的村民伊拉普图被人诱骗到森林与不相识的妇女睡觉,并被她施加了咒语以致性勃起,于是他成为人们谈论的焦点和逗趣的对象。这些虚构的夸张故事并没有特别的叙述技巧,却受到人们的广泛欢迎。尽管这些短篇故事有书面形式,但它们仍通过这一地区流行的口传形式而变得家喻户晓。不过,这类故事一直受到教会的打压和抵制。

除了上述重要作家之外,其他各国还有一些短篇小说作家及作品值得提及:

斐济有:米莉亚·昂格《棕榈树会召唤我吗?》(Will the Palms Beckon to Me? 1976)、维·利索尼·托西埃《改变信仰的人》(The Convert 1976)、阿莱菲纳·乌基《飞》(Flight 1975)、雷泰塔·里蒙《大胆的泰》(Daring Te 1975)、阿西姆·荷塞因《考基,一个擦皮鞋的孩子》(Kaki, The Shoeshine Boy 1974)、希波里娅·沃塔《黄色小屋》(The Little Yellow House 1973)、弗雷姆·班福《从圣诞节谈到异乡人》(From Christmas to Stranger 1974)和梅尼克·雷迪《瘸腿断了》(Cripple No More 1974)。

所罗门群岛有:约翰逊·维利亚《邻家姑娘》(The Girl Next Door 1974)和朱利安·马卡阿《老人之死》(The Death of the Oldest Man 1973)。

汤加有:维利·维泰《思变》(For Change 1975)、托布·波塞西·发努阿《凝滞的时光》(The Elimination of Time 1976)和佩西·弗努阿《没收到的信》(Point of No Return 1975)。

基里巴斯有:弗兰西斯·泰康楠《洛伊和贝娅》(Loane and Beiia 1976)与《老练的表演》(A Perfect Actor 1976)、维尼安·基安梯阿塔 梯阿保《阿巴特坎——深情的小岛》(Abulekan—An Enchanted Island 1970)和佩尼胡塔·哈乌玛《不那么容易》(It is Not That Easy 1975)。

库克群岛的马乔里·图阿伊内柯雷·克罗柯姆也写了一些短篇小说,如《内罗》(Nero 1969)、《治疗者》(The Healer 1970)和《丛林麦酒》(Bush Malt 1974)等,她的作品大多描绘了各群岛上一些可爱的人物形象。

新赫布里底群岛的马乌里斯·汤普森的《引诱》(Seduction

1970)、《梦》、(Nightmares 1973)等,则向读者展示了受教会影响的岛民在农村和学校的生活。

这些源于口传文学民间故事却又不同于口传文学的短篇小说,在其短短几十年的发展中,呈现出作品大量涌现、独具内在魅力及吸引公众关注等特点,体现了南太平洋作家所富有的激情和想象力,同时还使得南太平洋短篇小说这一文学形式成为了南太平洋文学发展的一个重要的组成部分,其卓越成就已进一步表明,南太平洋地区最有才华、最有影响力的作家们尽管出身背景各不相同,但都以独特的文学表达方式和文学风格,在南太平洋短篇小说创作领域奠定了自己应有的地位,并以他们丰富多彩的作品在世界文学之林中脱颖而出,散发出其独特的艺术魅力。

(安徽大学外语学院　王晓凌　刘玮)

【参考文献】

Shapcott, Thomas. *Foreward*. South Pacific Stories, 1980.

Pillai. *The Celebration*. Fiji Times and Herald Ltd, Suva, 1980.

Griffen. *The Conscript*. Niu'72, 1975.

Lukacs. *The Theory of the Novel*. 1972.

Griffen. *The New Road Mana Review* No. 2. 1976.

Wendt. *Flying-Fox in a Freedom Tree*. 1974.

Wendt. *A Talent*, Lali. 1974.

Hau'Ofa. *Epeli Folktales From Tonga*. 1974.

失落与追寻
——《榕树叶子》的族裔文化身份探讨

Disorientation and Pursuing:

An Exploration of the Ethnic Identity in *Leaves of the Banyan Tree*

一、引言

萨摩亚的艾伯特·温特是南太平洋文学的领军人物,其出身就蕴含着欧洲文化和萨摩亚的波利尼西亚民族文化的融合。他的诗歌和小说都表现了本土传统文化和外来白人文化的相遇和冲突,着力展示真实的波利尼西亚民族的生存现实。对温特的作品加以文化身份研究,有助于我们深入了解波利尼西亚人如何看待自我与民族、与外部社会的关系,了解作者所持有的文化认同观,丰富族裔文学研究。同时也希望借此引发人们对南太平洋文学的关注。

本研究重点分析《榕树叶子》中3个中心人物的形象塑造,探讨萨摩亚民族在不同社会历史时期的族性意识和文化身份诉求。笔者认为,小说人物的形象设计体现出从失落、追寻到和谐回归的不同身份诉求,反映出作者超越自我和民族,面向整个世界的多元文化认同观。

二、《榕树叶子》中人物的族裔文化身份分析

《榕树叶子》1979年首版于新西兰,奠定了温特在南太平

洋文学史上突出的地位,也为他赢得了国际声誉。作品原名《榕树》,在英国、美国再版时改为现名。小说描写西萨摩亚的一个乡村部落萨佩佩的一个家族三代的兴衰史,全书分三卷,每卷各有一个中心人物,分别描述了父亲的创业、儿子的反叛以及孙子继承产业时财产的旁落。小说是殖民地时期和独立后的50年间西萨摩亚社会历史的生动写照。

(一)塔乌伊洛佩佩的族裔身份失落

从文化角度讲,在个体认同过程中,文化机构的权力运作促使个体积极或消极地参与文化实践活动,以实现其身份认同。集体身份认同,是指文化主体在两个不同文化群体或亚群体之间进行抉择。因为受到不同文化的影响,这个文化主体须将一种文化视为集体文化自我,而将另一种文化视为他者。全书的主人公塔乌伊洛佩佩·马乌加是小说第一卷《上帝·金钱和成功》的中心人物,勤劳肯干,富有心计。作为族长之子,他年少时曾被送往首都阿皮亚的神学院读书,以期成为一名牧师。但是他在那里不断滋事,最后被开除回萨佩佩。父亲过世后他成了族长,对白人生活方式的追求与幻想使得他不惜一切、不择手段去实现自己的梦想。他的梦想就是要把自家的种植园尽力扩大,成功战胜村里富裕的马洛,富甲一方。在他的眼中,金钱与成功等价,上帝也是为给他带来成功而存在的。为了成功,他不惜抛弃西萨摩亚的生活方式去追求白人式的享乐。小说正是取名于塔乌伊洛佩佩开辟出的"榕树叶子"种植园。其实,从蛮荒的丛林灌木中开垦出可以牟利的种植园,其本身就意味着对古老传统的摈弃,对资产阶级利益的追求。这种追求威力巨大,足以斩断人与人之间的亲缘关系的纽带,使其失去本来面目。塔乌伊洛佩佩的继父托阿萨是全村"老一代中的最后一个",代表着古老的萨摩亚。他笃信本民族关于魔鬼和狮子的传说,塔乌伊洛佩佩却认为这是异教徒的狂想。目睹塔乌伊洛佩佩肆意破坏丛林,老人万分痛心和遗憾:"萨摩亚人认为神祇、土地、丛林、大海以及其他一切生物都是诞生、生活、死亡和再生这个永远轮回的运动中不可分割的一部分……白种定居者和传教士一起打破了使那种使轮回得以永存的禁忌。在那种轮回中,人对于一切生物一向是表示尊敬的。现在,(他)正眼看着自家人在继续白种人的破坏活动。"老人意识到"他正努力支撑着的那个世界迟早要完全崩溃"。

在这里,作为个体存在的托阿萨是萨摩亚民族文化的代表,塔乌伊洛佩佩则选择性地成为渗透与冲击萨摩亚的白人文化的代表。另一个世界与这个世界接触、抗衡,另一个世界要把这个世界的文化中他们不赞成的部分抹杀掉、消解掉,塔乌伊洛佩佩充当了另一个世界的角色。当他选择将白人文化视为集体文化自我,也就割裂了同过去萨摩亚共同集体的情感。失去了群体和依靠,没有了归属,他必然以失败告终。所以,虽然他用尽心机击败了竞争对手马洛,令种植园日益兴盛,住上了首都阿皮亚的豪宅,显赫一时,却要面对亲生儿子对自己的反叛和私生子与自己的抗衡,结果自己的财产被夺取,郁郁而终。塔乌依洛佩佩对萨摩亚民族的否定是导致他失败的根本原因。在他身上,我们看到的是萨摩亚人的自我身份的丢失、民族文化传统的衰落。

(二)佩佩的族性意识抗争

佩佩是塔乌伊洛佩佩的儿子,是小说第二卷的中心人物。感受到白人文化的入侵带给萨摩亚人的转变,他在书中回顾道:"我也诞生在萨佩佩,和在我之前我出世的塔乌依洛佩佩家族里的人并无区别……萨佩佩有它自己的历史,自己的等级称号和自己的风俗习惯,许多方面不同于其他地区。情况变化不大,生活进程缓慢。后来白种人光临了,才使许多事物起了变化。后来,起变化的也包括像我父亲那样的人们……"

在自成一体的部族社会,姓氏、血缘、性别等共同构成了牢固不变的身份认同机制。然而,资本主义的现代性改变了西方社会的整个结构,也将大批化外之民强行带入现代性的快车道。在更广泛的含义上,身份认同主要指某一文化主体在强势与弱势文化之间进行的集体身份选择,由此产生了强烈的思想震荡和巨大的精神磨难。其显著特征可以概括为一种焦虑与希冀、痛苦与喜悦并存的主体体验。小说中,面对自己亲人、族群的改变与所处的弱势境地,佩佩希望抗争却又无能为力,心情困惑而痛苦。

与父亲的经历相同,佩佩也曾被送往阿皮亚的学校读书以期接受先进的西方教育,又被开除回家。但是父子两人被开除的原因有所不同。父亲是因为在神学院里对代表西方发达的物质文明的欧式机械产生了强烈兴趣,对其的热爱程度胜过对基督教学习的热爱,后来勾引姑娘也是为了诱使她亲近机师以便自己摆弄机器,日后开垦土地。究其原因,开垦种植园发家致富,过上白人生活的强烈欲望促使塔乌依洛佩佩触犯规定,遭到开除。而佩佩则是因自尊受辱、理想破灭而被开除。入学第一天,面对城市与乡村的教室环境的不同,感受到教师凌驾于萨摩亚人之上的种族优越感,佩佩就产生了错位感。阿皮亚的学校实际上是殖民地状态下的萨摩亚整个社会结构的缩影。虽然成绩优异,佩佩还是幻灭感渐生,他逐渐认识到白人给萨摩亚人带来的害处远多于好处,认识到西方文明带来的"进步"具有双重性。他故意犯事,引诱女生,其目的有两个:一是揭露白人文化中那些强加在萨摩亚人性别文化上的宗教戒律的虚伪;二是显示自己身为萨摩亚人对现行教育制度的厌恶,挑衅白人教师的权威。讽刺、愚弄、嘲笑成了他和朋友对抗白人的主要手段,愤世嫉俗、玩世不恭成了他的处世之道。回到萨佩佩,他叛逆利欲熏心、抛弃传统的父亲,撕碎家中的《圣经》以图唤起村民们对基督教的反抗。这一切都表明佩佩极力想抵御外来的白种人的文化侵袭,保持个体的萨摩亚族裔身份,但是由于身处西萨摩亚社会历史变革的大潮中,他个人无力改变现实,只能在病榻上撰写自我意识的小说,在内心的痛苦中继续求索,直至病亡。

说到佩佩,不得不提佩佩在学校结识的朋友塔加塔。他是作为佩佩心中能够改变自己的人物形象出现的,但塔加塔以自杀结束了自己的生命。在留给佩佩的遗书中他写道:"白人和白人世界已经把我们和大家变得全像你那个腰缠万贯然而并不幸福的父亲……我们已努力做到了保持自我的本色。我想,这正是任何一个手持战棒的人所能做到的一切。"遗书清楚地体现出塔加塔竭力捍卫自己的民族身份的意图,而他这位斗士的自杀也表明了萨摩亚民族文化面对强大的白人文化入侵所处的弱势境地。他的自杀加重了佩佩内心的苦痛,不仅为他个人,也为整个族群,从而加速了佩佩的病亡。塔加塔的绰号叫做"狐蝠",在萨摩亚语中,狐蝠又是"人"的意思。温特为第二卷起名为"自由树上的狐蝠"显然有其深刻含义。塔加塔的形象塑造侧面印证了萨摩亚人在深受西方文明冲击并被殖民化的社会中渴求个人尊严、追求自由独立的反抗精神和身份诉求。

(三)加卢波的族裔、文化身份诉求

在小说第三卷中虽然塔乌伊洛佩佩依旧频繁出现,但作品的中心人物显然是加卢波。加卢波是塔乌伊洛佩佩年轻时为击败对手马洛而勾引马洛妻子莫亚生下的私生子。他身上既有塔乌伊洛佩佩的一面,又有佩佩的一面,是塔乌伊洛佩佩和佩佩两个人的结合体。他的形象总体上体现出一种融合、进步的力量。一方面,加卢波像佩佩一样,有着强烈的萨摩亚民族意识,始终不忘找寻自己的族裔根源。"当人的眼睛睁开朝内窥视时,人们发现内心已经空虚得什么都没有,那时他就会真

正地闭上眼睛。就像佩佩已经做的那样,我也会那样做的"。关于为什么从阿皮亚回到萨佩佩,他解释说:"我来此是为了要求获得属于我的东西。这话是什么意思呢?我是说,我要求承认我的根源,要求证明我的身份。"在书中,阿皮亚和萨佩佩这两个地方也被赋予了象征意义,分别代表着白人文化主导的世界和萨摩亚民族文化的影响领域。加卢波回到萨佩佩村表现出他回归民族、重建传统的族裔性诉求。同理,塔乌伊洛佩佩功成名就后从萨佩佩搬到了阿皮亚,则象征着他抛弃了固有的族裔身份而去迎合外来文化。另一方面加卢波有着截然不同于佩佩的成长过程,他自小饱受生活磨炼。他被"另一个世界"的人收养后境遇改善,受过良好的教育,阅读白人的书籍使他眼界开阔。同时他又继承了父亲的野心和手段。更为重要的是他把从"另一个世界"汲取的能够同父亲抗衡的策略与这个世界的承认和爱融为一体,形成了一股强大的力量。他向父亲指出:"我对你的财产和权力不感兴趣……因为财产和权力只能使我在错误地崇拜它们的'另一个世界的人'的眼里显得尊贵,有意义,有价值。对我来说投入重新创造自我从而摆脱'另一个世界'的束缚的整个斗争才是意义和目的之所在。我也是'我们时代的产物',是历史和把我国推向不可知的未来的整个运动的产物。"最终,他通过驱除时代的腐败精神而建立了他在萨佩佩历史上的合法地位。

文化理论家斯图尔特·霍尔认为,"文化身份不是一种本质,而是一种立场,因此存在一种身份的政治,一种立场的政治,而这种政治并不能保证一种超越一切的、毫无质疑的'出身的法则'"。照此逻辑,身份不是固定不变的,而是一个具有流动性的概念,会随着认同者所站立的位置、所持有的立场而改变。塔乌依洛佩佩、佩佩、加卢波具有同一个族裔身份,但是缘于其不同的时代、不同的成长环境和不同的发声位置,他们的身份意识产生了差异,他们的身份诉求也各不相同。当西萨摩亚传统的生活方式和观念与外来殖民主义生活方式相遇和冲突时,塔乌伊洛佩佩一味追求西方生活、抛弃自己的传统文化,导致众叛亲离;佩佩刻意疏远、否定外来文化和宗教以维护萨摩亚传统和自尊,但是只停留于愤世嫉俗而没有采取果断有效的行动,内心充满困惑和痛苦;加卢波在找寻自己身份的时候,不仅把自己融入到本民族的传统中,而且还汲取了外来世界的智慧和先进性,从而获得巨大能量,实现了自己一直寻求的目标。

三、温特的多元文化认同观

纵观小说,从塔乌依洛佩佩的身份失落到佩佩的身份抗争再到加卢波的和谐回归,人物的身份诉求变化反映出作者的创作思维脉络朝着超越自我、多元共生、面向整个世界的方向发展,从而折射出作者温特多元的文化认同观。温特认为:"任何文化的生命之血都是由其不同的次文化的组成。基本上所有的社会都是多元文化的。"

反观该作品,且不说第三卷中加卢波的形象塑造存在着明显的多元文化身份倾向,前两卷的内容对此已有暗示。回顾第一卷中,35岁的塔乌依洛佩佩为不能实现自己年轻时代令人目眩神迷的美梦而闷闷不乐,因为:

……他的家族和托阿萨都反对白人生活方式,这就把他的梦想全都打破了。

他的爹妈要他实现家族的愿望,就是说至少有一个儿子应该当牧师,成为上帝的人。

这两段放在一起看是矛盾的。但是我们从温特的文化认同观出发,不难理解他在向读者暗示:白种人宣扬的基督教经过时间的沉淀已经深入到偏远的萨摩亚乡村,与当地人的族裔生活水乳交融,不可分割。

再例如第二卷开头佩佩说的一段话:

因此我只好改弦更张,决定当罗伯特·路易斯·史蒂文森第二……可是史蒂文森和我却有天壤之别。我想写部关于自己的小说。这部小说里所写的,将是性欲、暴力、大量的活动,不拘一格。上帝,里面没有。圣徒也没有。并无说教。我们来欣赏一下英语文体中的瓦伊佩风格即我的风格吧。

显而易见,佩佩在此希望挣脱白人的影响,主张自己的萨摩亚身份。但是他的主张恰恰是借助描述萨摩亚最著名的白人作家史蒂文森来实现的,他要使用的语言也是英语而不是本民族的萨摩亚语。佩佩如此陈述无意识间已经承认在空间意义上不再有纯粹的萨摩亚了。这样,温特借助佩佩向读者暗示了萨摩亚文化和白人文化的融合。

现实也的确如此。地理位置上,萨摩亚群岛是位于中太平洋南部距新西兰东北约 2600 千米的岛群,在波利尼西亚的二级群岛中是仅小于夏威夷群岛的第二大群岛。它主要分成东西两部分,东边的美属萨摩亚群岛(American Samoa)是美国的保护地,其公民身份的认定是"美国国民",而不是像夏威夷群岛上的关岛居民那样被视作"美国公民"。温特所在的西萨摩亚(Western Samoa)于 1962 年成为独立国家萨摩亚,此前从未受过美国的管制,但它曾先后是德国和新西兰的殖民地。所以当地的波利尼西亚人无论身处群岛的东方还是西方,即使其族裔身份不变,其文化身份已有所裂变。

温特的多元文化认同观的形成与其出身、经历密切相关。温特出身于一个带有日耳曼血统的萨摩亚酋长之家,生来就兼具两个世界、两种文化的身份。他13岁去新西兰学习,后在那里获得硕士学位,迎娶新西兰妻子。1965年他返回萨摩亚,任职于教育机构。一方面,温特对他的民族和养育他的那片土地上的文化有着深厚的感情,落叶归根;另一方面,侨居"另一个世界"的学习生活赋予了他复杂的生命体验和思辨过程。他在一次采访中说过:"我是属于两个世界的人:就我个人而言,我是萨摩亚人,我写的是萨摩亚;但我的确也属于南太平洋。作为两个世界的产物,我能够客观地看待这两种文化。一个作家如果太紧密地与自己的文化合为一体,那他就有可能变得偏狭而不容异说,而萨摩亚给了我创造力。"

四、结论

面对外来文化,一味抛弃自己的族裔身份与文化,必然失去根基;刻意排斥外来文化,最终会落后于时代。只有兼收并蓄,才有光明的出路。通过对《榕树叶子》人物的不同身份诉求的分析,温特让读者对生活在殖民时期和独立后的萨摩亚的波利尼西亚人有了深入的了解,同时传达了互动、融合、共生的多元文化认同观。从创作手法来看,温特也践行着这一多元并存的观点,扎根于萨摩亚民族文学的土壤,从西方的现代文学理论和文学技巧中努力汲取养分,为这个多元的世界呈现出独具风姿的南太平洋文学作品。

(安徽大学外语学院　周芳琳)

【参考文献】

Hall, Stuart. Cultural Identity and Diaspora. qtd. from, Lisa Lowe, Immigrant Acts: On Asian American Cultural Politics. Durham, N. C.: Duke University Press, 1996.

艾伯特·温特.榕树叶子.福州:海峡文艺出版社,1985.

曹萍.论温特的文化观.外国文学,2007,10.

王晓凌.南太平洋文学史.合肥:安徽大学出版社,2006.

漫谈澳大利亚文学及其研究在中国

On Australian Literature and Its Studies in China

在人类发展的历史长河中,雄踞南太平洋的澳大利亚是一个新兴国家。这个769万平方公里的岛屿是1770年才被英国探险家库克船长发现的,这片大地广袤无垠、狂野富饶,让当时的英国政府喜出望外。1776年,美国爆发独立战争,1783年脱离英国。三年后,英国把澳大利亚定为它新的罪犯流放地。1788年1月26日,首批船员和罪犯在新南威尔士登陆,澳大利亚从此成了英国的殖民地。

经历了罪犯流放、殖民圈地、游牧淘金等几个阶段,澳大利亚在1901年建立联邦政府,成为英联邦的一个成员国。20世纪以来,特别是第二次世界大战后,澳大利亚快步迈上了民族化和国际化的道路,在社会经济、文化艺术、教育科技、医药卫生等各个领域全方位地突飞猛进,跻身于世界先进国家的行列。这个以多元化文化为特色的岛国成了南太平洋上一颗光彩夺目的明珠,令世人刮目相看。

一

文学是人学,是社会发展的印记,是历史的镜子。由于澳大利亚历史的特殊性,澳大利亚文化和文学的发展轨迹也与众不同,它是欧洲文明的延伸,经过两百多年的岁月变迁,融合了澳洲地域固有的文化因素和地缘政治的影响,形成了一种蓬勃兴起的亚洲—太平洋文化,一种独具特色的多元化文化。

这种历史的特殊性决定了其文学的最初表现形式是诗歌、日记、书信和游记,最主要的特征是纪实,如倾诉在异国他乡的遭遇,咏叹个人的苦难,抒发或悲或喜的感情,配以朴实的景色描写。这就是澳大利亚文学的萌芽时期。

随着澳大利亚经济的发展,特别是畜牧业的飞速壮大和金矿的发现,移民大量涌入,澳大利亚人的民族意识空前高涨,以亨利·劳森(1867—1922)的作品为代表的民族文学迅速崛起。他们以小说为主要表现手段,以澳大利亚人为中心,探索澳大利亚历史与现实的关系及其意义,创作了众多历史题材的作品,在现实社会的画卷上驰骋笔墨,努力展示当代人的精神风貌和乡土人情。这是澳大利亚民族文学的一个高峰时期,除亨利·劳森外,代表性的作家当推 A·B·帕特森、亨利·汉德尔·理查森、万斯·帕尔墨、马丁·博伊德和克里斯蒂娜·斯特德。

第二次世界大战结束以后,澳大利亚加速走向世界,国际地位迅速提升,文学也同步发展,呈现出一派欣欣向荣的繁荣景象,特别是1973年,帕特里克·怀特(1912—1990)被授予了诺贝尔文学奖。第一位澳大利亚作家获此殊荣,不仅揭开了澳洲文学史崭新的一页,也成了澳大利亚文学走向世界的一座光辉的里程碑,正如瑞典皇家科学院的授奖词中所说的:"他史诗般的和擅长刻画人物心理的叙事艺术,把一个新的大陆引入了世界文学领域。"怀特才华出众,勤奋笔耕,一生中发表了11部长篇小说,2部短篇小说集,6部剧本,1部自传和1部演讲集。《人类之树》、《沃斯》和《风暴眼》是他最主要的3部代表作。

以怀特为杰出代表的澳大利亚当代文学,尽管流派纷呈,风格各异,但均以澳大利亚社会为背景,反映当代人的思想、感情和生活,时代色彩强烈,乡土气息浓郁。以小说为例,有的小说坚持继承现实主义和民族主义传统,精心描绘人与周围环境的冲突,包括人与人、人与自然之间的矛盾和斗争,这方面的代表作家有艾伦·马歇尔、约翰·莫里森、朱达·沃顿、彼得·科恩和弗兰克·哈代;有的小说使用创新手法,从人际关系角度探究人的内心世界和潜意识活动,在审视人对自我价值的思索中,折射大千世界的百态人生,这类作家除怀特外,还有托马斯·基尼利、哈尔·波特、伦道夫·斯托、克里斯托夫·科契和戴维·麦洛夫;有的小说则刻意追求新颖的叙事艺术,把盛行于北美、南美等地的各类写作理念和技艺糅合进自己的创作实践,着力刻画城市居民特别是知识分子的生活场景,以及一些因生存错位而沦为"另类"的人和事,彼得·凯里、弗兰克·穆尔豪斯、迈克尔·怀尔丁、莫里斯·卢里、伊丽莎白·乔莉等作家应归属于这一类。当然,还有如T·A·G·亨格福特、切斯特·伊格尔、尼古拉斯·周思、布莱恩·卡斯特罗、蒂姆·温顿等大批作家,他们以自己的切身经历和所见所闻为经纬线,精巧地编织画面,表达在异国他乡的生活感受和对事物的哲理思考,或深情地描绘故土的人情风俗,洋溢着爱国、爱乡的精神风貌和对社会良知的呼唤。

在繁花似锦的当代澳洲文坛,我们也不能忽视原住地居民的文学和艺术成就。出于历史、环境和语言等种种众所周知的原因,原住地居民的文学长期停留在口头文学上,真正意义上的第一部原住地居民的文学作品是故事集《本地传奇》(1929),作者是被称为"原住地居民文学之父"的戴维·尤纳庞(1872—1967)。20世纪60年代以来,由于政府和各界的重视,原住地居民文学有了可喜的发展,出现了凯思·沃克、柯林斯·约翰逊等知名的诗人、小说家和剧作家,我们相信它会成为一朵奇葩,怒放在这座百花园里。值得一提的是,20世纪50年代末,一位20多岁的塞尔维亚青年只身深入丛林,融入当地人生活,与原住地妇女结婚成家,繁衍子孙。半个多世纪以来,他用笔名 B·Wangar 发表了近 10 部长篇小说和一些其他体裁的作品,多角度地反映了当地的历史沿革、传奇轶事,居民的生活现状和所思所求。尽管学者们对他的身份、作品意见不一,但从了解和研究原住地居民文化的角度来看,他的作品不失为一种可贵资料。

二

澳大利亚文学的一个引人瞩目的特色是它千姿百态的妇女文学,尤其是它丰富多彩的小说,不仅有光辉的昨天,更有灿烂的今天。早在其民族主义文学兴起之时,就出现了诸如迈尔斯·弗兰克林、克里斯蒂娜·斯特德、亨利·汉德尔·理查森等优秀女作家,特别是理查森的编年史体裁小说《理查德·马奥尼的命运》三部曲,以其人物的社会性和人物心理的真实性而闻名于世,不仅是澳大利亚民族文学的代表之作,也是澳大利亚文学史上的一座里程碑。

二战以后,在澳大利亚文坛,妇女文学更是风起云涌、新人辈出,占据了半壁江山。她们以女性特有的视角、心理、处境和笔触,采用小说、诗歌、剧作或传记等文体,表达观点,抒发感情,针砭时弊,呼唤未来,赞美、批判、讽刺、忧患等无一不闪现在她们作品中的字里行间。

在多如繁星的女作家中,特别要提到的是朱迪斯·赖特、伊丽莎白·乔莉和海伦·加纳,因为这三位作家各具特色,在今日文坛享有盛誉。

首先是赖特,她是当代澳大利亚最负众望的女诗人(与诗人 A·D·霍普齐名,被誉为"诗坛双璧"),也是出色的小说家。对田园风光的歌颂和赞美是其作品的主旋律,而基调则是人与自然的关系。为了呼吁保持两者的和谐,保护生态环境,她呕心沥血,字字铿锵,呼唤良知,不遗余力。她的作品中时时流露出的对原住地居民的人道主义关怀,也源自她的这种爱心和理念。乔莉与赖特不同,她创作的聚焦点大多是物质文明高度积累过程中人类精神文明的衰落和沦丧,因此,她的作品往往暴露诸如同性恋、吸毒、乱伦等社会阴暗面,以及被社会边缘化和被异化了的"另类"人物,让人从道德层面的高度,反思这些丑陋现象的成因。加纳是一位女权思想特别强烈的小说家,她的作品以女性为中心,用女性的话语和思维表现婚姻、性爱、家庭、社交等方面的女性生活画面,解读她们对独立、自由等女性观念的向往和憧憬,"女性画廊"是她作品的最大特色和亮点。

扬名或活跃在当今文坛上的女作家举不胜举,而上面这几位是最有代表性的。如杰西卡·安德森、西亚·阿斯特莉、贝弗莉·法默、弗伊·兹维基、马里恩·坎贝尔、凯特·格雷维尔、凯琳·高尔斯华绥等,都是她们中的佼佼者,有待我们去介绍、研究。

三

我国对澳大利亚及其文学的研究起步甚晚,20 世纪 70 年代以前几近空白,较有影响的是人民文学出版社出版的两部译作:《亨利·劳森短篇小说选》和弗兰克·哈代的长篇小说《不光彩的权力》。对澳大利亚及其文学的研究真正起步于 1979 年,安徽大学的马祖毅教授成立了我国第一个以澳大利亚研究为工作重点的大洋洲研究所。该所在马祖毅和稍后从澳大利亚留学回来的陈正发教授的先后主持下,克服重重困难,创办了《大洋洲文学》和《大洋洲文学丛书》。从油印本开始,陆续发行了 30 余期,译介了大量的澳大利亚文学作品,让中国读者耳目一新,成了最早的"开拓者",在我国的澳大利亚研究史上留下了浓墨重彩的一页。

也是在 1979 年,国家教委根据当时国际、国内形势的需要,在全国各地高校中选派了胡文仲、钱佼汝、黄源深、胡壮麟、侯维瑞、王国富、吴桢福、杜瑞清、龙日金九位优秀的青年学者赴澳留学，攻读语言文学。两年后他们学成归来，担任了各校外语院系的负责人，扮演"领头羊"的角色，身体力行，推动和掀起了我国澳大利亚研究里程碑式的高潮，开设课程、发表文章、译介作品，并从北京外国语学院和华东师范大学开始，建立澳研中心，设立专攻澳研的硕士点、博士点，培养专门人才。

1988年，中国澳大利亚研究会成立。该机构两年一次的国际性学术会议已举办了14次，这不仅促进了中澳文化交流，凝聚了大批有专于此的学者，也空前地调动了各地高校和研究机构的学术热情。科研成果更是成绩斐然，如黄源深教授的专著《澳大利亚文学史》、胡文仲教授的长篇译作《沃斯》、王国富教授主持翻译的大型工具书《麦夸里英汉双解词典》等重要作品相继问世，把澳大利亚研究引向纵深。而魏嵩寿、殷汝祥、韩锋、张勇先、张秋生等教授分别在厦门大学、南开大学、中国社会科学院、中国人民大学和徐州师范大学设立了澳研中心，拓宽领域，面向经贸、政治和人文等学科，标志着我国的澳大利亚研究已经进入了更宽广、更宏观的层面。

2012年，我国已有30余所高等院校和科研机构成立了澳研中心，特别可喜的是，学术成果累累的同时，王腊宝、陈弘、李又文、王光林、彭青龙、梁中贤、侯敏跃、朱晓映、徐凯、陈姝波等一大批才华出众的中青年学者脱颖而出，成为中流砥柱，引领学术大潮。我国的澳大利亚研究已经蔚然成风。写到这里，我想借此机会向澳大利亚中国理事会和众多热心的澳大利亚友人道一声感谢，没有他们长期以来的关心和支持，中国的澳研难有今日的繁荣。

四

下面也简略地介绍一个我个人的澳大利亚文学研究经历。实际上，我只是澳研领域里的"散兵游勇"，而且我开始澳洲文学研究纯属偶然。引起我对澳大利亚文学兴趣的是一本书,时间在"文革"期间的 1972 年。此前,我因为"莫须有"的罪名遭到隔离审查,隔离解除后,为了转移思绪,就埋头书堆,苦中作乐。一天,在整理曾几次被"抄家"的乱书堆时,发现了一本彼得·科恩编的 Short Story · Landscape(《短篇小说·景色》)。由于过去学的、教的都是英美文学,对澳大利亚文学知之甚少,好奇之心促使我读了此书。读后"别有洞天"之感油然而生,激起了我对澳洲文学的兴趣和关注,于是我相继阅读了一些有关它的历史、文学的书。

1981 年,漓江出版社邀我参与翻译《诺贝尔文学奖获得者丛书》时,我选定了怀特的《风暴眼》。1986 年,我在杭州大学(现已与浙江大学合并)成立了"英语国家文学和澳大利亚研究中心",把澳研列入我们的工作范围。1988 年 2 月,澳大利亚总督尼尼安·斯蒂芬爵士来华进行国事访问,在杭州停留半天,出席了《风暴眼》中译本的赠书仪式。1989 年,我首次应邀访澳,除了参加会议、讲学、会见学术界朋友外,还会见了怀特、科恩、伊格尔、休·安德森等十余位作家。与怀特的交谈让我感触很大,我还与伊格尔等友人成了莫逆之交。

回国后,我承担了国家社科项目"澳大利亚小说研究",作为其成果的《当代澳大利亚中短篇小说选》(1992)获得了浙江省政府授予的优秀社科成果三等奖和国家出版总署授予的第二届全国优秀外国文学图书二等奖。此后,我又两次访澳,结识了更多的作家朋友,并两次得到前总督斯蒂芬爵士的接见,感激之情促使我又相继编译和出版了《澳大利亚·新西兰短篇小说选》(1996,获韩素音中外文化交流基金一等奖)、《世界经典散文新编——大洋洲卷》(2001)等译著,在澳大利亚的 Australian Book Review(1991,第 8 期)、Australian Short Story(1993,总 42 期)和国内的《文艺报》、《外国文学》、《外国文学研究》等报刊上发表了一些论文,培养了几名专攻澳洲文学的研究生。我们中心也成为不少澳方学者的来访之地。此外,我在英、美等国讲学时,也将"当代澳大利亚小说"列入讲座内容,并在奥地利克拉根福大学设立了这门课程,多次前往执教。

我为自己写上这笔"流水账",只想说明我在澳研方面的所作所为是兴趣和爱好加上一些偶然因素促成的,谈不上深入,更谈不上专一。我今年刚完成约60万字的《当代澳大利亚小说选》,内含50位作家的60篇中短篇小说及长篇小说节译,可望明年问世,到时还请同行学者指正。

(浙江大学外国语学院　朱炯强)

从《卡彭塔尼亚湾》到《光明行》，
我对澳大利亚文学翻译的一点体会

From *Carpentaria* to *Not Dark Yet*:
   On Translation of Australian Literature Works

  我从事澳大利亚文学翻译30多年，先后出版了30多本不同时期、不同作家、不同风格的文学作品。艰苦的翻译之路让我从中学习到不少有用的东西，很愿意借《大洋洲文学》复刊之际，和从事澳大利亚研究的同行分享我的体会。

  其实翻译澳大利亚文学作品并无特殊要求，只不过我们应该对澳大利亚的风土人情、历史文化以及澳大利亚人的生存背景、生产方式有更多的了解。比如《人树》(*The Tree of Man*)中的 anthill，字典的解释是，"蚁冢，蚁丘：蚂蚁、白蚁为挖穴或筑巢而刨出的小土堆或沙堆"。但帕特里克·怀特笔下的蚁冢，和我们中国人心目中的蚁冢或者字典上解释的蚁冢有很大不同。那是很高的土丘，袋鼠可以藏身其后，小说主人公斯坦·帕克那条红毛狗可以在它旁边抬腿撒尿。还有帕特里克·怀特先生描绘的 bottle brush（瓶刷子花）、bell bird（铃鸟）、whip bird（鞭鸟）等许多构成澳大利亚人生活独特景观的词语，我们只有身临其境才能真正明白它的意思。不了解或者不下功夫去了解这些构成澳大利亚文学不可或缺的要素，就很难翻译出好的澳大利亚文学作品。然而，这毕竟是任何文学翻译都难以逃脱的"一定之规"，并无新鲜之处。我只是想就《卡彭塔尼亚湾》(*Carpentaria*)和《光明行》(*Not Dark Yet*)这两本书的翻译谈谈我对文学翻译的理解。

亚历克西斯·赖特(Alexis Wright)的《卡彭塔尼亚湾》是我近年来翻译出版的作品中自己最喜欢的一部，也是我投入时间和精力最多的一本书。我是一个自己也写过将近20年小说的文学翻译工作者，这本书的纯文学性和新颖的创作手法以及这种手法所表现出的艺术魅力，无疑是我喜欢它的原因之一。而它植根于澳大利亚原住民生活的沃土之上，把古老的传说、神话以及原住民信奉的"梦幻时代"的原始图腾和现实生活的种种矛盾糅合在一起，描绘出一幅幅色彩瑰丽的画卷，更让我心驰神往。然而，从翻译的角度看，正是它的纯文学性、新颖的创作手法以及那一幅幅"难得一见、色彩瑰丽的画卷"，让我在翻译它的过程中遇到无数困难，同时也从中再次感悟到翻译的真谛。

如果说作家创作的源泉是生活，那么文学翻译者"再创作"的源泉就是原著。因此，正如作家只有在生活中摸爬滚打，熟悉作品中每一个人物的思想感情、行为方式、历史渊源、生存背景，才能写出好小说一样，翻译者也只有像作家一样熟悉眼前这本原著包含的上述种种，才能把异国他乡的奇花移植到我们的土地上再放异彩。刚刚收到 Giramondo Publishing Company 约我翻译《卡彭塔尼亚湾》的邀请时，我并没有特别在意。我翻译过《牛津澳大利亚历史》，对澳大利亚原住民的历史与现状有所了解。1988年，我还到新南威尔士州南太平洋岸边的一个原住民部落小住过，结识了当时已经85岁高龄的原住民精神领袖之一加布。加布告诉我，他的母亲是广东人，所以他对从中国远道而来的我非常热情，没有丝毫戒备之心。他给我唱原住民的歌曲，还告诉我许多神秘的关于原住民"梦幻时代"的知识。此后，我一直十分关注澳大利亚原住民的文学艺术，先后翻译了原住民作家吉姆·斯科特(Kim Scott)的长篇小说《心中的明天》(Benang from the Heart)、原住民青年作家阿尼塔·海斯(Anita Heiss)博士的《我是谁?》(Who Am I)。这些作品都从不同侧面增加了我对澳大利亚原住民的了解。与此同时,我翻译的几部白人作家的作品,包括帕特里克·怀特的长篇小说《树叶裙》(A Fringe of Leaves)、尼古拉斯·周思的《守望者》(The Custodians)、亚历克斯·米勒的《别了,那道风景》(Landscape of Farewell)与《浪子》(The Ancestor Game)。这些作品都用很大的篇幅描写了原住民在澳大利亚不同历史时期的生活。所有这一切,都让我产生了一种错觉,以为自己完全有能力胜任这本书的翻译。特别是当我得知亚历克西斯·赖特的曾祖父也是华人之后,不但顿感亲切,而且信心倍增,似乎因为她也有华人血统,就降低了这本书对于我的难度。

及至打开尼古拉斯·周思从悉尼寄来的 Carpentaria,刚看了几页,卡彭塔尼亚湾那一泓碧水,便在我眼前掀起滚滚波澜。

亚历克西斯·赖特说:"我写这本书的时候,并没有梦想谁会读它,我只是想写一个告慰祖宗亡灵的故事,尽管心旌荡漾的时候,也曾希望世界各地的人都能阅读和理解它。但我并没有想到,那就意味着需要有人把它翻译成别的文字。我更没有想到,要把这本书里那么多原住民的方言土语以及表现我的家乡卡彭塔尼亚湾的风土人情、反映我的同胞世界观的文字翻译成另外一种语言是何等艰难!"

她说得没错。这本书真的有"那么多原住民的方言土语",这是它的特色之一,无可回避。我不由得倒吸了几口凉气。不过,冷静下来,仔细想一想,所谓"方言土语"毕竟是形式和表面的东西。我可以把它们积攒起来,隔一段时间发邮件去向作者请教,让她告诉我那些话是什么意思。像查字典一样,虽然费事,但并不难。真正困难的是,"卡彭塔尼亚湾的风土人情",是"反映我的同胞的世界观的文字",特别是他们古老的传说和神话、他们部落间由来已久的矛盾和现实生活中的冲突。面对这一道道难题,我仿佛走进一片沼泽,步履艰难。这时候,我才意识到自己的浅薄,意识到自己对澳大利亚原住民的认识与理解纯属皮毛。我这才清楚地看到对面屹立的是一座蕴藏着澳大利亚原住民文化与历史的品位极高的矿山!

翻译者其实也是个采矿工,把世界文学宝藏采集来,经过艰苦的冶炼,变成属于我们自己的财富。我还算是一个勤劳的"矿工",意识到自己在相关领域的知识匮乏后,立刻开始阅读能找到的和澳大利亚原住民有关的书籍。我虽然早就知道,澳大利亚原住民已经在澳洲大陆繁衍生息了四万多年,他们不只分布在加布老人居住的南太平洋沿岸风光秀丽的丛林地带,还居住在澳大利亚西北部吉布森沙漠以北广大的不毛之地——大沙漠,居住在北部领地达尔文港以及周边地区类似卡彭塔尼亚湾的山水之间。但我对于他们内部复杂的社会结构知之甚少。读了澳大利亚著名的"沙漠艺术家"——原住民吉米·派克的传记《沙漠之子》,我才知道,他们遵循的是一个按照部族和分支部族,或者所谓"皮肤"进行划分的体系。简单地说,那是一种从概念上把整个社会划分成两个、四个或者八个种类的体系。一个人属于哪个"种类"取决于母亲那个部族。同一个部族的男人或女人只能和与之相对应的那个部族的女人或男人结婚。这样一来,一代代人只能在这两个部族间"循环往复"。循环的结果是,一个人的孙子、孙女又回到祖父、祖母分属的那两个部族。至于姓氏和语言更是复杂得让人看了如坠五里云中。而我面对的就是在这样一个社会体系中展开的故事。这个故事那样庞杂,人物关系不无混乱,再加上作者将现代派的创作手法融入其中,常常让人摸不着头脑。

"危难时刻",我想起画家周小平先生。他在澳大利亚土著人部落中生活多年,熟悉他们的语言、社会结构、风土人情,并且用相机和画笔记录下他们的生存状态。我甚至觉得只有像他这样的人才有资格翻译澳大利亚原住民的文学作品。我一遍又一遍地仔细研读、欣赏他的《海参——华人·望加锡人·澳洲土著人的故事》,从中积累一些"间接经验"。渐渐地,我从他用几十年心血和汗水描绘的一幅幅土著人的生活画面中,看清了我要开掘的《卡彭塔尼亚湾》这座"矿山"的"矿脉"。沿着这些脉络往前走,我发现原住民生活的地方到处都是故事。每一眼水井、每一块岩石都是故事中的"人物",就连沙丘和树木也有许多传奇。这些故事大多数都是从"梦幻时代"流传下来的。所谓"梦幻时代",是指人类诞生前、混沌初开的时代。刚刚诞生的生命体走过大地,碰到同类,有的变成飞鸟,有的变成走兽。它们经历了千难万险,创造了丰功伟绩。这些业绩被它们走过的大地非常详细地记录下来。后来,这些开天辟地的动人故事通过歌曲和舞蹈一代代流传下来,一直流传到海岸,流传到卡彭塔尼亚湾。了解了这些,亚历克西斯·赖特笔下的蛇神、海怪、鱼群、鹦鹉、巨浪滔天的大海、拔地而起的龙卷风都在我的眼里一下子变得那么鲜活、生动,都成了一种象征,都充满生命的活力。而与之血肉相连的故事中的人物,也骤然间变得栩栩如生,跃然纸上。他们一个个走到我的面前,开始用心灵和我对话。只有这时,我才懂得了他们的喜怒哀乐、爱恨情仇;我才走进了他们的内心世界,听到他们灵魂的声音,也只有这时,我才具备了翻译这本长篇小说的能力。

由此可见,文学翻译,绝不是一般意义上的翻译;文学翻译家,也绝不是普普通通的翻译匠。作为"再创作"的艰难过程,文学翻译必须遵循文学艺术的客观规律,文学翻译家必须像作家那样,熟悉自己翻译(创作)的对象,熟悉他们的生活,才有可能翻译出一本好译作。我花了两年多的时间翻译《卡彭塔尼亚湾》,不能说译得多好,但从中学到了许多有用的东西:一是对澳大利亚原住民有了更多的了解,二是对文学翻译本身有了更深刻的理解。

我接下来翻译的是大卫·沃克（David Walker）的《光明行》（Not Dark Yet）。这是一本和《卡彭塔尼亚湾》完全不同的书，一本家族回忆录。这本书看似不难，其实自有它的难处。澳大利亚驻华大使孙芳安在为这本书写的前言里说："熟悉大卫·沃克的人，看到这本字里行间充满幽默、常常让人忍俊不禁的书一定不会吃惊。但是这就同时给李尧教授带来很大的挑战。须知幽默与风趣并非可以轻而易举捕捉到，并且翻译成另外一种文字。"我接受了挑战，在译文中尽量捕捉原文的风趣幽默，并且努力用中文表达出来，让我的读者看了也能忍俊不禁，甚至哈哈大笑。比如有一段话是这样说的：

> While the first flush of excitement at owning the Vanguard never quite dissipated, over time the car lost some of its gloss. It did not quite make the grade as a stylish car, nor did it age gracefully. In its declining years, it became rather sullen and moody. It could be very black. On cold mornings, Gil would have to use the crank handle to get the "cursed thing" started, bad language by his standards. The Vanguard turned into one of those postwar British immigrants who had looked really good on paper, was no better than the rest of us in practice.

我把它译成：

> 虽然拥有一辆"先锋"的最初的兴奋和激动始终没有完全消散，随着岁月的流逝，它却不再熠熠生辉，不在跻身"时髦"之列，也没能让自己优雅地变老。渐渐衰落的日子里，它总是郁郁寡欢，喜怒无常，甚至极度消沉。寒冷的早晨，吉尔不得不用手摇曲柄发动那个"该死的家伙"。按照他的标准，这已经属于脏话。"先锋"变得宛如战后某些英国移民，在报纸上曾经仪态万方，可现在风光不再。

类似的风趣与幽默在《光明行》这本书里比比皆是。而在传达这种风趣和幽默的时候，你就不能不来一点"再创作"（上面一段译文也有"再创作",比如"风光不再"。是否合适还可以商榷)。比如:He had come to assume that I was an authority on almost everything. 我翻译成:"他把我想成一个'万事通'。"(背景是,大卫·沃克已经是功成名就的历史学家,在老父亲眼里他当然是个权威,但翻译成"万事通"更符合这本书总体的风格和中国读者的欣赏习惯。)还有一句:I would comment that he was in good shape and add, no doubt, that this was a poor compliment coming from a blind man. 我翻译成:"我会夸他气色不错、身材苗条,再补充一句,毫无疑问,这是一个瞎子瞎夸奖罢了。"(背景是:九十多岁的老父亲住院,几近失明的大卫·沃克去看望。)我觉得如果按原文直译,就无法传达作者的风趣幽默。Not Dark Yet 中还有这样一句话:Mama makes the bullets for Papa to fire. 我把它翻译成:"妈妈拿爸爸当枪使。"如果直译,应该是:"妈妈做子弹,让爸爸放。"但是这样的翻译不但不符合中国人说话的习惯,也无法体现大卫·沃克的幽默,我就按照它的意思,来一点"再创作"。还有一句:The arrival of the spanking new Vanguard in 1951 no doubt sealed Glasson's fate as a passenger. 我把它翻译成"1951 年,这辆崭新的'先锋'的到来毫无疑问把格拉森永远定格为'乘客'"。如果按原文直译,应该是"毫无疑问把格拉森的命运固定为乘客"。这样翻译,貌似忠实于原文,其实不是。因为"命运"这个词放在这里太大了,再说也毫无幽默可言。所以什么叫忠实于原文?忠实不是字面上的忠实,而是精神实质上的忠实,也就是傅雷先生所说的"重神似而不重形似,译文必须为纯粹之中文,无生硬拗口之病,又须能朗朗上口,音节和谐"。只有做到这一点,才能真正传达出原文的神韵。在《光明行》这本书里,神韵就是它的风趣与幽默。古罗马哲学家西塞罗说:I did not believe it was my duty to count out words to the reader like coins, but rather to pay them out by weight as it were. 按照他的说法,我们翻译文学作品的时候,不要锱铢必较,而是在意思上不差分毫。这或许就是钱钟书教授所说的"入于化境"。只有"入于化境",才能将 Not Dark Yet 的风趣与幽默传达出来。

　　在传达或者说翻译大卫·沃克的幽默的过程中,我想到了"风格"一词。我们都知道,关于风格是否可以翻译历来有两种不同的意见。茅盾认为风格可以翻译,周煦良认为,不可以翻译。周煦良说:"一部文学译品的风格是由四方面决定的:一、原作的风格;二、译者本人的文章风格;三、译者本国语言的特征;四、译者所处的时代。有后面三个因素掺杂其间,译者怎能正确反映出原作的风格呢?"所以,他认为"只能要求它有自己的风格"。我历来认为风格不可以翻译。翻译《光明行》动摇了我的这种看法。我觉得我多多少少传达出了原作的风趣与幽默。究其原因:一、我翻译 Not Dark Yet 的一年间,与作者几乎朝夕相处,因此对他诙谐幽默的性格十分了解;二、我对这本书吃得比较透,能基本上把握它的精髓;三、我本人文章的风格和大卫·沃克这本书的风格有相近之处。我自己写小说20年,后期的作品也不乏幽默,所以翻译起来得心应手。但这种得心应手也许只能在翻译大卫·沃克的作品时可以达到,因为你不可能和你翻译的每一本书的作者都建立这样的友谊,都有这样深度交流的机会。所以,我现在认为,风格不是不能翻译,而是很难翻译。

　　为什么把 Not Dark Yet 翻译成《光明行》,也是我特别想借此机会和大家分享的一点。我认为,书名的翻译特别能体现文学翻译最基本的原则。即所谓"直译"和"意译"。1979年,王佐良教授在《词义·文体·翻译》一文中写道:"要根据原作语言的不同情况,来决定该用直译还是意译。一个出色的译者总是能全局在胸而又紧扣局部,既忠实于原作的灵魂,又便于读者的理解与接受。一部好的译作总是既有直译又有意译:凡能直译处坚持直译,必须意译处则放手意译。"能直译处坚持直译，比如《约翰·克里斯朵夫》、《安娜·卡列尼娜》、《战争与和平》、《父与子》、《卡彭塔尼亚湾》等。但是有的书名就应该"放手意译"。比如 Waterloo Bridge 译成《魂断蓝桥》就比《滑铁卢桥》好得多。Bridges of Madison County 译成《廊桥遗梦》也比《麦迪逊县的桥》好。这样的例子可以举许多。我为什么把 Not Dark Yet 翻译成《光明行》呢？是因为大卫·沃克是在黄斑变性、双目几近失明的时候开始写这本书的。Not Dark Yet 原本引自美国著名歌手鲍勃·迪伦演唱的一首歌曲中的一句："天未黑，但暮色已降临。"(It's not dark yet, but it's getting there.)大卫·沃克用它做书名的意思是："我还没有完全瞎，但是离瞎已经不远了。"在这光明尚存的日子里，他警醒自己要抓紧时间去做一些有意义的事情。他说："我不得不重新考虑，成了'法定盲人'之后，还能写什么样的历史？我不得不去寻找另外一条道路，用另外一种更具个人色彩的笔触，书写澳大利亚历史……我惊讶地发现，挖掘家族史，让我眼前一片光明。"他的话让我豁然开朗，这不正是 Not Dark Yet 这本书的精髓所在吗？与此同时，我的耳畔回响起曾经在北京大学工作过的著名音乐家刘天华(1895—1932)创作的二胡名曲《光明行》。那是一首振奋人心的进行曲，一如 Not Dark Yet，讴歌了追求光明的勇士和他们所追求的光明。而且，Not Dark Yet 和乐曲《光明行》一样，旋律明快坚定，节奏富于弹性。于是，踌躇再三之后，我最终决定将其意译为《光明行》。

以上就是我在翻译《卡彭塔尼亚湾》和《光明行》这两本书的过程中的一点体会，如有不当之处，希望得到读者的批评指正。

(北京商务部培训中心　李尧)

吉姆·斯科特后殖民写作访谈录

Interview of Australian Writer Kim Scott

杨：我们知道麻鹬是"死亡之鸟"，为何您的部落取名为 Wirlomin（像麻鹬一样）？

Kim：我所说的麻鹬是一种在地上筑巢，擅长伪装，发出刺耳声音的鸟。在西澳西南部，我们部落长老曾带领我们倾听烟雾中的麻鹬叫声，感受部落传统文化。

杨：您的小说《逝者之舞》中蕴涵的矛盾价值是什么？

Kim：它清楚表明了一种策略目标，旨在达到征服者的某种目的，尤其是那些具有矛盾价值的征服者，他们要通过这些策略达到基于实力的目标。

杨：在西澳南部海岸的殖民地初期，殖民者建立了一些军事要塞，防卫美国捕鲸者和法国航海者。

Kim：我认为我的许多作品都与土著身份的矛盾性相关。依我看，要公正评价这一概念的复杂性，就要牵涉到解析殖民者建立起来的学术规范。

杨：您认为在现代条件下，土著身份是混杂身份吗？

Kim：是的，在性遗传学上杂交是一种优势。我赞成文化混杂带来的动力优势，这是备受进化论推崇的。

杨：我在申报澳中理事会的竞争项目，从后殖民主义角度研究您的小说。因此,除了上面谈及的混杂和矛盾,我想问您文化挪用和文化摒弃等问题,您有没有有意识地在创作中运用这些策略?

Kim:有的,但是并非有意识地将它们作为策略,只是有时无意识地用作临时举措,作为一种工具来产生大家所熟知的"共同体"的感受。至于挪用,新南威尔士大学的 Penny Van Toon 写过一本有趣且有用的书——《文字绝非意识苍白》,不知您读过没有?这是一本有关这一问题的重要著作。

Kim:您说的"摒弃"是什么意思?

杨:这是一个后殖民主义重要概念,由澳大利亚理论家 Bill Ashcroft 等人在《帝国回写:后殖民主义文学理论和实践》中首先提出,意为被殖民者学会殖民者的形式后,加入自身的新鲜内容,形成实质上的文化摒弃。

Kim:是的,一些西方的思维模式是非常讲究策略的。它没有认真评判创作行为。穷究语言会带来对于现状的不满。像"挪用"和"摒弃"这样的概念就像矿井中的金沙,值得深挖。

杨:您的首部小说《真正的部落》里面描写了很多萨满信仰。它就像巫术,让坏蛋瞬间毙命。它对于土著特性重要吗?

Kim:可能吧。它是在全球化背景下很难使用的一个术语。它是如何用在土著文化中的,这一点值得商榷。但是这一概念非常强大,不能被当作学术工具而在白人世界受到阻遏。但是,无论怎样,它有时候是让人觉得有些虚张声势。

杨:您是否认为萨满信仰对于土著人就是真理呢?在小说《真正的部落》中主人公 Bobby Wabalaginy 就相信来生世界和轮回循环。

Kim:是的。白人思维方式不能理解世界有多重存在维度。它们流传自那些古老的社会,镶嵌在故事中的地貌和语言里,与这些地方的古迹息息相关。

杨:您的创作核心主题是什么?您可以用一句话总结一下。

Kim：我还真不知道一句话怎么总结。我的许多作品都是实验性的，对于现状进行扩展和探索。我想探讨作为Nyoongar土著人的意义。

杨：从我的角度看，您完全可以作为土著身份的代言人。

Kim：我完全没有把自己当作Nyoongar土著人的代言人，因为有许多人争抢着去当。我们受制于政治。世界上许多被压迫民族都在为本民族争取着经纪人权利和可使用的基础设施以及获取更大权利。我并不想把自己变成压迫机器的一部分，我只想为我自己代言。

杨：经过血的代价Bobby才明白词语比标枪（刀剑）更有力。土著人使用什么样的策略才能赢回他们的土地权？

Kim：土地权只是狭义地解释了人们和这片土地的联系。它是司法领域的一个概念。我认为事实上，土地权意味着在土地权法案修正案中对于土著人土地的合法使用。在西澳州，Nyoongar土著人正在利用这一法律体系和政府谈判土地权问题。

杨：我听到新闻报道说西澳州长Colin Barnett先生已经拨付了数亿元给Nyoongar土著人作为土地权的使用费。您认为这个数目够吗？

Kim：我从不认为那就足够了。社会各阶层对此议论纷纷，因为相关信息甚少。我的意见是祸福相依。我们能从土地权得到的并非和主权一样，只是一个土地权法案而已。

杨：为什么您叙述故事经常使用倒叙手法？这一手法对于阅读您的作品会带来什么效果？

Kim：这要看哪一部作品。在 *Benang* 中，我用了很多旁枝末节。我对于档案很感兴趣。在这部小说中，我引用了很多A·O·Neville先生的作品《澳大利亚有色少数民族》中的老照片。这部书和其中的照片都是线性排列的。那些照片中的主人公排列成一排，都面临着我们前面探讨的问题。有许多运用线性思维,在探讨进步等问题。另外,它们本应该以"地方"为原则来排列。Tony Swan 写了一本有趣的书,叫《陌生之地》,有一章就讲到非线性原理。我并非指时间不重要。在 Benang 中有许多关于时间的概念。他们以舞蹈的方式来标示时间。在书的前部,还谈及在小说之外的时间框架,那就是超越小说的老年的 Bobby Wabalaginy(意思是"大家一起游戏"),也是上面论及的后殖民主义的矛盾价值。文学的东西极富政治性。这也是那些舞者想做的。那本书的时间框架使他们认识到历史叙事中的巨大差异。在小说 Benang 中,对于土著文化的商业开发如旅游业也有涉及。通过文学手段可以涉及小说之外的东西,那就是故事未完待续。那也是他们为何在用舞蹈来标示时间。

杨:从 Benang 和《真正的部落》里,我们可以看到主人公和您本人很像,比如 Billy 像您一样到金伯利做教师。这些作品算得上半自传体吗?

Kim:是。我的所有作品都有自传倾向。

杨:一个关于您和 Benang 主人公的私人问题,您和 A·O·Neville 先生有亲戚或远亲关系吗?

Kim:没有。A·O·Neville 先生似乎有忠实的信徒,比如在 Benang 中,那些人种优生学的理论都是来自于他。

杨:您的家族史和 Benang 中主人公的家族史有相似性吗?

Kim:是的,有一些相似性。

杨:您是否认为那部小说也据此写成?

Kim:大概吧。

杨:您的 Nyoongar 语言复原项目进展如何了?我从科廷大学网站上下载了两本你们精心制作的图画书,*Mamang* 和 *Mambara Bakitj*,并且发现《逝者之舞》和其中的一本 *Mamang* 是互文本。

Kim：是的。有意为之。说到后殖民主义，您晓得，用殖民者的语言写作给作为他者的读者看总是有两难之处的。你要为你的竞争者创作，这的确令人焦虑。《逝者之舞》是一个平行项目。请恕我荒谬和骄傲，运行一个语言项目的同时还创作一部非辩论性的文学作品，那样可以让我跳出后殖民主义困境。我的作品不必被人屈尊归为土著作品之列。那个语言项目的读者基本都是 Nyoongar 土著人。这是一个基于土著社区的项目，有许多参与人，因此版权和版税得纳入考虑。我们一起合作为素材做插图，分发材料，一起参观故事发生地，感受故事回归，并从那些土著长老那里收集口述历史。

杨：这是一个许多人参与的大项目。

Kim：实际上算是一个小项目。Benang 的成功就是颠覆了殖民话语。这部小说对于 Nyoongar 土著人太难读懂了，他们只是泛泛而读。

杨：我认为那是对土著文化的很好的宣传。

Kim：如果我利用项目中的亮点能再取得文学成功，我的族人会感兴趣的。

杨：您是否是指像在非虚构小说 Kayang and Me 中的 Hazel Brown 那样的土著人导师？

Kim：是的，事实上，我们所收集的材料是土著语言档案资料。Kayang Hazel 和她的父母亲人以及同龄人都做过语言学家的被调查者。她提供给我的语言材料是和那些被调查者后代提供的语言档案资料相辅相成的。你可以超越口述历史和文字历史的二元结构，评估和降低两者之间的矛盾。

杨：档案非常重要。《真正的部落》里面的主人公 Billy 就曾向当地的土著人查阅档案资料。您认为档案对于传播土著文化重要吗？

Kim：我认为档案可以重现、重建和巩固经典文化遗产。

杨：您觉得《逝者之舞》表达了环境决定论吗？当资源丰富

时,白人和土著人关系良好,但当资源尤其海洋资源枯竭时,两者关系就恶化了。

Kim:当然会有一定关系,但不是决定性的。人与环境互相关联,并不是单方面的关系。

杨:我从朋友那里获悉您正在创作一部新的小说,能否让我有幸先睹为快?

Kim:还太早。

(上海理工大学外语学院　杨永春)

论《凯利帮真史》的狂欢化色彩

On the Carnival Features of *True History of the Kelly Gang*

一、引言

彼得·凯里(Peter Carey,1943—)是当代澳大利亚文学界的领军人物,是继诺贝尔文学奖获得者帕特里克·怀特之后屈指可数的有特色、有深度的澳大利亚作家之一。迄今为止,他已经出版了13部长篇小说、多部短篇小说集和儿童文学作品。这些作品被译成多国文字并屡获国内外文学大奖,凯里更是凭借自身的创作才华成为了仅有的3位两次获得布克奖的作家之一。凯里的作品大多着眼于澳大利亚的过去与现在,描写本土的人物和事件。他时常站在历史的高度重新解读澳洲的殖民历史和民族神话,以重塑民族形象和身份为己任(彭青龙)。他笔下的人物多为"某种生存方式的牺牲品",是处于社会边缘、无权无势的个体,他们都敢于与社会主流或其他形式的外部力量相抗衡。凯里通过刻画这些小人物的悲惨命运或个人生活变迁,来反映个体求变的现实困境,甚至深层次地揭示了民族求变的历史束缚。因而评论家指出:"他终于使澳大利亚文学走出狭隘的地方主义角落,具有了新的广泛性和复杂性。"

凯里这种独特的创作视角和风格必然使他注意到了澳洲历史上赫赫有名的贫民造反者——内德·凯利。

2000年,凯里的第七部小说《凯利帮真史》(后称《真史》,*True History of the Kelly Gang*)问世,凯里在阅读大量历史档案的基础上,引用当年各大报刊对"凯利帮"事件的报道,通过凯利写给虚构的女儿的信件,生动刻画出19世纪的澳大利亚图景,建构并复原了一个被压迫者的"真面目",将"丛林强盗"重新定位为澳大利亚民族英雄,称他是澳大利亚的"托马斯·杰斐逊"(Robert McCrum)。小说一经问世立即引起学术界等各界的高度关注,各方争论的焦点是如何界定澳大利亚历史上的"造反者"内德·凯利的文化身份,但其实质是如何对待民族的"历史记忆"。本文在文本细读的基础上独辟蹊径,尝试运用巴赫金的狂欢化理论解读小说的情节建构、叙事特色及文体特征,探寻其中体现出来的狂欢化色彩和狂欢精神,同时进一步挖掘凯里选择狂欢化创作的最终目的,即颠覆传统记忆,重新建构澳大利亚民族神话,并对官方的历史记录提出质疑和挑战。颠覆与重构体现了凯里强烈的历史责任感及其希望建构澳大利亚独特民族身份的美好愿望。

二、狂欢化的叙事结构——脱冕与加冕

狂欢化诗学理论是著名文学理论家巴赫金毕生研究的核心问题之一,根据巴赫金的狂欢化诗学理论,狂欢节中的狂欢式并不是一个文学现象,而是"一切狂欢节的庆贺、仪礼、形式的总和","不过它可以在一定程度上转化为同它相近的(也具有具体感性的性质)艺术形象的语言,也就是说转化为文学的语言:狂欢式转化为文学的语言,这就是我们所谓的狂欢化"。因而狂欢化文学创作必然会受到某些狂欢节庆典仪式的影响,其中对其影响最深远的便是狂欢节上的加冕与脱冕仪式。在古代狂欢节中,一个经典的仪式就是对狂欢节国王的加冕与脱

冕。人们会在节日当天选出一人作为狂欢节国王,这个人常常来自社会底层,可能是奴隶、小丑等,人们为其穿上华服,给予他象征至高权力的权杖,然而此时的加冕即暗示了随后的脱冕。节日过后,人们会撕掉狂欢国王身上的盛装,剥夺他的权力,对其进行嘲讽甚至是殴打。正如巴赫金所言:"国王的加冕与脱冕仪式是狂欢式的世界感受的核心所在,这个核心便是交替与变更的精神、死亡与新生的精神。狂欢节是毁坏一切和更新一切的时代才有的节日。"

凯里在小说《真史》中对凯利一生的刻画与加冕/脱冕型的叙事结构极为相似。凯利的双亲均是爱尔兰人,父亲是一名流放犯,即便早已"改邪归正",仍时刻受到警察的骚扰与羞辱;母亲一家更是警察的"眼中钉"。贫瘠的土地、微薄的收入使得凯利一家生活艰难,因而凯利总是"光着脚,没有外套,总是露着胳膊肘子和膝盖"。在学校里,先生每日的"教诲"——"爱尔兰人连牲口都不如"——更使凯利的生活雪上加霜。由于自身的爱尔兰血统,凯利自小便尝尽了艰辛与苦难,他与父母一起在社会的边缘上徘徊,遭受上等人的鄙夷与唾弃。然而生活的不如意并未消磨掉他善良正直的本性,这在他援救溺水的英国男孩狄克·谢尔顿时便表露无遗。即便拥有不同的信仰,即便受到英国人的歧视,凯利仍然坚持救人。谢尔顿太太"夸我是上帝派来的天使","夸我是世界上最好、最勇敢的孩子"。谢尔顿先生更是当着全班同学的面赠予凯利一条孔雀蓝的绶带,上面绣着金字:"送给爱德华·凯利,感谢他的勇敢。"可以说这是凯利人生道路上的第一次加冕,因为"埃维内尔的新教徒从一个爱尔兰小男孩的身上看到了善,在我的少年时代,这是一个辉煌的时刻"。父亲被警察迫害致死后,凯利更是以家中的男主人自居,他帮助母亲整理农场,负责照顾众多弟妹。然而母亲将他送与丛林大盗哈里·鲍威尔做学徒这一意外之举使他最终脱离了预想的平静生活,开始了坎坷的未来之路。由于他人的陷害及警察、法院的不公正执法,少年凯利曾多次入狱。在此期间他看到了法官、警长的虚伪与不公,上流人士的伪善与刻薄,他终于明白,"在殖民地,他们说了算,压根儿就不在乎什么规章制度不规章制度","在我们这个殖民地,统治者最大的嗜好就是让穷人跪在地上任他们宰割"。由于谣言四起,凯利不得不背负出卖哈里·鲍威尔的恶名,众多爱尔兰人甚至他的母亲都对他鄙夷疏离。善良正直的凯利实现人生的第一次脱冕,正如他自己所说:"即使真有那么一点可以称之为'童年'、'青年'的东西,它们也终于像脂肪和骨髓一样,在监狱那口'炼油的大锅里'彻底熬干了。"

最终凯利因为无法忍受法院和警察对自己及家人的侮辱与迫害,带领众人揭竿而起,成立了"凯利帮"。他率众抵抗警察对穷人的迫害与骚扰,抢劫银行并将财富送给有需要的穷人。此时的他得到伙伴的忠诚,受到穷人的拥护与爱戴,"整个东北地区有成千上万个凯利的同情者,所以没有人能够抓住我们。有许多朋友给我们吃喝,给我们藏身之地"。不仅如此,即便遭到他抢劫的上流社会人员也对他称赞有加,银行经理的夫人斯科特太太"一直对凯利先生的彬彬有礼和绅士风度赞不绝口",银行经理在接受采访时也称"凯利帮"成员并无粗暴举动,对人质也没有不合礼仪之处。银行经理、牧场监工、以前的警察,甚至还为"凯利帮"成员的精彩马术而鼓掌喝彩。这是凯利人生中的第二次加冕,他俨然成为自己建立的国度里的国王,受众人爱戴,将警察玩弄于股掌之中,连他自己也对未来充满希望,认为卡梅伦会对他的信件作出反应,营救母亲指日可待。但他的过于自信、叛徒的狡猾及政府和警察的残暴镇压使其最终功败垂成。茨维坦·托多洛夫曾说:"殖民压迫最重要的特点不是控制被殖民者的生命、财产乃至语言,而是控制传播工具。统治阶级可以利用其媒体,如报纸、电台、电视台掩盖其罪恶。"澳洲殖民者自然深谙其道,在武力镇压的同时,借助各大报刊大肆丑化、诋毁"凯利帮"成员,将凯利刻画成无恶不作的杀人狂魔,使得普通民众对其心生畏惧与憎恶。厚重的铁质铠甲并未阻挡死神的降临,"凯利帮"不可战胜的神话也在最后一次枪战中烟消云散,最后的绞刑判决成为凯利的最后一次脱冕。其实不难看出,凯利从加冕到脱冕的过程也暗含了殖民统治者脱冕到加冕的过程,文章情节设计构成双重加冕/脱冕结构。《真史》取材于民间传说,又融入诸多民间笑谑文化,本身就已具备了狂欢化文学的特点,而加冕、脱冕等狂欢仪式在小说创作中的应用,更是实现了小说主题的狂欢化,旨在反驳官方片面的、独白的关于"凯利帮"的言论,扎根民间文化土壤,重构民族神话,使澳大利亚民众看到历史的另一面,在反思过去殖民暴行的同时,建构自身新的国家身份和民族身份。

三、狂欢化的广场描写

在《拉伯雷与民间文化》中,巴赫金详细阐述了"广场因素"在狂欢节乃至狂欢文学中的重要影响。作为狂欢节的主要活动场所,广场不仅提供了地理空间,同时也产生了心理学和政治学意味上的独立。巴赫金认为,在狂欢化文学中,广场具有两重性,一个是随便亲昵交际和表演的狂欢广场,另一个就是作为情节发展的场所,就连其他活动场所(当然是情节上和现实中都可能出现的场所),只要能成为形形色色相聚和交际的地方,例如大街、小酒馆、道路、澡堂、船上甲板等,都会增添一种狂欢广场的意味。由此可见,对于狂欢广场的描写是狂欢化文学创作中必不可少的元素。凯里本人在《真史》中也刻画了诸多形式的狂欢广场,诸如比屈沃斯皇家旅馆的拳击比赛场、庆祝凯利女儿诞生的林间空地,以及最后一次战斗所在的小酒店等。在这些狂欢的场景中,森严的等级制度被轻松愉快的气氛所取代,人们纵情表演、自由亲昵地交往,同时它又推动了故事情节的继续发展。

在丛林大盗哈里·鲍威尔的帮助下,凯利找到抛弃母亲的福罗斯特并开枪击中了他。之后,鲍威尔告知凯利他打死了福罗斯特,需要和他一起躲避警察的追捕。在惴惴不安的逃亡中,凯利对鲍威尔言听计从,打消了回家的念头。然而,在迈克法莱酒馆发生的戏剧性的一幕使凯利与鲍威尔的师徒关系彻底崩裂,也使两人之后的命运发生转折。酒馆里挤满形形色色的人,"他们之中有的是满嘴粗话的农民,有的是没活儿干的剪羊毛工人,还有一些被锯末弄得两眼通红的伐木工人",人们在这里吃喝玩乐,这里俨然成为一个小型的狂欢广场。就在酒馆门口,凯利遇到"死去的"福罗斯特并获悉真相,他对鲍威尔的欺骗恼怒不已,与其决裂后毅然踏上回家的路途。然而,归家后的凯利随即被警察以盗马罪逮捕。入狱期间,面对警察的威逼利诱,他拒绝吐露鲍威尔的行踪,同时他也看清了殖民地司法、执法的不公正。最终,凯利的姨父受到高额赏金诱惑出卖了鲍威尔使其被捕。但人们普遍相信是凯利出卖了鲍威尔,因而众人甚至其家人都疏远了他,没有人愿意雇用他,他不得不接受为警察马场修建围栏的工作,从而又引出他与警察霍尔之间的故事。由此可见,凯里的叙事可谓环环相扣,小酒馆这个小型狂欢广场的设置不仅为小说提供了情节发展的场所,更是为之后的叙事做铺垫,推动故事情节继续发展。

得知女儿降生的消息时,凯利正与兄弟们隐身于山林间躲避警方的搜捕,即便如此,众人仍然异常欣喜,以自己的形式表达内心的喜悦:"乔唱起《罗斯·奥康内尔》,斯蒂夫在小路中间跳起爱尔兰吉格舞。他的动作敏捷、漂亮,像一匹正撒欢的小马驹。丹喝多了酒,说着'把你的名字写在手上,发誓要扬帆远航,把你接回家乡'。"丛林里的居民也陆续从四面八方赶来,"他们坐着破旧的大车、双轮板车来向我祝贺"。虽然人们深知此时的人群中混着警察的暗探与奸细,但欢闹的人群仍然喝着掺水的烈酒,在路边燃起篝火,庆祝这一重要时刻。此时的广场上并没有敌我之分和等级之分,人们纵情欢笑,载歌载舞。大肆的庆祝最终引起警方的关注,"两天后,警察袭击了这一带",并对凯利的支持者残酷报复,"凯利帮"的成员不得不转移阵地。也就是在这之后,凯利有了制作铁质铠甲的奇想。在最后一次战斗中,凯利将几位"人质"关押在琼斯太太的小酒店,其中包括警察布兰肯、站长斯坦尼斯特里特和校长科诺。在这个狭小的空间里聚集了社会各个阶层的人士,最初的敌对在之后的吃喝玩乐中变成愉快的交往,人们暂时抛开等级观念、种族敌视,一起沉醉于歌舞狂欢。校长科诺更是为大家朗读莎士比亚的诗歌以鼓舞士气。

狂欢广场是一个可以自由亲昵交际和表演的全民性场所,这种全民性本身拒绝了任何外在的、自上而下的约束。《真史》中多处对于狂欢广场的描绘均遵循这一原则,凯里将社会各个阶层置于或开阔或狭小的狂欢空间之内,这里没有等级束缚,没有种族歧视,只有人与人之间的亲昵交谈、狂欢互动。可以说,凯里对于狂欢广场的刻画也反映了他内心深处对于取消等级压迫、渴求公正平等的热切愿望。

四、狂欢化的文体运用

狂欢化文学创作具有诸多体裁形式,如苏格拉底对话、梅尼普斯讽刺等,其中巴赫金认为梅尼普斯讽刺直接植根于狂欢化的民间文学,在文学中仍是狂欢式世界感受的主要代表者和传播者之一。在《陀思妥耶夫斯基诗学问题》中,巴赫金总结了梅尼普斯讽刺的14个特点,而凯里在创作《真史》时显然也借鉴了梅尼普斯讽刺(以下简称"梅体")这一体裁的诸多特点。

首先,梅体在情节上和哲学上极端自由地进行虚构,从而摆脱了历史或回忆录的局限。凯里的小说《真史》虽以许多历史档案和凯利本人书写的"杰瑞尔德瑞信件"为基础,但其中仍不乏虚构之处,例如对于凯利情人玛丽·赫恩、二人之间的爱情故事及其未曾谋面的女儿的虚构等。

其次,梅体强调建立特殊境遇特别是极致的境遇,以此探索真理与思想。在《真史》中充满爱尔兰传统神话及其传说人物,例如女鬼班西的出现、凯利母亲惹恼"鼠王"后家中爆发的鼠疫等离奇境遇的刻画。班西是爱尔兰神话中的"报丧女鬼",在小说中曾多次出现,而她的出现即意味着死亡。当一批批爱尔兰流放犯被装上船只运往澳洲时,他们所有宝贵的东西都被丢在祖国,只有女鬼班西悄悄溜上一艘艘大船,"没有一双英国人的眼睛能看见她"。在殖民地恶劣的生存条件下,繁殖之神圣布利吉德"已经失去了往日的威力",而班西却"像黑莓一样旺盛生长",人们随处可见她的身影。凯里对于班西的恐怖描写生动地刻画了当时澳洲殖民地爱尔兰人生存处境的艰难,死亡的阴影一直笼罩着他们,而究其根源,正如凯利所说的那样:"我知道,世界上没有什么不祥之物,真正给我们带来厄运的是警察和大牧场主。"换句话说,残暴狡猾的警察、虚伪霸道的农场主就是澳洲的"班西",他们掌控着爱尔兰流放犯的生死命运。凯利的母亲依靠无照经营的小酒店勉强补贴家用,由于拒绝赠予"鼠王"凯文一杯白兰地而遭其诅咒,使得家里遭受大规模鼠疫侵袭,"面粉里、墙壁上、孩子们的身上,到处都是老鼠"。之后凯利的家人总是厄运连连。此处拥有巨大破坏能力的"鼠王"与殖民地的警察极为相似,或者说他就是警察的化身,给澳洲的爱尔兰人带来深重灾难。他们无处不在,极为自负,不容别人质疑、挑衅他的权威,若是他们的无理要求遭到拒绝,便会进行残酷的打击报复。正如凯利的母亲因为拒绝警察的骚扰而使其怀恨在心,此后不停地骚扰、羞辱凯利及其家人,并通过揭露凯利父亲的异装癖使得凯利父子关系疏离。

再次,梅体充满了尖锐的对照和充满矛盾的修辞组合,《真史》中身为妓女的玛丽·赫恩心地善良、坚持正义,她勇于反抗警察的暴行,鼓励"凯利帮"成员揭竿而起,推翻殖民者的不公统治。而盗匪凯利更是正直高尚,甚至被银行经理的妻子称为"绅士",这种上与下、升起与跌落、相隔遥远的事物之意外接近等恰恰是梅体的特点之一。

最后,梅体往往大量使用插入文体,如小故事、信件、诗歌等,这些插入体裁,都具有不同程度的讽刺模拟性和客体性。小说中插入了各大报纸对"凯利帮"事件的报道,统治者借用舆论媒体丑化"凯利帮"成员,将其描绘成"杀人恶魔",而凯利本人的叙述话语以及玛丽·赫恩在这些报道旁写下的抗议言辞与其激烈交锋,形成该小说的多音调性,打破了官方舆论的单一性。此外,最后战役中校长柯诺对莎翁诗歌的引用也具有一定的讽刺性,因为这些诗歌恰好成形于凯利本人要推翻的殖民统治模式之中。看似是鼓舞士气,对他们的英勇行为进行夸赞,实则是对殖民统治文化的大肆宣扬,在无形中侵蚀人们的思想。

五、结论

凯里在创作《真史》时,借鉴了对狂欢化文学产生深刻影响的加冕/脱冕型故事结构,使小说主题凸显狂欢化特征,同时该作品对狂欢广场的描写及创作时对狂欢文体——梅体的诸多借鉴,也使得该小说具有了浓厚的狂欢化色彩。而这种狂欢化的创作风格又赋予凯里观察世界的双重视角,尤其是一种底层的民间视角,赋予其广泛参与社会的权利,包括对官方世界的批判权利和充分的话语权。由此可见,凯里选择狂欢化叙事的原因在于他可以从内德·凯利本人的视角出发,重新建构澳大利亚民族神话,并对官方的历史记录提出质疑和挑战。这种颠覆与重构体现了凯里强烈的历史责任感以及其希望建构澳大利亚独特民族身份的美好愿望。

(安徽大学外语学院　祖华萍)

【参考文献】

Ashcroft, Bill, Gareth Griffiths & Helen Tiffin. Eds. *The Empire Writes Back*, 2nd ed., London & New York: Routledge, 2002(1989).

Bakhtin, Mikhail. Problems of Dostoevsky's Poetics, Trans. Caryl Emerson, Minneapolis: University of Minnesota Press, 1989.

Mccrum Robert, The Observer, Sunday, January 7, 2001.

Neville Jill, "Carey Leaps Crannies in a Single Bound", in Sydney Morning Herald, October 10, 1982.

彭青龙. 彼得·凯里小说研究. 上海：上海外语教育出版社, 2011.

米哈伊尔·巴赫金. 陀思妥耶夫斯基诗学问题, 白春仁, 顾亚玲译. 北京：三联书店, 1988.

苏加宁. 爱伦·坡小说的狂欢化初探. 长春：吉林大学出版社, 2013.

刘德军. 艾凡赫：一部狂欢化小说. 重庆：西南交通大学出版社, 2004.

夏忠宪. 巴赫金狂欢化诗学研究. 北京师范大学出版社, 2000.

彼得·凯里. 凯利帮真史. 李尧译. 北京：人民文学出版社, 2004.

《奥斯卡与露辛达》中的女性形象研究

On the Representation of Feminism in *Oscar and Lucinda*

一、引言

彼得·凯里的《奥斯卡与露辛达》(*Oscar and Lucinda*)创作于 1988 年,获英国文学布克奖、澳大利亚最高文学奖迈尔斯·富兰克林奖等多项大奖。尽管许多澳大利亚小说被排斥在英美主流小说之外,但《奥斯卡与露辛达》却是一部脍炙人口、广为流传的小说,并在 1997 年被福克斯探照灯公司改编为电影。著名文学评论家伊丽莎白·瑞迪勒和 D·J·欧赫恩认为它是"完美的故事"和"富有里程碑意义的代表作"。小说的叙事者自称是奥斯卡的曾孙,他由一座玻璃教堂的由来开始,向读者讲述了奥斯卡与露辛达之间的爱情故事。文学评论家或从后殖民主义、或从叙事角度分析该小说,但对小说中表现出的女性主义涉之甚少。在这部情节几乎怪异荒诞的小说故事里出现了多个刻画生动的女性形象,有女主人公露辛达·莱普拉斯特里尔,其母亲伊丽莎白·莱普拉斯特里尔,有奥斯卡的师母——牧师的妻子斯特拉顿夫人,奥斯卡的合法妻子米利亚姆,有女仆范妮·德拉布尔和史密斯夫人,以及被遗忘在角落里的奥斯卡的救命恩人——一个女黑人。本文拟从女性主义的角度对小说中出现的女性加以评述,通过女性主义理论分析这些女性迥异的性格和她们的个人境遇,揭示出她们在父权体系下相似的悲惨遭遇的缘由。

二、《奥斯卡与露辛达》中的三类女性形象

《奥斯卡与露辛达》这部史诗般的鸿篇巨著,不可能仅仅围绕爱情故事中的两位主人公来写,其中涉及的女性有奥斯卡的女仆、他的师母和恩人、他的合法妻子、露辛达的母亲和女仆。男性形象也有很多,如奥斯卡的父亲、他的朋友沃尔德·菲什和老师斯特拉顿,这些角色都刻画得栩栩如生,但不是本文讨论的范围。笔者认为彼得·凯里笔下的众多女性形象可以归纳为三类,即新女性形象、保守女性形象和第三世界的女性形象。

(一)新女性形象

在《奥斯卡与露辛达》中,彼得·凯里倾力打造的新女性主义形象便是莱普拉斯特里尔母女俩。露辛达·莱普拉斯特里尔是本小说的主人公,她从外貌、思想到言行,都彻底颠覆了父权制社会"滞定型"(stereotype)的妇女形象,她个头矮小、精瘦,主意却很大,敏感、执拗而且叛逆,漂亮、优雅、温柔和顺从似乎与她绝缘。露辛达在父亲死后,与母亲一起打理农场,她们拒绝穿带撑架的裙子,只穿灯笼裤,并且像男人一样骑马。在母亲死后,露辛达不愿待在被分割得七零八落的农场,她带着土地变卖后的巨额家产,孤身一人来到悉尼。她用钱买下母亲一直向往的工厂——达林港的玻璃工厂,并找到乌拉腊的牧师丹尼斯,毫不避嫌地与他通宵达旦地研究玻璃的特性和如何办工厂。露辛达具有自力更生、独立自主的精神,这也投射在她的金钱观上。露辛达对手中的钱始终充满了不安和愧疚,她认为,虽然钱是爸爸和妈妈担惊受怕一分一厘得来的,但不是

他们的，同样也不属于她。钱是从大地那里偷来的，而大地又是土著黑人的。于是凯里将其描述成杰梅茵·格里尔的《女太监》中的被解放女性形象，其存在不是为了体现男性的性幻想，也不靠男性赐予她身份和社会地位，她不必美丽，她可以很聪明，她的权威随着年龄而增强。

尽管露辛达如此独立自主，成为一名女企业家，掌管着自己的玻璃工厂，但这并不能抵消父权制对这一新女性的压迫，一次在她对丹尼斯解释自己不会得到玻璃工人的尊重时说："他们（工人）跟我打交道时居高临下，降尊俯就，他们会按他们的心思来塑造我……复数的男人，成群结队的男人，实实在在的男人，在马路拐角或在大厅里的男人。他们会根据他们的打量我的目光和对我的看法，按他们的理解来塑造我。我会感到渺小，这就是男人的力量。"露辛达深刻地感受到自己在男权社会里的渺小，尽管她外表是如此的自立自强。正如波伏娃所说："男人并不是根据女人本身去解释女人，而是把女人说成是相对于男人的不能自主的人。"女人完全是男人所判定的那种人，所以她在男人面前是作为性存在的。定义和区分女人的参照物是男人，而定义和区分男人的参照物却不是女人。

伊丽莎白·莱普拉斯特里尔是露辛达的母亲，她热爱工业和文学，是位激进的女权主义运动支持者。她与露辛达父亲从英国来到新南威尔士，来此地的动机之一是她将会在殖民地创办自己的工厂，因为伊丽莎白认为工业化能给妇女带来莫大的希望，工厂将奠定妇女自由的经济基础。但事实却是她顺从了土地学家丈夫的主张，在帕拉马塔买下了米歇尔溪地，但是夫妇俩对土地的不善经营使他们破了财。在丈夫面前，女人的一切都是可以替换的，女性再一次成为男性的他者。

在丈夫死后，伊丽莎白本打算将土地卖出，返回英国，却被邻居的话所激怒，那个爱尔兰佬说："这样的话（卖掉土地），你们这些太太就不必为丰收这类的事情折腾你们漂亮的脑袋瓜了。"伊丽莎白听完"漂亮的脑袋瓜"这句话后,十分不满邻居对自己能力的轻视,决心与女儿露辛达留在殖民地继续照料农场。她剪短发,骑马上教堂,成天盘算着如何减少开支,如何储藏庄稼,这使她发了财。这一切都表现了伊丽莎白的新女性形象,展现了她强大的心理意志。她不愿处于消极被动的从属地位,而是不断地去争取,去学习。但就是这样一个拼搏向上的新女性,她也最终选择了放弃,本打算卖掉所有的土地,带着巨款与女儿返回英国,但事与愿违,她还未完成心愿,便撒手人寰。这样独立自强的新女性为什么要放弃自己亲手打拼出来的事业呢?父权制在这里又展现出了它强大的威力,迫使伊丽莎白放弃、打算离开的原因,正是周遭的社会环境,这种杀人不见血、吃人不吐骨的父权制社会。伍尔夫曾不无批判地写道:"那习俗认为,女人引起公众注意是令人厌恶的。"伯利克里说一个女人的主要光荣就是不被人们谈及。这种场景与伊丽莎白何其相似!她在写给友人的信中描述了新南威尔士州处于男权统治下的社会现实:这里的人们不会接受女性,他们对妇女怀有令人难以理解的强烈的憎恨,尤其对伊丽莎白这白手起家的母女俩。试问,面对如此压抑的父权制大环境,哪个自立自强的新女性能坚持不屈服呢?

  第三位新女性的代表是斯特拉顿夫人,她是汉纳可姆的牧师的妻子,是奥斯卡的师母。她的家境不错,本人也能言善辩,凡事总要与人理论一番,争出个高低上下,可谓新女性的代表,但她也未能逃出父权制的压迫。男人在当时的社会中占有绝对的领导权,一个女人想涉足男人的领域,其后果可想而知。斯特拉顿夫人出生在牧师世家,自进入适婚年纪以来,不乏追求和倾慕者,但却未及时给自己找个丈夫,嫁人时已经 28 岁。在 19 世纪的英国,女孩被希望早早结婚,有一种普遍的观念认为,如果女孩子在 20 岁左右还没有结婚或者订婚的话,她就有可能不会结婚了。这种看法同样适用于 19 世纪的英国殖民地,但斯特拉顿夫人的追求者们都惊讶于她对宗教问题讨论的热衷。男人们认为神学不该是女人涉足的领域,他们讨厌女人的这种狂热。她虽然聪明,却未能上学,因为那时的大学校规是只允许一个14岁的男孩入学(这孩子兜里尽是绳子和晒干的小虫),它无论如何是不会让一个女人上学的。

凯里除了不加吝啬地描写小说中的重要人物之外,对小人物的描写也十分到位。范妮·德拉布尔是奥斯卡小时候父亲家里的女仆,她是一个被丈夫遗弃的苦命女人,但她的内心却充满了爱和正义。当她听说奥斯卡竟然从没有吃过圣诞布丁时,她就调和板油,称葡萄干,在物质极匮乏的条件下,为奥斯卡精心制作了圣诞布丁。但她最终却被信仰不同的普利茅斯兄弟教会的奥斯卡父亲所制止,奥斯卡父亲认为布丁是魔鬼的食物,将刚尝了一小口布丁的奥斯卡暴揍一顿,还生硬地迫使他吐出了肚子里所有的食物。范妮不赞成自己雇主的行为,认为圣诞节是庆祝的日子,她暗地里骂奥斯卡的父亲:你可真是个可恶的、没心没肺的杂种。尽管范妮的地位卑微,她愤恨父权制的压迫,面对一个10岁的孩子,布丁作为甜食是理所应当的食物。但最终在父权制的压迫下,范妮的正义与善良使奥斯卡遭受了一顿狠揍,而范妮自己也可能被辞退。

(二)保守女性形象

《奥斯卡与露辛达》的另一位主要角色是米利亚姆·查德威克。她是奥斯卡的合法妻子,本篇小说叙述者的曾祖母。她跟着母亲从英国移民到澳大利亚,打算做博特港的家庭女教师,但她们的轮船不幸失事,米利亚姆是事故唯一的幸存者。在这片举目无亲的陌生土地,她不是利用自己的职业技能为自己安身立命,而是对户主挑三拣四,一心想脱下丧服,谋得一位如意郎君好把自己嫁出去。后来她终于如愿以偿与查德威克校长结婚,没想到不久后校长却中了蛇毒,英年早逝,米利亚姆年纪轻轻成了寡妇。她不想在澳大利亚干回自己的本行,于是不顾眼前的守寡的礼节寄希望于牧师哈西特,但后者拒绝了她,令她十分气恼。当奥斯卡乘坐的玻璃教堂顺流而下时,她立即瞄准目标,自愿照顾料理虚弱受伤的奥斯卡,在无人的教堂里给奥斯卡上药时,她引诱奥斯卡,迫使奥斯卡成为自己的丈夫,并在奥斯卡死后得到了露辛达的全部财产。

表面上看米利亚姆似乎也是积极进取的新女性形象,然而她无疑深受父权制思想的毒害,她把一生的追求都放在男人身上,看家本领便是为自己找到一个丈夫,正如英国的女性主义者玛丽·沃斯通克拉夫特所说:"在她们应该怀有一种更高尚的抱负并用她们的才能和美德争得尊敬的时候,却一心一意想激起别人的爱怜。"米利亚姆正是这样的典型,她并非没有能力,她有一技之长——做家庭教师,而且她非常独立,在举目无亲的澳洲大陆上,没有家庭的裙带关系和背景,完全依赖自身的力量在社会中立足,但是这力量的本质却是依赖男人。妇女被看成是一种附属品,而不是作为和男性同等的人类。她是附属的人,同主要相对立的次要;他是主体(the Subject),是绝对(the Absolute),而她则是他者(the Other)。米利亚姆将自己视为男人的附庸,她苦苦支撑自己的力量就是觅得一位如意郎君。由此可见,米利亚姆虽具备自力更生的潜力,但仍属于墨守陈规的女性。美国超验主义思想家玛格丽特·福勒呼吁妇女要独立,不能完全依靠男人,另一方面,她又强调正是这种独立的女性意识才是异性间产生爱情的基础。尽管她是奥斯卡的合法妻子,但她没有得到奥斯卡的爱情,奥斯卡直到临死的前一秒想的还是露辛达。

史密斯夫人是露辛达的女佣,她矮小精干,是个持家好手,对可怜之人充满了同情心。史密斯夫人拥有勤劳、贤惠、善良的优点,她打扫的房间,不论什么天气都窗明几净;她所煮炖的食物味道自然、醇厚;她看到奥斯卡手上的伤口立即拿出毛巾和碘酒,为其清理。但她却是保守女性的代表。史密斯夫人具有历史上诸多女性的弊病,如饶舌和不够坚定,在露辛达将奥斯卡带回家里后,她受不了教会朋友的挑拨,受不了父权制大环境的固有成见,认为未婚的主人与男人同住于一个屋檐下是件下流的、不道德的事,与露辛达解除雇佣关系,并且把露辛达与奥斯卡之间纯洁的感情和他们什么事也未发生的同居行为极其扭曲地诉诸众人。史密斯夫人的行为使露辛达再也找不到佣人和厨师,前来应聘的人完全想借此敲诈和勒索露辛达。从表面上看露辛达深受史密斯夫人的毒害,但是深究起来,女仆史密斯夫人得到了什么好处吗?没有,她不但丢了工作,还因为曾经的工作经历遭人唾弃,她受到了父权制思想的毒害,侮辱了露辛达和奥斯卡,其后自作自受,同样受到了父权制社会的抵制和压迫,因此她也是一名受害者。

(三)第三世界的女性形象

肯贝恩杰利·比利父亲的妹妹是《奥斯卡与露辛达》整本小说中的唯一的黑人女性形象。在叙述中,肯贝恩杰利·比利父亲的妹妹见证这段历史,她看见了奥斯卡为黑人伸张正义的行为,看见了奥斯卡的玻璃教堂。书中写到当奥斯卡在肯贝恩杰利·比利父亲的妹妹面前搭起玻璃教堂时,她成了基督徒,她看见了基督、玛丽、约瑟夫、保罗和约拿,被奥斯卡告知会在天堂里活,她被奥斯卡命名为"抹大拉的玛利亚"。女黑人在小说中没有说出自己的话语,没有发出自己的声音,她所拥有的只是白人赐给她的一个名字。正如加亚特里·查克拉沃尔蒂·斯皮瓦克所说,在殖民生产语境中,如果属下没有历史,不能说话,那么,作为女性的属下就被更深地掩盖了。在殖民地的父权统治,即西方强势话语统治下,白人女性的命运是悲惨的,而第三世界女性的情况更糟。她们没有话语权,只能被命名。殖民地的黑人土著文明在西方优越的基督教文明面前不值一提,她们唯一所能做的就是被感化。

  抹大拉在基督教的故事里通常是一个被耶稣拯救的妓女形象,而这种贬低女性的名称也就理所当然地施加在黑人女性之上,这种性别和种族的歧视和肆意贬低行为不能被接受。因此彼得·凯里在故事结束之后写到,故事的叙述者,即奥斯卡的曾孙鲍勃说,奥斯卡的整个故事听起来并不怎么可信,尤其是为一个肯贝恩杰利土著人起一个与基督教相关的名字,这是件十分愚蠢的事。这其实暗示了作者不赞同歧视非主流种族女性的行为。但也有评论家认为,这段小说中"有关土著人的情节是整部小说中最弱的部分,似乎是为澳大利亚200周年纪念(纪念1788年英国第一艘满载流放犯的船队来澳大利亚)而硬塞进小说的",这显然是不公正的评述。因为自1985年出版《魔术师》(*Illywhacker*)之后,凯里即被视为"民族文化"的代言人。此外凯里在一次接受采访时的言语也是他支持少数族裔的证明。他说:"我认为作家不应该回避真相,他们有责任告诉后人,并挖掘人道主义的潜能。"他所说的真相就是土著居民被压迫排挤出历史舞台,遭人轻视与侮辱的事实。

三、女性形象的由来

  三种类型的女性形象被塑造得活灵活现,既有创新形象也有保守形象,彼得·凯里为什么会在书中创作如此形象各异、性格迥然不同的女性呢?笔者试从当时的时代背景和作者的个人经历上进行分析,推断凯里塑造出这三类女性形象的原因。

(一)创作的时代背景

  19世纪六七十年代,澳大利亚的国内形势发生了很大变化。澳大利亚政府追随美国,作为军事盟友宣布参加越南战争,由此结束了澳大利亚长期处于"偏安一隅"、平静安逸的状态。但这一政策引发了国内各界的强烈反响,各种抗议、反战游行、集会此起彼伏,工人罢工、学生罢课的浪潮风起云涌。各种政治见解,反文化、反传统的思想激烈交锋,澳大利亚进入了一个思想空前活跃的时代。1972年新上台的工党政府采取了鼓励文化发展的政策,对文学艺术进行财政支持,拨款200多万澳元,资助青年作家进行文学创作。这些国内形势和思潮相对地激发了凯里的创作热情。1981年,他出版第一部长篇小说《幸福》(Bliss),该小说获得南威尔士州总理奖、迈尔斯·弗兰克林奖和国家书籍理事会奖。1985年又出版长篇小说《魔术师》,该小说入围英国布克小说奖,好评如潮。而1988年出版的《奥斯卡与露辛达》则荣获布克奖和迈尔斯·弗兰克林奖。彼得·凯里的创作与当时的政治环境和历史背景有着不可分割的联系。

  本文使用女性主义视角来评析小说中的女性形象,女性主义的历史可以用朱利娅·克里斯托娃(Julia Kristeva)在《妇女时代》中的陈述来总结。她指出女性主义的发展经历了三代,第一代是提倡自由女性主义的女权主义者,要求在现存的社会秩序中获得与男子同样的权力;第二代是激进的女性主义者,强调两性之间的区别,拒绝承认传统的男性象征秩序;第三代的女性主义者认为男性和女性的二元对立是形而上学,予以摒弃。这与伍尔夫的雌雄同体概念相得益彰,两者都意在消除男性和女性的二元等级对立,伍尔夫承认现存两性差异,并期望差异可以整合。就女性而言,玛丽·沃斯通克拉夫特的《女权辩护》是在意识形态领域揭露社会控制女性的本质,激励女人独立为人。19世纪初的美国,女权运动更是猛烈冲击着社会的每一个层面。反抗奴隶制,反对家庭暴政,争取女性受教育和工作、参政的权利等一系列运动把中下层资产阶级妇女、无产阶级和黑人妇女联合在一起,成为真正的妇女解放运动。在今天看来,女权运动在19世纪的欧美的蓬勃发展,很大程度上是因为资本主义制度的确立和发展,使女性的不平等处境得到空前突显:男性控制了所有的公共领域,女性只是家庭的免费劳力,或者虽参加了工作,好不容易跻身公共领域,面临的却是更多、更大的不公。彭青龙说,彼得·凯里于 1988 年创作了《奥斯卡与露辛达》,实际上是把 19 世纪的文化批判和对 20 世纪人性危机的刻画,自然地糅合在一起。笔者认为,凯里把 19 世纪时蓬勃发展的女性主义文学批评写进了 20 世纪创作的以澳大利亚 19 世纪为背景的爱情故事中是十分合理的安排。

(二)作家的个人经历

凯里出生于维多利亚州墨尔本市郊的巴克斯马什镇,父母是商人,开了一家凯里汽车公司,经营通用汽车。凯里 5 岁就到当地的公立学校读书,11 岁时他来到澳大利亚最有名的格朗语法寄宿学校中学习。多位澳大利亚政界、商界的精英和敢于反叛文化传统的艺术家们都出自于这所寄宿学校,凯里也或多或少地受到了这所学校先锋文化的熏陶。凯里把这段经历描绘成一个"腐烂的爱情故事",庆幸自己学业未结束就被"扫地出门"。1961 年,凯里 19 岁,考上蒙纳西大学,但他的专业是有机化学和动物学。理科学习使凯里提不起兴趣,后因一场严重的交通事故,凯里借机提出退学,学业未竟就离开了校园。但这段经历并不是一无所获,凯里邂逅了生命中的第一个女人莉·威特曼,她当时在蒙纳西大学学习德语和哲学。凯里在 21 岁与威特曼结了婚,但这桩持续了 20 年的婚姻最后还是走到了尽头,他们离开澳大利亚,在欧洲待了 3 年后回到祖国,因为早已没了感情而分居。此时的凯里早已开始写作,但他的主要身份是广告设计商,1980 年他有了自己的广告公司,同年他与威特曼离婚。但在写《奥斯卡与露辛达》时,凯里早已走出了这段婚姻的阴影,他于 1985 年与她的第二任妻子艾莉森·萨默斯结婚。这算是一段美满的婚姻,此后凯里的事业顺风顺水,由小说《幸福》改编的电影获得观众的热捧,出版的小说《魔术师》深受读者的喜爱,进入布克奖的最后一轮角逐,广受评论家们的赞誉,该小说被认为可与帕特里克·怀特的《沃斯》(Voss)相媲美。因此凯里在创作《奥斯卡与露辛达》时,可以说对女性有了一定的了解。经历了一次失败的婚姻,凯里对前妻那样的带有学究气息的女性是否会产生心理上的厌恶,我们从《奥斯卡与露辛达》中对斯特拉顿夫人和米利亚姆的描写上可管窥一二。但由于第二次婚姻的成功,此时的凯里应该对女性充满了欣赏和柔情蜜意。身为男性的凯里不以父权制的代表者自居,展现了对女性的关注,对女性的遭遇深表同情,创造了《奥斯卡与露辛达》中多姿多彩的女性形象。

四、总述

综上所述,《奥斯卡与露辛达》中展现的新女性、保守女性和第三世界女性的性格和个人境遇大相径庭,然而当面对父权制的压制时,她们所展现的是一致的痛苦,她们所面临的是一致的迫害。男性与女性本是从上帝伊甸园中同时来到人间的物种,尽管有生理功能上的差异,却不足以导致两性间地位的不平等。但由于男性建构了历史,并且希望维持以等级为特征的性别秩序,因此男权社会和男性历史书写对女性的压迫不言而喻。在19世纪的澳大利亚是如此,在21世纪的中国也同样如此。这种性别秩序充斥在生活的各个层面,中国女性的就业率和薪职人员的高待遇比例总是低于中国男性,而中国女性的劳动量(将不得报酬的家务劳动计入)却是中国男性的两倍。由此可见,生活也在不断地"制造"性别差异来维持两性在社会中的不平等地位。寻求女性与男性的平等地位的路途仍十分漫长,只要有两性的存在,这种先天的差异就会被后天的制度化的力量加以强化,因此女性主义的研究仍十分必要。

(安徽大学外语学院 梁静)

【参考文献】

Greer, Germaine. *The Female Eunuch*, New York: Harper Prerennial

Modern Classics, 2008.

Kristeva, Julia. *Women's Time*, trans. Alice Jardine and Harry Blake in Signs: Journal of Women in Culture and Society, 1981(7).

McCrum, Robert. 1985. Comment. Irish Times(10—04).

Nicklin, Lenore. 1975. Peter Carey an Ad-Man. Sydney Morning Herald(02—13): 38, 40.

Riddell, Elizabeth. Desire, Gambling and Glass. *Australian Book Review*. 1988: 14.

O'Hearn, D. J. Plotting 2: Quarterly Account of Recent Fiction. *Overland* 1989(114): 52.

Wilding, Michael. A Random House: the Parlous State of Australian Publishing. *Meanjin* 1975, 34(1): 106—11.

Willbanks, Ray. "*Peter Carey*" *Speaking Volumes: Australian Writers and Their works*. Ringwood: Penguin, 1992.

彼得·凯里. 奥斯卡与露辛达. 曲卫国译. 上海译文出版社, 2012.

西蒙娜·德·波伏娃. 第二性. 陶铁柱译. 北京: 中国书籍出版社, 1998.

黄源深. 澳大利亚文学史. 上海外语教育出版社. 1997.

加亚特里·查克拉沃尔蒂·斯皮瓦克. 属下能说话吗? 后殖民主义文化理论. 罗钢, 刘象愚主编. 北京: 社会科学出版社. 1999.

卢文忠. 解读"家务劳动工资化"是公理还是悖论. 南方论刊. 2010, 07: 33.

彭青龙. 写回帝国中心 建构文化身份的彼得·凯里. 当代外国文学. 2005, 02: 112.

彭青龙.《奥斯卡与露辛达》: 承受历史之重的爱情故事. 当代外国文学, 2009, 02: 125—126.

王晓焰. 18—19世纪英国妇女地位研究. 北京: 人民出版社. 2007.

杨金才. 玛格丽特·福勒及其女权主义思想. 国外文学, 2007.

玛丽·沃斯通克拉夫特, 女权辩护: 妇女的屈从地位. 王蓁, 汪溪译. 北京: 商务印刷出版社, 1995.

弗吉尼亚·伍尔芙.《一间自己的屋子》伍尔夫随笔全集Ⅱ. 王义国译. 北京: 中国社会出版社, 2001.

弗洛伊德精神分析视阈下的
《人生之旅》解读

An Analysis of "The Journey of a Lifetime" from the Perspective of Freudian Psychoanalysis

一、引言

彼得·凯里(Peter Carey,1943—)是一位当代澳大利亚新派小说家,与大多数澳大利亚作家不同的是,凯里"不仅是享誉国际的,而且是根植于澳大利亚的……凯里对民族身份的寻求和认同、国际化的写作形式和技巧都感兴趣……与六七十年代作家不同,他抛弃传统澳大利亚文学价值观,并深受当代国外文学运动思潮的影响"。他的第一篇长篇小说《极乐》(*Bliss*)便为作者赢得国际声誉——"一种新的普适性和成熟睿智"。《悉尼先驱晨报》(*Sydney Morning Herald*)也称赞他"终于把澳大利亚从顽固的狭隘地方主义中拉出来"。他的代表作《奥斯卡与露辛达》(*Oscar and Lucinda*)和《凯利帮真史》(*True History of the Kelly Gang*)均获得英国最高文学奖布克奖,这使凯里成为世界上仅有的三位两次荣获布克奖的作家之一。

除了长篇小说外,"凯里是位短篇小说的高手,常常采用黑色幽默和魔幻现实主义技巧,曲折地反映现实问题,很富新意"。《人生之旅》[①](The Journey of a Lifetime)是凯里的一篇极具代表性的短篇小说,主人公月先生(Louis Morrow Baxter

Moon)是来自下层社会却疯狂憧憬向往上流社会生活的小职员。他毕生的愿望便是能坐上一次承载着他所有梦想与幻想的火车,享受一下神往已久的名流奢侈。当他的梦想实现之时,他却经历了一系列离奇的事情,直到最后,当他发现列车员给他的杜松子酒里的冰块竟是棺材里用来冰尸体用的,他实在忍受不了了,哪儿都不想去,只祈求能回到自己可怜的小窝。维也纳大学的鲁比克教授毫不夸张地说道:"即使读者读完后把书放下很久,依然能感受到惊悚的余韵萦绕心头,阴魂不散。"

用正常的理性思维很难理解凯里刻画的"地狱般的、令人毛骨悚然的世界"(hellish world),然而用弗洛伊德精神分析原理来聚焦心理因素,由表及里地剖析、解读人物的内心精神世界,更深刻全面地理解把握作品无疑是最好的选择。所以本文将以弗洛伊德精神分析原理为切入点,结合文本分析,探索月先生的"恋物"情结——即对火车及其相关物疯狂迷恋的形成机制,并用焦虑、防御机制等理论解读主人公旅途中一系列荒诞经历的心理因素。

二、月先生的"恋物"机制

"恋物"概念的产生根源可追溯到社会历史学和心理学,即马克思的商品拜物教理论和弗洛伊德从心理学角度分析的"恋物"情结(fetishism)。在分析凯里的这篇短篇小说时,显然弗洛伊德的理论更适合。因为"他(凯里)关心的似乎总是个体的力量或者无力感,他的主要视角既不是社会的也不是政治的",当月先生最后的心理防线崩溃之时,"这种挫败感和无意义之感并非归咎于某一种政治体制,而是属于人类心境方面,在任何一种体制下都会发生"。

小说主人公的"恋物"情结本质上是源于他无法合理控制自己的欲望、拼命想过上流社会生活却又不能时的心理补偿。

弗洛伊德提出了"恋物"情结,指小男孩面对母亲"被阉割"的身体时的心理转移机制:当小男孩看到母亲无阳具的身体时,他认为母亲的阳具是被人切除了,并由此产生一种焦虑,担心自己的阳具也会有一天被人切除,于是他以恋物的形式取代母亲缺失的阳具,将被剥夺的阳具由物的形式来代替。弗氏的"缺失"或"阉割"情结又被霍米·巴巴用在了他对殖民主义刻板化(stereotype)现象的分析中。被殖民者将殖民者的观念内化之后需要一种心理上的调试机制:他们在渴望成为白人却永远都无法实现这一终生最大愿望的时候,很明显是把白种人的肤色、种族特征和语言(以及附加在这些特征上的一切优越感)当作了弗氏意义上的缺失,在无法获得它们的情况下以恋物的方式将其转移(displacement)、替代(substitution)。

霍米·巴巴将"恋物"情结这一概念从性别的单一范畴中释放出来,在种族、民族的视角下进行解码,创造性地赋予弗洛伊德的"恋物"情结普适性理论价值。同样,我们也可以把弗洛伊德的"恋物"理论用在本短篇小说中月先生对火车疯狂迷恋的现象分析中。上流社会人的生活习惯以及一切与之有关的事物都成为月先生心理上的缺失,跻身上流社会成为他内心强烈的、本我驱使的愿望。不仅如此,物质社会对财富和地位的分配、控制和定位又强化了上流社会自我认同,上流社会被类型化和符号化成坐火车、酒会派对、"精美的晶质玻璃杯的碰撞声"、"派对上机智诙谐的对话"、"法国红酒"、"露出白色香肩的女人"、"蓝色头等车厢火车票"、"绛红色天鹅绒椅子"、"高级妓女"、"加冰块的杜松子酒"等。主人公将这些符号和形象编织到上流社会话语之中,又方便本我掌控根深蒂固的欲望与梦想。当自我不能满足本我的需求导致冲突产生时,他便通过"恋物"来填补内心的缺失。小说开篇便写道:"我是多么期待一次火车旅行啊!多少次,我梦到火车,仔细研究它的每个细节。"他甚至收藏了533张火车票、餐车菜单、行李标签等,在寂寞的夜晚抚摸贴满所有收藏的剪贴簿来获得最大的满足和安慰。在月先生看来,物质、地位和财富已被具体为上流社会的人们提着行李箱坐火车,这种生活成为他心理上弗洛伊德意义上的缺失,于是上火车的通行证——火车票、火车餐车上的菜单等成为这种生活的转移和替代。

三、月先生火车上荒诞经历的心理剖析

上流社会被类型化和符号化为"火车"、"杜松子酒"等,这在强化上层阶级自我认同的同时,也为月先生获得想象性主体认同[②]提供了便利。他幻想着自己经过所谓的努力便可以实现自己的梦想,以为只要自己手持火车票成功登上火车,得到那份属于他的"奖励、礼物和恩惠",便可以脱离那些曾经嘲笑过他的"衣衫褴褛"、"头发脏兮兮"的下层人群,成为上流社会的人。对他来说,持票上火车便是初步完成了想象性主体认同。

一次执行公务的机会使月先生陷入想象性主体认同的镜像阶段,然而,这种建立在臆想之上的主体认同的心理旅程必定是一路荆棘且怪诞荒谬的。因为在他的潜意识中,他根本无法忘却与摆脱被他排斥到潜意识当中的创伤,即他永远只是那个来自下层社会的小职员这一事实。不仅如此,获取代表上流社会的火车票的方式和代价——"是去执行死刑,(我!当个刽子手!)被执行死刑的人叫弗雷德里克·米达尔,是一个连专业刽子手都不敢杀的人"——也一次次从潜意识中溜出来,在如梦如幻的火车之旅中时时刻刻提醒他,把他拉回现实。这个过程被弗洛伊德称为"被潜抑事物的重复出现"(the return of the repressed),即人们"将一些被禁止的感觉或欲望潜抑到潜意识里,但它们并不在那里安身,却不断努力要以各种方式显耀自己,穿戴了一些方便的伪装"回到意识里,便引起焦虑[③]。所以,为了否认现实世界的阉割性本质、摆脱焦虑以维持镜像期

的主体认同,主体需用恋物对象来转移创伤,并调动防御机制(psychological defense mechanism)。防御机制④通过不断调整、编织认知的维度和歪曲现实来避免或减轻消极的情绪状态,它不仅可以作用于焦虑,也可以作用于心理冲突和内在挫折。于是,月先生便陷入"想象性主体认同快感—被潜抑事物的重复出现—焦虑—调动防御机制—想象性主体认同快感—被潜抑事物的重复出现—焦虑"的恶性循环当中。

主人公的火车之旅从第二小节开始,他把一切都准备完善,满怀期待与激动的心情来到火车站,与以往周末站在站台外看别人坐火车不一样,这次他要亲自坐火车了!尽管一路上发生了一些不愉快,如进站台检票口工作人员的古怪嘲弄的眼神,甚至行李搬运工也与所预期的不同,没有殷勤地冲上去帮他搬行李箱,然而他用合理化(rationalization)⑤这种防御机制找到内心平衡:"我自己提自己的箱子,一点儿都不抱怨,正好还省得我给小费呢,我宁愿把小费钱花到其他地方。"当他走到23号车厢把票递给列车员的时候,列车员问:"这是为谁拿的票?"他的回答是:"这是我自己的票。月先生。我是政府指派来处理公务的。"列车员的言外行为(illocutionary act)是:看你的装扮不像是坐得起火车的人。当然月先生的回答也违反了格莱斯(H. P. Grice)提出的会话中"合作原则"(Cooperative Principle)的量的标准(The Maxim of Quantity)。他的回答中的多余部分的言外行为是暗示列车员:别看不起人,"我"跟你可不一样,"我"是执行政府任务,也算得上重要人物。这里主人公用补偿(compensation)⑥这种防御机制保护自己的自尊心,应对这种由于"来自外部世界的真实事件被自我所感知"所引起的现实性焦虑,以维持想象性主体认同。除此之外,给小费这一举动也属于补偿的防御机制。由于列车员觉得月先生看起来不像是上流社会的乘客,便对他没有耐心,也不够礼貌。从第二小节主人公把票出示给列车员起一直到第三小节结束,他们的对话中列车员一共有13句话,前5句列车员都没有用sir的称谓,直到主人公把小费给他,他便调整了说话方式,后8句虽简短,但是6句都用了sir,"如果说他对我说话变得尊重了可能有点夸张,但至少他用了正确的称呼"。

下午主人公依然沉醉在坐火车的自豪中,他翻阅自己的剪贴簿,喝着杜松子酒。下午三点,火车驶在东部大沙漠(the Great Eastern Desert)的边缘,他看到一队队的犯人在士兵的监督下劳动,这些正是他极不想看到的,因为这提醒了他2000英里之外他将要执行的任务——刽子手。自己要执行的任务是他一直不愿提起也不愿想起的,他人格中的超我是不允许他去接受这项任务的,尽管这项任务能给他一次坐火车的机会,然而超我最终没有战胜代表欲望的本我,而现在这些犯人却在不合时宜的时间提醒了他,这使他再次陷入焦虑。这种来源于超我而引起的焦虑属于道德性焦虑,它产生于超我系统中的良心,警告我们什么是"不合适"的。为了对付这种道德性焦虑,他过量饮酒,"借酒消虑",企图忘掉他竭力排斥在意识之外的事情。这里月先生采取了压抑(repression)的防御机制,把令人感到紧张和痛苦的思想、观念,以及个人无法接受的冲动排除于意识之外,使其不为自己觉察到。但是被压抑的思想观念并没有消失,而是储存在潜意识中,如果由于某种原因,伴随被压抑内容的消极情绪体验消失,这些思想观念还会重返意识领域。这也为故事的高潮——他发现杜松子酒里冰块的真实来源——埋下伏笔。

发现冰块真实来源之前,月先生依然经历了种种焦虑,但都被他一一成功防御了。如当他进餐车欲与其他乘客搭讪的时候,服务员上前间接阻止,把他"护送"到甜点车后面的偏僻角落。同样,为了保护自己的自尊心和骄傲,作为回击,他点了世界上最名贵的葡萄酒之———史密斯·奥特—拉菲特庄园酒。在第六小节中,他用投射(projection)的防御机制缓解因与妓女之间的尴尬而引起的焦虑,把错误都归咎于妓女不认识自己的手写命令,他把能引起焦虑的动机加到他人身上,把原因归咎于他人,以避免内心的痛苦。然而,这种想象性主体认同中永远埋伏着焦虑的隐患,不管主体怎么防御,调整认知思考的视线,"被潜抑事物的重复出现"(the return of the repressed)反复折磨着主体的神经,早晚会冲破他的最后一道防御线,使他精神崩溃。月先生努力把自己将要执行的任务排斥到意识之外,可任务却偏要换着装扮一次次返回他的意识里去。直到最后他发现列车员给他杜松子酒里的冰块竟是棺材里用来冰尸体用的,他的最后一道防线彻底瓦解:"我曾经满腔热情地愿意付出任何能让我坐上火车的代价,但是现在,在这个冰冷灰暗的早晨,我感到自己的梦想变得无比丑陋,欲望的外衣伪装也被撕得七零八落。"冰块来源的信息真实与否并不重要,重要的是他为什么会看到这样荒诞的一幕。显然,这与他将要执行的任务有关,他将要去当死刑执行人,而这个被判死刑的人是专业刽子手都不敢杀的。最后他甚至觉得自己将要执行的任务仿佛苍白地漂浮在带冰块的水面上(my mission ... floated before me, pale, bloated and surrounded by ice)。值得注意的是,作者在描述主人公看到尸体的时候,也用了"pale"(苍白)、"floating"(漂浮)和"ice"(冰块)这几个单词,这也侧面说明了荒诞的这一幕是超我系统中的良心引起的道德性焦虑的具体外化。

四、总结

用弗洛伊德的精神分析原理分析主人公的"恋物"情结和主人公在火车上的一系列荒诞经历,可得出以下结论:主人公的"恋物"情结本质上是源于他无法合理控制自己的欲望,拼命想过上流社会生活却又不能时的心理补偿;火车上的荒诞经历是焦虑的具体外化,尽管他努力调整认知视线维度,进行自我防御,以维持想象性主体认同,但他依然无法摆脱潜意识中的创伤,最终被超我系统中的良心引起的道德性焦虑彻底击垮。

(安徽大学外语学院　刘婷婷)

【注释】

①因该短篇小说未被译介到国内,本论文中所有中文译文均系笔者翻译。笔者把主人公的姓翻译成"月"是为了尽可能地保留埋藏在源语文本中的各种可能性隐喻,从而保留源语文本启发任何可能性解读的开放性空间。美国当代女作家 Mary Ellen Snodgras 在 *Peter Carey：A Literary Companion* 中便在主人公名字上小做文章:"像月亮从太阳那儿偷窃光亮一样,他在一本剪贴簿中找到生活与自我,而这本剪贴簿里面贴满的都是从别人那儿索取到的票或者存根……"。

②弗洛伊德在1921年发表的《群体心理学和自我的分析》中专门论述了认同:"认同是精神分析已知的与另一人情感联系的最早表现形式",包含了"一个人成为或者变得像另一个人"的愿望、动机、行为、防御,寻求认同者"努力模仿被视作模范的人来塑造一个人自己的自我"。

③弗洛伊德在《精神分析引论新编》中是这么界定"焦虑"的:一种情感状态——某种苦乐的情感及其相应的外形神经的冲动的混合,和关于这种情感及冲动的知觉。他根据焦虑产生的根源和性质的不同,将人的焦虑分为三种:现实性焦虑、神经性焦虑和道德性焦虑。

④常见的防御机制如下:压抑(repression)、升华(sublimation)、外射(projection)、内射(introjection)、反向作用(reaction formation)、合理化(rationalization)、认同(identification)等。

⑤个体无意识地用似乎合理的解释来为难以接受的情感、行为、动机辩护,以使其可以接受,以减免焦虑的痛苦和维护自尊免受伤害。

⑥每个人天生都有一些自卑感(inferiority),而此种自卑感觉使个体产生"追求卓越"(striving for superiority)的需要,而为满足个人"追求卓越"的需求,个体就借"补偿"方式来力求克服个人的缺陷,以减轻其焦虑,建立其自尊心。补偿分为积极补偿、消极补偿、过度补偿。

【参考文献】

Bhabha, Homi. The Other Question: Stereotype, Discrimination and the Discourse of Colonialism. In *The Location of Culture*. New York: Routledge, 1994. p66.

Carey, Peter. *Collected Stories*. London: Faber and Faber, 1995.

Delanoy, Werner. *Experiencing a Foreign Culture: Papers in English, American, and Australian Studies*. Tübingen: Gunter Narr Verlag. 1993.

Freud, Sigmund. *The Standard Edition of Complete Psychological Works of Sigmund Freud*. trans. James Strachey. London: Hogarth Press, 1953—1974.

Hassall, Anthony J. *Dancing on Hot Macadam: Peter Carey's fiction*. St. Lucia, Queensland: University of Queensland Press, 1994.

Pons, Xavier. Weird Tales: Peter Carey's Short Stories. In Bardolph, Jacqueline. Eds. *Telling Stories: Postcolonial Short Fiction in English*. Amsterdam: Rodopi, 2001. p404.

Rubik, Margarete. Provocative and Unforgettable: Peter Carey's Short Fiction-A Cognitive Approach. *European Journal of English Studies* 9, 2, 2005, p169.

Turner, Graeme. American Dreaming: The Fictions of Peter Carey. In *ALS*, 12(4). 1986, p431.

贝利.《弗洛伊德旅途中的躺椅》(第二辑).邓瑶译.大连理工出版社,2008.

约瑟夫·洛斯奈.《精神分析入门》.郑泰安译.北京:社会科学文献出版社,1987.

黄源深.《澳大利亚文学史》.上海外语教育出版社,2002.

生态批评视角下《石乡行》的家园意识解读

An Ecocritical Interpretation of Home Consciousness in *Journey to the Stone Country*

一、引言

《石乡行》是澳大利亚当代著名作家亚历克斯·米勒的一部新作,该小说于 2002 年出版后在澳大利亚引起很大的反响,2003 年获澳大利亚最高文学奖——迈尔斯·富兰克林奖。作品触及了令人望而生畏的棘手问题即土著的土地权利和种族和解。女主人公安娜贝尔·贝克是大学教师、历史学家,她发现丈夫有外遇后,愤然离家出走,回到阔别已久的故乡。在文物考察队工作的好友的劝说下,她参加了文物普查,途中邂逅土著后裔博·雷尼。他们的祖父辈恩怨纷争不断,然而对家乡的共同热爱使他们抛开世俗偏见和现代文明打下的烙印,虽然文化背景截然不同,但仍走到了一起。该小说站在历史的高度,展示了澳大利亚原住民随着历史的沿革、时代的发展以及自身素质的提高,对本民族的历史与现状进行深刻的反思以及为维护他们的权利进行艰苦的斗争,而曾经的殖民者的后裔也在为家园及整个社会的和谐与发展不懈努力。

亚历克斯·米勒(Alex Miller,1936—)生于英国伦敦,青年时期移民澳大利亚。特殊的经历和身份使得米勒对多元文化的澳大利亚十分了解,对他们的家园意识也感同身受。作为移民,他能深深地理解远离家乡的游子对故土的那份不舍之情。这部小说站在历史的高度,本着人道主义精神,对罪恶的"白澳政策"进行了严肃的批评,热情讴歌了超越种族、文化鸿沟的纯真爱情,以及对土地、家园的深深爱恋。贝克的石乡之行可以说是澳大利亚人的家园寻根之旅。

《石乡行》因获澳大利亚最高文学奖而在文学界占据特殊地位。著名的华裔澳大利亚作家欧阳昱在其著作《表现他者:澳大利亚小说中的中国人 1888—1988》中指出:"米勒的小说超越了民族和种族的鸿沟,摆脱了民族主义和种族主义的束缚,从人性的深度探索多元文化世界中的人。"米勒早年的作品如《祖先游戏》、《别了,那道风景》、《被画者》等在中国被研究得比较多,2002 年《石乡行》才在澳大利亚出版,目前国内已有译本,但对这部小说的研究尚少。本文以家园意识为切入点,深入分析贝克的人生和行为,既可以理清她的人生历程,同时也可发微出她的内在精神状态,并由此扩化开去,既可以看出其人生抉择的个体独特生命价值,对他人构成启示,又可以看出其对于社会时代文化的批判性审视,为人类文明的更趋合理化提供启示。因此,论者从生态批评视角出发,通过文本细读及主人公背离家园—回归家园—保卫家园心路历程的探析,揭示这部大受好评、备受关注小说中体现的家园意识,以期帮助读者更好地品味这部作品。

二、家园意识

家园意识是生态批评理论的一部分,"生态批评"这一概念是由生态批评家鲁克尔特(William Rueckert)于 1978 年在其文章《文学与生态学:一次生态批评实践》中首次提出的,但生态批评的学术实践可往前追溯到 1972 年。美国生态批评的主要倡导者和发起人彻丽尔·格罗特费尔蒂给出的定义是:"生态批评是探讨文学与自然环境之关系的研究。"生态批评是一种文化批评,但与其他文化批评类型相比,又超越了性别、种族、阶级、大地等单一的视角局限。生态批评还不能由单一的方法论或理论体系所构成,而是由"环境问题"这个共同的"焦点"所联结。也就是说,生态批评一方面立足于文学即文学文本、审美和艺术等文学内在特性,另一方面立足于大地家园即整个生态系统。在此范畴中,家园意识问题也为文学界所津津乐道。家园意识已经作为一个重要的主题纳入学术研究的视野,离乡·漂泊·返家也已经成为中西方很多文学作品(尤其是小说)的叙事模式。

家园不是抽象的、机械的物质世界,而是具体的、被认识、被感觉、被人化的空间。海德格尔曾说:"'家园'意指这样一个空间,它赋予人一个处所,人唯有在其中才能有'在家'之感,因而才能在其命运的本己要素中存在。"对于家园的含义,李建军从地理意义和精神意义两个方面给予界定:"一是抽象的精神意义上的,一是具体的地理意义上的。前者是精神家园、心灵家园,是指心灵以及良知、正义、勇敢、尊严、纯洁、爱心、真诚等神圣原则和绝对命令作为寓存的家园……家园的另一种意义是具体的地理意义上的,它大而言之是自然,小而言之是那个美丽、和谐的地方。这种家园的意义绝不低于抽象的精神家园。"家是大部分人占用的基本空间,也是生活世界的基本组成部分。"有了家,人类得以栖身,然后才能产生安全感、归属感和身份感"。

家园是人们的皈依之所,是身体附着的所在,家园意识重在对生命的关注。同时,家园也是人们的精神依托。人对自然的精神依恋极其重要,自然家园是人们生存所需的一个长时间的、长视野的,自然过程的大的精神世界,是人们内心深处最永恒的不言自明的爱的港湾。小说《石乡行》中主人公安娜贝尔离家、返家及与博一起为保卫家园而做的努力体现了家园意识,说明了家园对于人们无可替代的重要性。

三、背井离乡——失去家园的迷茫

小说中女主人公安娜贝尔·贝克生于哈顿山牧场,11岁时就离开家上了寄宿学校,中学毕业后考入大学,博士毕业后在墨尔本大学任教并从事历史学研究,从此背井离乡,没有回过故乡,没有回过泽米街父母留下的那幢老宅。一直到42岁时发现丈夫另有新欢,才在好友的建议规劝下踏上返乡的旅程。回到故乡后曾一度挣扎有过再次离开家乡的想法。"可是,一想到返回墨尔本并且使自己再按照先前的轨迹生活,她就非常难过,觉得自己被打败了。那简直无异于在监狱服刑。她已经逃脱了。她现在想保持这种自由"。从这可以看出安娜贝尔背井离乡的日子并不开心,而在生活中发生这种重大变故时第一时间想起的地方也是家乡。

小说中男主人公博·雷尼生于科隆山沃尔比纳牧场,作为土著人的后裔虽然从未离开石头之乡,但是由于《土著法》禁止土著人拥有可以终身保有的土地的权利,以及梅和朱迪使用卑劣的手段卖掉了雷尼奶奶和父亲的牧场,博的祖辈被逐出家园,博离开出生的牧场家乡也已很多年。后来在贝克返乡后才将心中一直想要收复牧场的理想渐渐付诸实践。当考察队第一次会面博向大家讲述他自己的故事时,讲到一半将要涉及失去牧场家乡部分时,"他们都在等他继续讲述他的故事,可是他却停下话头,站在那儿一边抽烟,一边低头看着地面,用脚尖踢着银灰色的草丛,仿佛陷入往事的回忆,不再对他们吐露什么"。后来在与安娜贝尔一次交谈中,"博坦言,'我打算收回奶奶过去的牧场。'他的声音突然发紧,好像谈到这个话题,他被一种不曾料到的忐忑不安或者激情打动了"。这里也表明博背井离乡的内心的隐痛。

生态批评理论中的家园意识强调的是本土化和家园化,主张人的生存和发展与特定自然区域紧密联系并且受制于特定的自然区域。空间是可以扩展转变的,文化是可以扩散携带的,但人与自然家园的联系却是长久的、固定的、唯一的。从大的空间和较小的空间来看,小说中的两位主人公都有离乡背井的经历,正是这段难以忘怀的经历,使得他们深深地体会到家乡的含义,促使他们家园意识的觉醒,继而回归家园。

家园意识是人对已有家园或理想家园在思想、观念层面所寄予的归家感、归属感和意义感的家园情结的经验性表达,而这一经验性表达的目的是使人精神充实,避免焦虑、空虚和精神危机。当人的精神摆脱虚无,找到根基,就会获得归属感。在此意义上,"精神家园承载着人的情感寄托、理性觉知、文化认同和心灵归属。因此,精神家园有本体论的意义。人失去精神家园,便丧失了意义的归属,就会陷入'无家可归'的焦虑和恐慌之中"。当自己在情感上受到打击,在精神上遭受极大痛苦的时候,就会慢慢产生一种失去家园的迷茫感以及对自我和存在状态的思考。小说中主人公离乡背井的经历更激发了对家园的依恋。

四、回归故里——精神家园的追寻

人为什么要回归家园?为什么有家园意识?其主要原因就是要有生态的身份确立,失去了家园必将导致失去身份。生态的身份认同是生态批评中家园意识的重要内容,它是一种"与人的身份认同重建有关的倾向和感觉,人们因此而开始认识到他们的行动、价值和观念如何根据他们对于自然的观念而重新塑造……生态身份指的是人以自然为参照地对自我的认识,他作为活生生的存在物与大地的节拍、地球生物化学循环和生态系统壮阔而复杂的多样性紧密相连,并在此关系下认识自我"。海德格尔说过,家园赋予人生存的处所,但"这一空间乃由完好无损的大地所赠予,大地为民众设置了他们的历史空间。大地朗照着家园。如此这般朗照着的大地,乃是第一个家园的天使,它指示着本源的方向,返乡就是回到本源近旁"。确实,"人只有在生机勃勃的故乡才是自由的,而不是在外漂流和放逐"。

当安娜贝尔回到泽米街老家的住宅,文本中有大段的环境描写,周围的一切都显得那么和谐温馨,渲染了女主人公回到家园的喜悦之情。"在泽米街,时间仿佛停滞不前。她不在意这些,她在意的是独自住在这幢老房里给她的精神慰藉。她想象得出,倘若父母亲知道她在他们的旧居找到一个避风港,知道她依然像孩提时代那样睡在他们的床上,他们会多么高兴啊。她这时才明白过来,她正站在她家的老屋里,她的母亲和父亲不会刨根究底地问她,而是赞同她回到家里,并且用他们那种一贯朴实无华的方式欢迎她的归来。她感激他们,感激他们过去一直坚持的某种精神,在自己的生活中又一次支持了她。""从她在兰诺牧场厨房的处境来看,那一切似乎不真实得令人难以相信。泽米街父母亲的那幢老宅收留了她,那种游子归家的感觉既出乎意外,又给她留下难以磨灭的印象。一座真正的天堂。在那儿,她立刻感觉到回家的轻松自如"。回家的感觉总是如此美好。

家园是游子的避风港,回归故里,贝克找到了归属感,得到了安全感,寻到了精神慰藉。正如安娜贝尔与博对灌木林中的牧工们的看法,"他们就像来自另一个时代、另一个地方的月亮下的影子。他们生来就属于灌木林,一旦离开,就不可能是原来的他们了"。只有家园才会给人真正的力量、前进的动力。也只有回归家园,才能真正地为自己的心灵添砖加瓦,构建未来理想的大厦。在家园中贝克深深地感受到家园才是为自己遮风挡雨的温暖的栖息地。每个人都有自己的家园,只有在这里才能做最真实的自己,才能清楚地认识自己,找到自己的身份和归属,家园是人存在的根。精神家园的追寻就是自身的本真存在的回归和解放,就是对于自身力量和价值的确定和追寻。她意识的觉醒与自我的成长以及对家的理解蕴藏着浓厚的家园意识。

五、保卫家园——生态家园的守护

对于真实的家园意识而言,首先个人必须身入其中,它是属于自己的地方,既作为个体,又作为一个共同体的成员,而且这种认识不需要细想,而是下意识自然而然的想法。当依恋的家园受到威胁,身处于其中的个体就会理所当然地采取保护措施,努力奋斗,保卫家园。从心理学角度讲,所谓"情结",指富于情绪色彩的一组相互联系的观念或思想,它们受到个体的高度重视,并存在于个体的潜意识之中。正如荣格所言:"当某人具有某种情绪而执意地沉溺于某种东西而不能自拔时,这时的情结并不一定成为人的调节机制中的障碍,也可能恰恰相反,它们可能成为灵感和动力的源泉。"安娜贝尔和博在潜意识中形成的对故土的浓厚依恋之情,这种家园情结必然会促使他们不辞劳苦,开着越野车到处奔波,从布兰贝煤矿到奇格泽格牧场,从兰诺牧场到科隆山,保护水坝、遗址、先人的石头运动场,收复沃尔比纳牧场,虽然路途艰辛,环境艰苦,但他们保卫家园的决心从未动摇。正是心中浓浓的家园意识使安娜贝尔和博不由自主地做出这样的选择。

安娜贝尔和博来到沃尔比纳牧场主的旧址,凄凉的废墟给安娜贝尔留下极为深刻的印象。"这种景象使她想起她曾经多次往返过的公路旁边那些被肆意毁坏而遗弃的小村落。这座破败的废墟在她心头激起的辛酸使安娜贝尔意识到,保护它们,保护自己的家园,是爱国主义和那些没有同情之心的局外人的讥笑的小小较量。废墟的这种贫瘠告诉她无数次的牺牲和苦难,告诉她矛盾、爱与仇恨。她珍惜自己对这个地区的感情"。家园意识深深地扎根于安娜贝尔和博的脑海中,虽然他们的文化背景和教育程度截然不同,但这不影响他们相同的热爱家园之情,不减他们炽热的保卫家园之心。

在阿诺德·伯林特主编的《环境与艺术:环境美学的多维视角》一书中,环境伦理家霍尔姆斯·罗尔斯顿指出:"保护自己的'家园',使之'完整、稳定和美满'是人类生存的需要,这才是'生态的美学'。"人对于家园的追寻不仅仅限于对家庭所代表的人伦亲情的认同,更有一个突破了个体存在的群体价值的想象。在对故土的怀念中形成传统的思乡情结,获得情感上的归属感;在对自身生存环境的关注中执着于生命情感和尊严,获得精神和价值上的家园之感。集体的悲剧,社会的压力外加自身经历的痛苦使安娜贝尔和博开始了深刻的反思。他们清楚地知道在宏大的历史背景和世俗偏见下,个人的命运不再属于个别现象,而是与民族的、社会的悲剧紧密相连。在这个世界上,人人都是无家可归者,都是某种意义上的孤儿,人们的身体和精神时时刻刻都在流浪,在寻觅,在等待。他们意识到失去了家园的灵魂是漂泊无依的,因为在地理意义和精神意义上,家园不仅仅是遮风避雨的生存场所,而且具有无比巨大的精神感召力。因此,尽管困难重重,他们仍竭尽全力、同心协力保卫共同的家园。

六、结语

家园是人们的生存之所、精神依托,是人们内心深处最永恒的不言自明的爱的港湾,家园意识重在对生命的关注。有了家园,人们得以栖身,然后才能产生安全感、归属感和身份感,获得精神慰藉。本文从生态批评的视角,通过小说中主人公离家、归家、保家的经历,探究了《石乡行》中的家园意识。如果说作品获奖是因为触及了殖民历史和民族和解的核心问题及其深刻的多元文化主题,如果说作品打动读者是因为其中甜蜜而又感伤的超越种族、文化隔阂的爱情故事,那么小说中两位主人公进行的破除传统、重建家园的奋斗,以及对家园的诚挚情感、保卫家乡的执着精神则深化了主题,增加了这种情感的深度和广度。

可以说家园意识是维系主人公安娜贝尔和博感情的纽带,使得他们抛开世俗偏见,冲破白人与土著人血与火、爱与恨相交织的悲壮历史的隔阂。从这个意义上讲,他们的经历也是人类所经历和正在经历的,预示着澳大利亚年轻一代正在努力创造美好的未来。家园意识不仅丰富了作品的主题,而且围绕着离家、归家、保家所构成的这一线索,使小说的叙事结构更加紧凑,更富有张力。在人类共同生存的家园——地球屡遭摧残的今天,小说《石乡行》中所表现的浓烈的家园意识,对于唤醒人类对家园的热爱与保护,平等对待各种族和文化,使人类的生活更加和谐、安宁和更富有诗意,有着极其深远的现实意义。

(安徽大学外语学院 杜燕萍)

【参考文献】

D. H. Lawrence. *Studies in Classic American Literature*. Cambridge, UK: Cambridge University Press, 2003.

Glotfelty, Cheryll and Harold Fromm. Eds. *The Ecocriticism Reader*. University of Georgia Press, 1996.

Thomashow, Mitchell. *Ecological Identity: Becoming a Reflective Environmentalist*. Cambridge, MA: MIT Press, 1995.

阿诺德·伯林特.环境与艺术:环境美学的多维视角.刘悦笛译.重庆出版社,2007.

蔡文川.地方感:环境空间的经验、记忆与想象.台北:台湾丽文文化事业,2009.

海德格尔.荷尔德林诗的阐释.孙周兴译.北京:商务印书馆,2004.

胡经之.西方文艺理论名著教程(下卷).北京大学出版社,2003.

胡志红.西方生态批评研究.北京:中国社会科学出版社,2006.

李建军.坚定的守望最后的家园.小说评论,1995(5).

欧阳昱.表现他者:澳大利亚小说中的中国人1888—1988.北京:新华出版社,2000.

庞立生,王艳华.精神生活的物化与精神家园的当代建构.现代哲学,2009(03):8—11.

王诺.生态批评与生态思想.北京:人民出版社,2013.

亚历克斯·米勒.石乡行(安娜贝尔和博).郇忠译.重庆出版社,2007.

漫谈《凯利帮真史》中的女性形象
——探讨澳大利亚女性文化身份

On Women Images in *The True Story of Kelly Gang*

一、引言

  20世纪70年代是澳大利亚文坛最为活跃的时期,一批青年作家无视澳大利亚的文学传统,标新立异,开始创立带有后现代色彩的新文学。他们的作品无论是内容还是形式上,都迥异于此前的传统现实主义文学和怀特派文学作品,因此,这批青年作家被称为"新派作家"。彼得·凯里(Peter Carey,1943—)则是新派作家中最富有独创性且最具有才华的一位。迄今为止,他已出版7部长篇小说、多部儿童文学作品和短篇小说集。这些作品大多获得了澳大利亚历年最重要的文学奖项。他的作品熔黑色幽默,寓言式小说和科幻小说于一炉,被人们称为是"澳大利亚魔幻现实主义文学的代表人物"。其历史题材的小说《凯利帮真史》(*True Story of the Kelly Gang*,2000)一经出版便引起轰动,2001年同时获得英国布克奖和英联邦文学奖。

  小说以19世纪的澳大利亚为背景,讲述了由于父亲触犯英国法律而被迫流亡到澳大利亚的爱尔兰人内德·凯利的一生,是一部表现末路英雄的悲壮历史小说。大多数关于这部小说的研究主要是从新历史主义、界面张力、澳大利亚民族性格、俄狄浦斯情结等角度分析,也有一些研究是从民族身份的角度分析。自英国流放罪犯到这片土地的第一天起,民族身份问题就一直困扰着澳大利亚人。而如此特殊的文化身份正是源于澳大利亚被殖民的历史。澳大利亚像其他殖民国家一样,忍受着"身份丧失"的痛苦,常常被殖民者描绘成"他者",处于"边缘化"的地位。所以"许多作家以建构独立的澳大利亚文化身份为己任,并通过其作品展现澳大利亚人建立文化身份的艰难历程"。现有的小说身份研究大多集中于男性人物内德·凯利的身上,而忽视了女性的存在。这种自我的文化身份中有女性的参与,但是女性的努力却未得到同样的重视,甚至可以说是被有意忽视了。这其中有着深层次的政治原因和社会原因。因此,本文着眼于小说中女性人物的命运。她们身处于澳大利亚,既是被殖民的对象,又是处于男权体系下被压制的对象。在这样的双重压制之下,她们努力建构澳大利亚民族文化身份并在缝隙中重建自己的女性文化身份,为自己争夺更多的话语权。通过不同人物的命运和经历,凯里似乎意在说明女性对婚姻和社会的应对策略是造成女性不同命运的根本原因。

二、男权体系的压制——失败的婚姻

婚姻似乎是女性逃脱不了的宿命,它使女性始终处于男权体系的压制之下,但女性对待婚姻做出的种种应对,可以使女性重塑自我,同时也可以使女性失去自我。《凯利帮真史》中的女性人物艾伦和玛丽在婚姻的处理上就采取了不同的策略,而最终的命运结局也是截然不同。

艾伦·凯利是内德·凯利的母亲,也是小说中最醒目的女性人物之一。在儿子内德·凯利心中,"妈妈是个漂亮女人,头发像乌鸦羽毛一样又黑又亮,炉膛里微弱的光在她的乌发上跳荡"。在年幼的内德·凯利的心中母亲是美丽的,是他崇拜的对象。艾伦·凯利的生活始终不能缺少男性人物的存在,她有三段名副其实的婚姻。艾伦的第一段婚姻是与被迫流亡到澳大利亚的爱尔兰人约翰·凯利结合的。结婚前,"艾伦·奎恩那时十八岁,黑头发,很苗条,非常漂亮,骑着一匹马。她也许是你祖父见过的最美的姑娘"。第一段婚姻对她来说无疑是不幸福的,有很多孩子,生活又很拮据。在买土地的问题上,艾伦把它视为改善生活的途径,而约翰则坚决反对。对此,艾伦作为女性没有决定权,只能没完没了地唠叨,面对争执也只能抽抽搭搭地哭起来,不能反抗。当约翰被抓进监狱时,面对生活的压力,她只是一味地逃避,没有去主动想方法解决。艾伦已对丈夫表现出不满,却也只能默默忍受。所以当约翰因病去世时,艾伦似乎得到了解放,她可以按照自己的想法生活。她设法赚钱去买土地。这似乎是一件好事,使生活可以步入正常的轨迹。但事实是她依然逃脱不了男性的掌控,书中是这样描写的:"整个少年时代,我碰到的男人都愿意讲点和妈妈有关的事情。"艾伦先有了情人哈里·鲍威尔,他的出现并没有给她的生活造成任何实质性的突变。后来,艾伦嫁给了比尔·弗罗斯特。这个男性人物带给她的除了孩子,只有破败和凄凉。比尔·弗罗斯特不是一个务实的人,想做走私冒险的生意,而艾伦则把所有的积蓄都给了他,却没有给家中带来任何的经济利益。艾伦也只是等待着,"坐在河边草丛中一只倒过来放着的桶上。她的肚子很大,身体笨重,一双眼睛深陷在眼窝里,目光中充满疑虑"。面对比尔·弗罗斯特的呵斥也只是默默忍耐接受,低声下气,不做任何反抗,只是一味地害怕他会离开自己。最终当她知道比尔不会回来时,她不吃不喝,一双眼睛在眼窝里越陷越深,一副痛不欲生的样子,十分虚弱,"他是个该死的杂种,可是没有他,妈妈(艾伦)简直就活不下去了"。艾伦不能脱离男性而存在,注定要被男性控制,似乎也逃脱不了这样的宿命。三年之后,艾伦的生活中又有了一位男性——乔治·

金,此时的她头发已经灰白。在儿子内德看来,艾伦只是又给自己找了一个夸夸其谈的家伙。但艾伦却很享受现在的生活,觉得自己很快活,处处维护着他,对他也是唯命是从。后来生意失败,乔治·金逃跑了,抛下了艾伦和自己的孩子。而她"现在脸颊塌陷,紧贴牙龈,一看就是个老太太。我伸出胳膊搂住她,觉得她瘦得只剩下一把骨头,没有肉,更没有希望"。"她说,她和乔治生活的这几年就是一场灾难"。艾伦日复一日年复一年地照顾一个又一个丈夫,拉扯一个又一个孩子。最后,所有这些都化为撕心裂肺的哭喊,是无尽的绝望。直至最后,艾伦作为一名女性还是没有找到自我,仍然身处于男性的桎梏当中。

小说中另外一位突出的女性是内德·凯利的爱人——玛丽·赫恩。玛丽是与艾伦不同的一位女性。文中的玛丽"个子不会超过五英尺,但是长得非常漂亮,秀丽端庄,温文尔雅,她的头发宛如乌鸦的翅膀一般亮光闪闪,仿佛能映出天空的颜色……她大约十六七岁"。而这样的女孩却被乔治·金欺骗了,生了一个孩子。幸运的是,当知道她不能与乔治·金结婚的时候,她没有苦苦纠缠或是默默忍受,而是积极寻求自己的幸福。玛丽找到了与之真心相爱的内德·凯利。当与内德在一起时,她并不是处于内德的控制之下,而是有自己的主张,为内德起一个引导作用,告诉他怎样克服困境。在凯利帮逃亡的最后,玛丽让他和自己一起逃到美国,内德没有同意,她也没有盲目地跟随他,"她的心像两扇大门,紧紧关闭起来,任我怎样敲打,也敲不开"。她只身前往美国,不想让自己腹中的孩子和她父亲一样等待死亡。她最终保全了自己和内德的孩子。

与艾伦相比,玛丽无疑是一个独立的女性形象,在男性体系之下保存了完整的自我。她没有迷失自我、依附于男性,而是独立于男性之外,确立了自我的位置,构建了自我的女性身份。

三、殖民压制——生活的苦难

小说中描述的人物主要是从爱尔兰移民过来的罪犯的后裔。这样一种身份使他们摆脱不了政府的监视和控制。其中处于弱势地位的女性更是如此。殖民政府的压迫使她们经历了更多的磨难,在磨难中她们有的被压垮了,有的却更加独立坚强,重塑了自我,构建了自我的女性文化身份。同样作为女性,她们面对种种磨难采取的策略却迥然不同。

小说中遭受磨难最多的仍然是艾伦·奎恩。当自己的弟弟被警察抓进监狱,艾伦给他送些糕饼,警察却把它们一个一个扳开检查,文中这样写道:"我最痛恨的不是贫穷,也不是永无休止的卑躬屈膝,而是比吸血鬼的盘剥,更让人心碎的侮辱。"她对于警察的侮辱却也只能忍受,无力抗争。而且她的孩子总是含冤被抓进监狱,或是被警察侮辱,当不得不进行反抗时,结局也是难逃被监禁的命运。当她的孩子因为无法忍受警察对自己的侮辱而打了警察,被抓进监狱,艾伦只能流露出悲伤的神情,也知道等待自己孩子的将是什么,却无能为力。她不仅要设法维持一家人的生计,还要时时刻刻应对警察对家人的骚扰。女儿安妮本来嫁给一个老老实实的人,过着自己的日子,而丈夫有一天却被诬陷偷了羊而关进监狱,安妮落入警察之手,又被迫怀了身孕,最后死于难产。"1942 年夏天,妈妈(艾伦)42 岁。她的两个儿子、一个弟弟、一个叔叔、一个妹夫都被关进监狱,两个亲爱的女儿长眠在大柳树下面。只有上帝知道,前面的路上还有多少灾难与痛苦等待着她"。她后来和儿子说:"你根本不知道我过的是什么日子,你忘了那些可恨的牧场主怎样霸占我们的鸡鸭,抢走我们的牛犊。警察隔两天就敲门,想抓走我的孩子。"这就是艾伦这个女性面对的生活。最后,面对警察对自己另一个女儿的骚扰、糟蹋,她不再忍气吞声,而是与警察抗争。此时的她已经忍无可忍,"冲进茫茫夜色之中,痛苦的哭嚎在河湾里回荡。哦,你永远不会听到这样的哭喊。那哭声包含着她对比尔·弗罗斯特、乔治·金的怨恨,对死去的儿女的思念,包含着她遭受的每一次痛苦,每一点损失,让你听得肝肠寸断"。由于打了警察,最终她也逃脱不了被关进监狱的厄运。

玛丽·赫恩作为小说中的一名女性也不断受到警察的骚扰与迫害。但她面对这些的时候会反抗,会想到应对之策。对于警察菲茨帕特里克的威胁,她选择逃跑,尽管她怕外国人,怕黑人,怕丛林里的流浪汉,但毅然决然地走入风雨中。越下越大的雨,越刮越猛的风都不能阻挡她继续前行,最终她逃离了警察的威胁。同样,在警察抢了自己的儿子时,玛丽也毫不迟疑地与警察抗争,去保护自己的孩子。警察对她也无可奈何。

这两位女性,作为殖民地女性的代表,都是要保护自己的家人与孩子,对于压制采取了不同的策略。艾伦是默默忍受,不做抗争,没有逃脱生活给予自己的磨难,而是被磨难压垮了;而玛丽从一开始就知道要维护自己的权益,与警察抗争,从生活给予自己的磨难中逃离了出来,具有独立女性的意识。所以玛丽最终保全了完整的自己,而艾伦只能在哭喊中释放自我的压抑。

四、话语地位的确立

话语是社会和历史的产物,它不仅是语言,而且是文化和社会结构的工具。福柯认为话语在本质上是人类的实践活动,即话语实践,他强调"不再把话语当作符号的总体来研究,而是把话语作为系统地形成这些话语所言及的对象的实践来研究。诚然,话语是由符号构成的,但是,话语所做的,不止是使用这些符号以确指事物。正是这个'不止'使话语成为了不可减缩的东西,正是这个'不止'才是我们应该加以显示和描述的"。一种文化的意识形态是通过其话语实践来表达的。在当时的澳大利亚的文化意识形态中,由于社会的现实结构是由男性所安排的,这个结构使妇女处于他者的角色,把她们的体验看作是异常的,或者干脆对她们的体验视而不见。那种嘘声也使妇女退缩,不去言说,保持沉默,她们在公共话语世界中隐忍、退让。

艾伦就是一直隐忍,在男性主宰的婚姻中失去了说话的权利,没有为自己赢得话语权,逃脱不了被男性掌控的命运,也逃脱不了被殖民的命运,被男性和生活折磨,不断凋零,耗尽自己的生命,最终只能表现出对生活沉重的无力感。艾伦作为女性,成为男性话语操纵的对象,作为他者被完全异化。"他者的异化正是他者完全不能用自己的语言说话,体验他者的存在常常感到精神的分裂,即使真正的'我'也不敢言说"。艾伦最终也没有争取到自我的话语地位、没有构建自我的身份,只是冲进茫茫夜色之中,痛苦地哭嚎。

而同样作为男性话语操纵的对象,玛丽·赫恩,一个非常年轻、平凡、一贫如洗的女人,宣告了和男性一样的权利。话语成为玛丽理解和影响世界的工具。对她来说讲述即为生存,这主要体现在她与其他声音的交流与对话中。首先,在"凯利帮兄弟"逃亡的过程中,她劝导内德给政府中的卡梅伦写封信,阐述他们经历的事件的前因后果,内德听从了她的建议,写了一封很长的信阐述他们的种种经历。其次,玛丽与"凯利帮兄弟"接触之后,对于他们的一些她不认同的做法,用自己的方式向他们解释哪一种方法会更好。"凯利帮兄弟"想通过装扮成女人来逃避警察的追捕,玛丽看到后,"没有微笑,没有大笑,也没有指着他身上的连衣裙问个究竟,而是猛地跳起来,扑过去,抓住他空荡荡的胸脯,揪着花边四周的黄花。'你这身打扮能解决什么问题?'她叫喊着"。而此时的"凯利帮兄弟"却仍然不赞同她,轻蔑地打量着她,充满敌意。而玛丽却不着急,她选择用自己的话语说服他们,使他们信服,忽略他们不善意的目光。

玛丽讲了自己的故事——她亲眼看到自己的父亲,一位普通的铁匠,受到那些穿裙子的人的骚扰。她告诉"凯利帮兄弟":"如果你们穿着这身行头到处流窜,老百姓不会喜欢你们。你们必须使他们生活安宁,而不是给他们带来恐惧。"这使这些男性顿悟、惭愧,也为玛丽在男性群体中赢得了话语权。当"凯利帮兄弟"对抢银行这件事犹豫不决时,玛丽给予了他们劝导,在他们抢劫银行凯旋时,他们与她一起分享喜悦。她也赢得了男性的信任,是一位勇敢、坚强的女性,"是她,冒着极大的危险,把那笔钱藏了起来。需要分给穷人的时候,她就毫不犹豫地取出来,按照各人不同的情况,把钱装到信封里,有的给几张钞票,有的给几个硬币,真正做到各取所需"。玛丽作为一开始被禁止进入男性话语领域的女性说话主体,用自己的智慧、坚强和勇敢获得了在男性中的自我话语地位,成为了具有独立意识的女性。

女性话语的缺失一直存在,只有自我尊重和有智慧的女性才可以在世界上找到自己的位置。玛丽作为女性主体以其独到的声音反抗男性话语权威,确立了自我的身份地位;而依然在话语中沉默、隐忍的艾伦只能被男性话语压制,找不到完整的自我。所以相对于艾伦失去话语权的说话主体,玛丽的女性话语具有不同凡响的意义。

五、结语

女性在文学中一直是备受关注的群体,她们始终处于"边缘化"的地位,被描述成"他者"。澳大利亚的女性和黑人女性一样处于殖民体系和男性的双重压制之下,她们面临着如何构建自我的女性文化身份问题。《凯利帮真史》是一部历史题材力作,书中的两位女性为女性身份文化构建提供了一正一反的例子——艾伦一直深陷于这双重压制之下,没有逃脱出来;而玛丽依靠自己的智慧、勇气与坚强,不依附于男性与殖民政府,建构了自我。通过她们的例子可以看到:女性只有找到自己的文化身份,才可以实现自救。

(安徽大学外语学院　申梦萍)

【参考文献】

Carey, Peter. *True History of the Kelly Gang*. Toronto: Random House, Canada, 2000.

艾勒克·博埃默.殖民与后殖民文学.盛宁译.沈阳:辽宁教育出版社,1998.

柏棣.西方女性主义文学理论.桂林:广西师范大学出版社,2007.

彼得·凯里.凯利帮真史.李尧译.北京:人民文学出版社,2004.

黄源深.澳大利亚文学史.上海外语教育出版社,1997.

米歇尔·福柯.知识考古学.谢强,马月译.北京:生活·读书·新知三联书店,2003.

彭青龙.写回帝国中心,建构文化身份的彼得·凯里.当代外国文学,2005(2).

彭青龙.彼得·凯里小说研究.上海外语教育出版社,2011.

勇于反抗的"女勇士"
——西比拉形象新析

A Courageous Woman Warrior:
An Analysis of Sybylla Melvyn

一、引言

　　澳大利亚女作家迈尔斯·弗兰克林（Miles Franklin 1879—1954）的代表作《我的光辉生涯》通过为女主人公西比拉·梅尔文的人生编曲，谱写了一曲根植于澳大利亚本土而又风格独特的交响乐。该小说一经发表，就使整个澳洲文坛为之轰动。澳大利亚文学大师亨利·劳森亲自为这部小说作序并赞扬它最真实地反映了澳大利亚世态。《公报》主编 A·G·斯蒂芬斯（Alfred George Stephens）称"这是第一部澳大利亚小说"。澳大利亚著名文学评论家 H·M·格林（H. M. Green）称这部小说的出版在澳洲文坛像"爆炸了一颗小小的炸弹"。一个世纪以来，这部作品经历了时间的考验，被无数海内外的读者品读研究并被史学家列入"澳大利亚经典文学著作"之林。

　　然而，是什么使得这部作品如此深入人心并获得如此高的评价呢？其原因可归功于小说女主人公西比拉这个内涵丰富的女性形象。本文借弗吉尼亚·伍尔夫（Virginia Woolf）"双性同体（androgyny）"的理论分析西比拉这一形象，以揭示女权主义对传统性别二元对立论的解构思想，颠覆父权社会中的男性至上、使女性作为"他者"的规则,使女性由边缘走向中心。

"双性同体"不仅仅指生理意义上的双性一体,它深深根植于人类文化中。《创世纪》中的上帝就是双性同体的,他根据自己的形象创造出人类。古埃及神话婆罗门教圣书《往世书》中说:"至高无上的精神在创世的行动中是双重的,右边是男性,左边是女性。神圣的创世是孤独的,他渴望有一个同伴,他使自己的身体分为男性和女性。他们结合,创造了人类。"这些远古神话代代相传,不断地在文学作品中得以体现。汤亭亭的《女勇士》、弗吉尼亚·伍尔夫的《奥兰多》等文学作品都在不同程度上体现了"双性同体"的思想。

被誉为西方妇女解放运动和女性主义文学批评先驱的英国著名女作家弗吉尼亚·伍尔夫(Virginia Woolf,1882—1941)在自己的女性主义名篇《一间自己的房间》中就指出:"在我们每个人之中都有两个力量支配一切,一个男性的力量,一个女性的力量。在男人的脑子里男性胜过女性,在女人的脑子里女性胜过男性。最正常,最适意的境况就是这两个力量在一起和谐生活,精神合作的时候。只有在这种融洽的时候,脑子才变得肥沃而能充分运用所有的官能。"伍尔夫从男女平等的观点出发,考察了父权制文化中的性别差异以及女性存在的独特性,最先提出将"双性同体"作为女性主义的价值观和全面、自由发展的人格。这一观念得到了许多女性主义者的积极推崇。法国女权主义理论家埃莱娜·西格苏斯(Hélène Cixous)在《美杜莎的微笑》中对弗吉尼亚·伍尔夫的双性同体思想的解释是:"双性即每个人在自身中找到两性的存在,这种存在依据男女个人,其明显与坚决的程度是多种多样的,既不排除差别也不排除其中一性。"女权主义者贝蒂·弗里丹(Betty Friedan)在《女性的奥秘》一书中提出,除非妇女变得像男人一样,否则,她们就决不能得到解放,要成为充分发展的人就是要像男人那样思考和行动。桑德拉·吉尔伯特(Sandra Gilbert)

则"将'两性融合的整体'视为自我同一的象征"。

二、"双性同体"思想在西比拉身上的体现

从西比拉这个在霍登眼中"像男孩子一样的可憎的野蛮人"、外婆眼中的"胆大妄为,不正派的轻佻女人"的身上我们能明显看到男性力量和女性力量的结合。她不同于简·奥斯汀、勃朗特姐妹小说中那些感情细腻、忠于爱情的女性,也迥异于亨利·劳森笔下多愁善感、富于同情心的妇女。根植于荒凉贫瘠的澳洲土地,西比拉身上有着澳洲人所特有的丛林精神——崇尚平等、自由、独立,厌恶权威和对他人的干涉。我们既能听见她对繁重工作的无尽抱怨,也能感受到她渴望从事艺术活动,敢于同生活中的困难斗争,勇于选择自己的人生的勇气和精神。

总的来说,双性同体思想主要体现在西比拉渴望从事艺术活动、勇于对抗传统观念以及掌握主体地位这三个方面。

(一)追求梦想的如痴如醉

19世纪的大多数小说中的妇女形象总是固定不变的。大多数妇女的形象都是沿袭维多利亚的模式,她们的工作仅局限于家务活动,她们的职责就是做一个好妻子、好母亲。她们天生柔弱、温和、被动、顺从,却能承受沉重的生活负荷。伍尔夫发现妇女地位低下是因为她们被剥夺了受教育的权力。妇女无法享受到与男性同等的受教育权,她们忙于相夫教子,操持家务,社会不允许她们舞文弄墨。

但是,与其他同龄女性不同,西比拉对艺术活动有着无限的遐想。她对音乐怀有浓厚的兴趣,但由于繁重的家务,她不得不放弃钢琴练习。她酷爱读书,省出偶尔得的几先令买纸来进行写作,挤出点点滴滴的时间用来大量涉猎古今名著,如痴如醉地阅读每一本她能拿到的书,甚至牺牲休息的时间进行写作。

初到卡特加,西比拉被房间里琳琅满目的物品所吸引:精美的化妆品、漂亮的拖鞋、各式各样的发夹缎带等。回想起在波索姆谷生活的各种寒酸,西比拉对这一切都感到非常惊喜。但是当装满小说和诗集的书箱出现在她的视野中后,其他的一切都被抛到九霄云外。西比拉如获至宝,贪婪地阅读起这些书籍。写作对她来说变成了一种情感调节的方式,一种宣泄不满的途径。白天的种种疲惫和母亲的种种不理解都在阅读和写作的过程中被遗忘,她"过着梦幻似的生活,与作家、艺术家和音乐家维系着一种神交"。

柯勒律治说:"睿智的头脑是雌雄同体的。"纯粹男性化的头脑不能创作,正如纯粹女性化的头脑不能创作一样。只有头脑中的雄性部分和雌性部分相互交融之后,头脑才能真正发挥其功用,进行创作。西比拉便是这种"奇怪的双性人"。在现实世界里,她微不足道,不得不臣服于男性给予的各种枷锁,却还要保持沉默。而在文学的世界里,她妙语连珠,思维敏捷。她是一切的主宰,操纵笔下万物的兴衰,展望自己的宏图大志。

因不堪家庭的重负,母亲提出要西比拉外出独立谋生时,西比拉拒绝了母亲的种种提议。她雄心勃勃,壮志凌云。她认为:"只要给我机会,我就能在某些职业中大显身手,这些职业属于我们家高不可攀的领域。"她希望结交像埃弗雷德那样的有教养、有知识的人,和他们谈天论地,而不是谈论农产品的价格和谋生的艰难。在父权社会里,她和男性一样渴望实现自己的抱负,她会对流浪汉的现状和未来问题担忧、思考并提出自己的设想。在卡特加度过开心的时光的同时,西比拉仍不忘每天为生活贫困的数万劳苦同胞感伤。

如果说言语文字和政治是父权制社会的私有财产,那么女性闯入这一禁地就被认为是一种大逆不道的行径。这么做的后果不堪设想:成为固步自封的独行儿,抑或是内心孤僻的怪胎。言语和政治的权利像宝剑一般被男性攥在手里,想要和他们争夺,并让他们交出武器,需要巨大的勇气和毅力。她们需要克服种种障碍,经受重重考验,方能浴火重生。但是西比拉的梦想并没有在这艰苦的环境中夭折,反而越挫越勇。这需要何等的坚韧和胆魄啊！如果西比拉身上没有象征男性的积极进取、大胆果敢的特质的话,她早就随波逐流,安于现状了。

(二)"孑身一人"的俊逸洒脱

"双性同体"还集中体现在西比拉勇于对抗传统观念上。首先,这一点可以用她对传统婚姻观念的对抗来阐释。女性在男权社会里几乎没有经济来源,没有社会地位,她们始终顺从而被动地接受男性赋予她们的角色。这就迫使女性不得不以婚姻为目的,寻求家境富裕的伴侣,来获得所谓的幸福。物质上的依赖进而导致思想上的臣服。没有经济实力的女性只得在思想上听从于自己的丈夫,这无形中又巩固了"女人是男人身上的一根肋骨"的依附性思想。西比拉了解到母亲露西由一个可爱、快乐、温文尔雅的姑娘变成消瘦憔悴、脾气暴躁的妇人；父亲由相貌堂堂,举止文雅的小伙变成终日酗酒,不负责任的酒鬼；姨妈海伦遭到抛弃和羞辱；她还目睹了作为生育机器的姆斯瓦特太太的悲惨生活。虽正值豆蔻年华,西比拉对爱情却不像别的女孩子那样充满幻想和憧憬,取而代之的是冷漠和厌恶。她根本不相信有爱情这个东西,向祖母声明"就是天使来表白爱情,我也不会听"。她坚信:"嫁人,即使嫁给世上最好的人,也是降格的事情。"面对家境富裕,出身高贵的弗兰克·霍登的示爱,西比拉感到自己成了"这种人幼稚的情感发泄的对象",对此感到十分厌恶。她公然与霍登作对,甚至为霍登的轻薄而大打出手。就连高大魁梧、坦率真诚的哈罗德·比彻姆俯下身子要亲吻她的时候,她也毫不犹豫地举起鞭子使足力气朝对方脸上打去。西比拉摆脱了父权制强加在女性身上的柔弱、温和、顺从的特性,冲破性别的樊篱,用拳头和鞭子,给了男权社会重重一击。同时证明了自己拥有和男人一样的自尊和力量。如此,西比拉的男性特征可窥一斑。

当外婆看见西比拉站在比彻姆的背上觉得这种行为可耻时,西比拉却不以为然:"在同男人相处时,我从来没有意识到性别的小小差别,会成为两者之间的一大堵墙。我头脑里从没有想过性别的问题,我同男人交友像同姑娘交友一样容易。"这段内心独白展现出西比拉身上的"双性同体"的特性与伍尔夫关于"双性同体"的表述如出一辙:"双性同体的脑子是能引起共鸣的、可渗透的,它能没有障碍地传达情感,它天生是具有创造性的、光辉绚丽的、未被分开的。事实上,作为双性同体的典型,也就是有男子气的女性的典型……得到充分发展的头脑的一个表征就是:它并不特别地或者分开地想到性别。"如果说性别差异是横亘在男女之间的一堵无形的墙,那么西比拉则能毫不费力地在这堵墙两边自由穿行。

比彻姆破产时,西比拉主动提出结婚,只为"帮助一个兄弟渡过难关"。在西比拉看来,她和比彻姆之间的感情更多地是兄弟情义,而非男女之情。所以当比彻姆恢复在五先令洼地的支配地位的时候,西比拉觉得如释重负,认为自己的义务终止了而选择离开。在父权制社会,但凡家境不好的女子,总是把结婚当作一条体面且可靠的出路。而生活贫困的西比拉面对三个男人的求爱,并没有像大多数女性一样被幸福冲昏头脑,而是冷静思考,独善其身。这又是为何呢?其一,比彻姆的爱对西比拉来说像是枷锁,锁住自由和自我,压抑她身上的男性气质,让她向传统妇女地位屈从。所以,西比拉要拒绝,要反抗。波伏娃说:"婚姻是一种奴役形式。它带给妇女的不过是华而不实的平庸生活,这里没有远大抱负和激情,缺乏目标的日子无限重复,生活轻松流逝,没有人来质疑这种生活的目的。"婚姻的确能够带给西比拉安定和保障,但同时也会剥夺她追求自我的机会。她不愿为了婚姻而丧失自我,成为男人的附属。其二，伍尔夫认为，任何纯粹的、单一的男性或女性，都是无法生存的，人必须成为男性化的女人或女性化的男人。西比拉正是这种集男性气质和女性气质为一体的男性化的女人。她身上的这两种气质相互结合、相互包容，建立起完善和谐的自我。这种双性和谐的自我本身就是对爱情和婚姻的否定，爱情和婚姻只是多余，孑然一身或许才是最好的归宿。

(三)反客为主的大胆尝试

"双性同体"还集中体现在西比拉在男权社会中作为主体而非客体而存在。父权制在波伏娃的评价下已经走到了尽头："可以肯定的是，迄今为止，妇女的潜能一直受到压制，妇女没有机会实现人性。现在是时候了，让妇女把握机会为自己的利益和全人类的利益奋斗吧。"也就是说，女人能够和男人一样成为社会的主体，能够重新定义自己的角色。

这一点首先体现在西比拉作为审美主体而非审美客体而存在。父权制度下，男性处于支配地位，而女性则为"他者"被边缘化。男性可以按照自己的意愿构建"女性特征"，要求她们在外貌上完美无缺。女性主义者纳奥米·沃尔夫在《美貌神话》一书中提出，美貌神话在父权主义的"男性凝视"下成为了操控女性的工具。传统的女性不可避免地受到男权意识的影响，按照社会强加给她们的角色生活。在这过程中女性逐渐丧失自我，沦为男权社会的牺牲品。同样，父权制文学作品中的女性往往五官标致、身材高挑、秀色可餐、讨人喜欢。而西比拉个头矮小，长相平庸。这种长相本身和西比拉对待自己外貌的态度就是对父权制的挑战。

西比拉母亲露西长得漂亮迷人，可是一生都为生活所迫，过着社会下层最穷苦的日子。姨妈海伦曾经是澳大利亚最漂亮最可爱的姑娘之一，却遭人遗弃，受尽凌辱。美丽的母亲和姨妈的经历似乎在西比拉的心里留下了挥之不去的阴影。同时也让她懂得:美丽的外貌并不能给人带来好运。尽管西比拉曾为自己的相貌苦恼,但是这似乎只是她茶余饭后的一剂调味品。

到达卡特加之后,姨妈海伦力求把西比拉打扮成美丽的符合男性审美标准的女性。经过姨妈海伦的改造,西比拉在镜中看到的是这样的自己:"水灵灵的眸子,光洁白皙的皮肤,鲜红的嘴唇以及算得上最佳的胸脯和胳膊……我真的相信,那天晚上我看上去并不特别难看。"此时的西比拉变成了"房间里的天使"——父权制下男性建构的完美女性。西比拉体内的雌性因素使她欣然接受了"镜子中的自己",并为自己的样貌感到十分兴奋。但是这只是西比拉"追求丑"的道路上的小插曲。每次西比拉对自己的长相稍感满意时,她体内的雄性因素总是会立刻与"镜子中的自己"作斗争,时刻提醒她外貌丑陋,"身上的一切都令人厌恶"。"你丑,你丑,你是废物,别忘了这点,免得再做出傻事来。"这句话甚至演化成西比拉每天的早祷。这种自言自语是西比拉体内雄性因素和雌性因素之间的正面交锋。每当她体内的雌性因素让她沉溺于美貌的欢愉中时,体内的雄性因素便会不断提醒她:外貌只是女性存在的外化表现,女性的精神意识被外貌所包裹。过于注重按照男性意愿构建的"女性特征",只会使女性的精神戴上手铐和脚镣,成为它或者他们的客体。在西比拉看来,丑陋并不可怕,可怕的是美得相同,美得没有主见,美得没有地位。不要同流合污,不做男性眼中美丽的"天使",和男性一样做最真实的自己,这样才是最美的女性。

其次,西比拉作为主体,掌握话语权。长久以来,父权制度的文化深深地根植于女性思想中,社会将女性置于"他者"之地,女性话语便一直处于相对于男性主流话语的边缘地位。处于"失声"状态的女性无法表达自己的诉求,无法为自己争取平等地位。而西比拉始终拒绝做"沉默的羔羊"。面对霍登的轻浮,西比拉大声反抗:"你敢来碰我!你要是再动这脑筋,我就要你的命!你留心听着,不然下回就不只是鼻子淌血了,我向你保证!"当海伦姨妈向西比拉进行关于爱情观的说教时,她有力地回敬海伦姨妈:"在平凡的现实中,爱情是最低级的激情,被最艺术的鼻子和嘴巴所点燃。"当姆斯瓦特先生怀疑西比拉恋上了他的儿子时,西比拉大声呵斥道:"住嘴,你这个无知的老东西!你怎么敢如此无礼,把我的名字跟你那个乡巴佬儿子相提并论。他就是个百万富翁,我也会认为他碰一碰我就是一种污染。"

"精神分析学家露丝·伊利格瑞(Luce Irigaray)积极鼓励妇女焕发勇气,以积极主动的声音讲述,不惜任何代价避开消极被动的声音带来的虚假的安全感和最终的不真实"。法国哲学家米歇尔·福柯(Michel Foucault)提出的权力话语理论认为话语是知识的载体和工具,权力与知识携手共进。说话是一种权力,所说的话就代表说话者的思想、立场甚至地位。西比拉身上的男性力量积极推动她坚决捍卫自己说话的权利。她的这些义正词严的表白不仅是对女性平等地位的有力辩护,而且证明西比拉具有自己的喉舌和思想,是和男性一样具有反抗精神的平等的人。这一反叛精神也恰好体现了她身上积极抗争、勇猛坚强的男性特征。

三、结语

弗吉尼亚·伍尔夫在小说《奥兰多:一部传记》中写道:"尽管性别不同,但它们混杂在一起。在每个人身上都发生由一个性别到另一个性别的摆动,而且经常仅仅是服装使人保持了女性或男性的外表,而在服装下面的性别与在服装上面所表现的恰恰相反。因此,每个人都曾有过这种复杂性和混乱性所引起的后果的体验。"伍尔夫相信,性别是可以相互通融的,男人不要满足于做个男人,女人也不能满足于当个女人。

《我的光辉生涯》这部作品塑造的西比拉这一女性形象正是"双性同体"理念的真实写照。她勇于同生活的磨难抗争,坚持追求自己的艺术人生道路,敢于颠覆传统观念,努力争取男女的平等地位。西比拉的抗争在一定意义上颠覆了父权制社会绝对的男女二元对立模式,同时也表明:男人和女人之间不存在不可逾越的鸿沟,男人可以走向女人,女人也可以走向男人,两性之间可以和平共处,共同建立一个双性和谐的完美世界。

(安徽大学外语学院　白曼曼)

【参考文献】

Betty Friedan. *The Feminine Mystique*. New York:Dell, 1974.

Raman Selden, Peter Wilddowson & Peter Brooker. *A Reader's Guide to Contemporary Literary Theory*. Beijing: Foreign Language Teaching and Research Press and Pearson Education, 2004.

陈茂庆.反抗婚姻的丛林少女.西华大学学报(哲学社会科学版),2007(2):2—3.

弗吉尼亚·伍尔夫.韦虹译.奥兰多:一部传记.哈尔滨出版社,1994.

弗吉尼亚·伍尔芙.伍尔芙随笔全集.石云龙,刘炳善等译.北京:中国社会科学出版社,2001.

弗吉尼亚·伍尔夫.王还译.一间自己的房间.上海人民出版社,2008.

黄源深.澳大利亚文学史.上海外语教育出版社,2002.

罗斯玛丽·帕特南·童.艾晓明译.女性主义思潮导论.武汉:华中师范大学出版社,2002.

迈尔斯·弗兰克林.我的光辉生涯.黄源深译.上海译文出版社,2007.

O·A·魏勒著.史频译.性崇拜.北京:中国文联出版公司,1988.

潘建.弗吉尼亚·伍尔夫的"雌雄同体"观与文学创作.湖南大学学报(社会科学版),2008(2):97—98.

伍厚凯.弗吉尼亚·伍尔夫:存在的瞬间.成都:四川人民出版社,1999.

吴庆宏.弗吉尼亚·伍尔夫与女权主义.北京:中国社会科学出版社,2005.

西蒙娜·德·波伏娃.陶铁柱译.第二性.北京:中国书籍出版社,1998.
杨建玫.女性的书写:英美女性文学研究.北京:经济管理出版社,2012.
朱迪思·赖特.澳大利亚文学中的妇女形象.安徽大学学报(哲学社会科学版),1980(1):85—86.

The Influence of Immigration on Australian Literature

For much of its history since British colonisation in 1788, Australian literature has been a "literature of immigration". Across the nineteenth century those who wrote and published in the Australian colonies were mostly born overseas, by far the majority from the United Kingdom, then including Ireland. Large numbers of immigrants from southern China arrived in Australia after the discovery of gold in the 1850s, reproducing the effect of the Californian gold rushes, but as far as we know no significant literature was produced by this group, although some of the descendants of these early Chinese immigrants have published writings in later periods. Interestingly, Australia's most famous writer from the late-nineteenth century, Henry Lawson, was the son of a Norwegian father.

The balance of overseas and native-born shifted in the late-nineteenth century as Australian-born writers rose to prominence. This demographic shift in Australia coincided with the rise of nationalism in many parts of the world, linked to the idea that a national literature should truly express a nation's character or spirit. The new generation of Australian writers was influenced by this nationalist intellectual, artistic and political movement. The late-nineteenth century also saw the progress of the separate Australian colonies towards Federation, leading to the formation of the new nation, the Commonwealth of Australia, on January 1, 1901. Nonetheless stories of double or split identities—Australian and British, Australian and European—and stories of characters not fully at home in either the old country or the new land continued to have a strong presence among Australian writers well into the twentieth century, in the novels of some of our most famous authors such as Henry Handel Richardson and Martin Boyd.

Australian literary nationalism had a strong *democratic* emphasis: Australian literature should be the literature of the common man, the working man. Some saw Australia as a "working man's paradise", although others felt that the possibility of building a new kind of society had already been lost to the forces of capital and British imperialism. The ideal Australia was often linked to Australia's unique landscape, to the "bush", where the true Australian character and way of life were supposedly to be found. These ideas provided ways for Australian writers, artists and intellectuals to distinguish Australia as a new land from Britain, the "old country". Of course, the realities were quite different: from the middle of the nineteenth century Australia was one of the most urbanised countries in the world, with the majority of its population living in the major cities, especially Melbourne and Sydney; its readers and book-buyers closely following the latest publications from London rather than the local product; and the nation's politics and economy remained closely bound into the British Empire. Some local books *were* best-sellers, such as Henry Lawson's short stories and "Banjo" Paterson's book of bush poems, *The Man from Snowy River* (the source of the movie of that title that had an international success back in the 1980s).

Despite the democratic ideals that were expressed both in Australian literature and in the political rhetoric of Federation, the very first piece of legislation passed by the new Commonwealth Parliament was the *Immigration Restriction Act* (1901). This Act was the main support for what was popularly known as the "White Australia Policy". Like similar laws passed in Canada and the USA in the early twentieth century, the Act operated to restrict the immigration of non-British and non-European people to Australia. It was particularly aimed at keeping out other "coloured races". Many white Australians believed that to keep Australia a democratic and egalitarian country it was necessary to keep out "coloured labour". Thus while the level of immigration from Britain remained high, immigration from elsewhere fell to very small numbers. By the 1950s Australia was one of the most "British", or we might say one of the "whitest" nations anywhere in the world—it was more British than Britain itself.

In literature, a few writers from non-British backgrounds achieved some level of recognition, but the main tradition of Australian literature was a nationalist one, produced by writers of "Anglo-Celtic" (British and Irish) background.

Although British in origin, many writers explored Australia's difference from the "old world"—expressing the belief that Australia was a uniquely democratic country or that its unique land and environment produced a unique national character. Perhaps the first writer from a "foreign" background to make a significant impact in Australia was Judah Waten: born in Russia of Russian-Jewish parents, he came to Australia as a young child so was equally at home in (and equally alienated from) both Anglo-Australian and Jewish immigrant cultures. His first book, the collection of short stories *Alien Son* (1952), is generally seen as the first substantial Australian work written from a non-British or "Anglo-Celtic" perspective.

It is against this background that Australia's present-day *multicultural* society stands out as a remarkable phenomenon. It is important to insist on this dramatic change in Australian society and culture, because internationally Australia is still sometimes seen as a "British" country or perhaps a country caught somewhere between Britain and the USA. The major impact of immigration on Australian society—and therefore on its culture—is not widely understood. As the Australian historian and former Ambassador to China, Stephen Fitzgerald, has written, if a "new Asia" has emerged over the last twenty years, so has a "new Australia".

The "White Australia Policy" was progressively abandoned in the 1960s and then completely abolished in 1972—1973 when a new Labor Party came to power at the national level. A new "non-discriminatory" immigration policy was introduced—immigrants would be accepted according to skills, education, and so forth without any discrimination in terms of country of origin, race, colour, religion, etc. —and the policy of multiculturalism was established at the same time.

After the Second World War, the Australian government believed it needed to build Australia's population—then only around 7 million—for reasons of both development and defence. It instituted a large-scale immigration program, hoping to draw most new migrants from Britain. However, there were not enough British migrants to meet the government's goals, so increasingly migrants were sought in other countries: northern Europe, the Baltic states, and then, most significantly, from Italy and Greece. Very large numbers of migrants—mainly unskilled workers—arrived from these two countries in the 1950s and 1960s, changing the nature of Australian society forever. Large Greek and Italian areas developed in all the major cities: at one stage Melbourne was claimed to be the third largest Greek city in the world. Italian-Australian and Greek-Australian writers have made a significant impact on Australian literature.

High levels of immigration continued into the 1970s, extending into Eastern Europe, Turkey, and the Middle East, especially Lebanon (thus for the first time large numbers of non-Christian and non-European migrants began arriving). But the real change came in the mid-late 1970s when the government of the day agreed to accept large numbers of refugees from Vietnam and the other Indo-Chinese countries following the end of the Vietnam War. For the first time, large numbers of Asian immigrants began arriving in

Australia, first as refugees, then through schemes enabling those already in Australia to bring family members to join them in Australia.

In the 1980s, the "new Chinese" immigration began—largely immigration of skilled, educated, professional people from both Taiwan and mainland China. The city in which I live, Brisbane, is among the largest Taiwanese cities in the world, and Chinese(*Hanyu*)is now the second most commonly spoken language in Australia. In some areas of Brisbane it is spoken in more than 40 percent of homes, and I think we can now call Sydney one of the great *Asian* cities. High levels of Asian immigration have been accompanied in politics by Australia's "turn to Asia"—the redefinition of Australia as a nation of the Asian-Pacific region. The Australian government has recently released a major new discussion paper, *Australia in the Asian century*(2012). I sometimes joke that the turn to Asia has become official as it has been recognised by FIFA(the international football federation), since Australia now competes in the *Asian* section of world football.

Thus since the Second World War, and especially since the 1970s, the impact of immigration on Australian society has been massive. One small example. In 2010 I was invited to a conference on Australian literature in a globalised world, held in Shanghai. I was one of four invited Australian speakers. We realised during the course of discussion at the conference that all four of us were intimately affected by Australian multiculturalism: three of us were Australian-born, of English and Scottish backgrounds, but all three were married to partners from migrant backgrounds—French-Spanish in my case, Greek for the other two. The other colleague was herself a migrant: born in Norway, educated in Geneva, and now a Professor of Australian literature.

To quote two authorities: "Modern Australia was created by mass migration"(James Jupp, 1998); "Australia's society, culture, and sense of national identity have been more profoundly changed by immigration than for almost any other country in the world"(Anne-Mari Jordens, 2001). A *quarter* of the Australian population today was born in another country; more than 40 percent were born overseas or are the children of migrants. This is the second highest proportion of migrants in the population of any country in the world—second only to Israel, higher than in the USA or Canada. Half the increase of population since 1945, from 7 million to 23 million, has been produced by immigration. Australians of Asian descent now make up near 10 percent of the total population.

Multiculturalism was introduced—replacing a policy of assimilation—as recognition of the fact that new migrants did in fact want to retain many aspects of the cultures, languages and religions they brought with them, and that this was not contrary to their integration into Australian society. Australia had *in fact* become a multicultural or multi-ethnic nation. Multicultural *policy* was developed to acknowledge this fact, and to place a positive value on ethnic diversity. Of course, both immigration and multiculturalism can be controversial issues. There are some extreme anti-immigration and anti-multicultural viewpoints, the general population's support goes up and down depending on political and economic circumstances, and occasionally the issues become hotly debated (for example in current debates about "illegal immigrants" or asylum seekers). In general, perhaps, there is silent acceptance of immigration and multicultural policies. Australia's immigration is characterised by relatively small numbers from many different national and ethnic sources rather than large numbers from just one or two source countries. This has been a crucial factor in the success of multiculturalism, for there has been no single large group of "others" to become the focus of anxiety or prejudice(although "Asian" and no "Muslims" have been seen in this way). Migrants from more than 200 countries have been accepted and more than 140 languages are spoken in Australia.

But what has all this meant for literature and for the impact of literature on how we understand modern Australia?

"Multicultural writing", "migrant writing" and "ethnic minority literature" have all become important terms in Australian literary discussion since the 1980s. The first two terms are used more regularly although the third is probably more accurate because the key factor for authors not belonging to the "Anglo-Australian" majority is ethnicity, rather than the fact of whether or not they themselves were migrants. Today it is often those born in Australia or educated in Australia, but whose family heritage is from another ethnic group who are contributing to "multicultural literature". The idea of "multicultural writing" can be used to celebrate the diversity of Australian literature—that is, the diversity of its cultural or ethnic reference points. While British migrants can still merge into the Australian mainstream much more easily than those from other backgrounds, it is interesting that today London no longer figures as the primary influence or inspiration for Australian writers and artists—it is just as likely to be Beijing or Tokyo or New York or somewhere in Europe, or indeed Australia's own indigenous cultures.

Unsurprisingly, the growth of migrant or ethnic minority literature in Australia has closely followed the patterns of immigration itself: the 1950s and 1960s saw the emergence of writers from European backgrounds, Italian, Greek, Polish, and European Jewish, for example. In more recent times they have been joined by the second and third generation, the children or grand-children of non-British migrants, such as the novelist Christos Tsiolkas, born in Australia of Greek migrant parents, who writes of inner city and suburban life in Australia but from a sharp angle, even a violent approach at times, stemming from his "difference" from mainstream society; or Venero Armanno, born in Brisbane of Sicilian parents, whose novels have explored the question of dislocation and double identity (among many other questions for contemporary Australian life).

In more recent decades, writers have also come from the new migrant groups, from Vietnam, South Asia, South-East Asia, China and the Middle East. "Asian-Australian" writing has become one of the fastest growing sectors in publishing and in critical studies. Chinese-Australian writers—from a range of countries—have become particularly significant in recent times, while one of the most successful Australian books of recent times has been by Vietnamese-Australian Nam Le, *The Boat* (2008). To date only one author of Korean background appears in our national literary database: Kim Don'o, who arrived in Australia in 1961.

Critics started paying serious attention to migrant or ethnic writing in the 1980s. Many began to feel that the Australian literary tradition, as it had been defined, excluded most writers from non-British backgrounds and those who did not write on the traditional Australian themes. While few migrant writers had made a big impact in terms of critical or market success (Judah Waten and another European Jewish writer, David Martin, were exceptions), it soon became clear that writing poetry, fiction and memoirs was an important practice for many migrants and that a significant body of literature existed. By the 1990s it became impossible, really, to think about "Australian literature" without including writers from many diverse ethnic backgrounds. Further, migrant writing was not just *added* to Australian literature. The effect was more fundamental; it *redefined* Australian literature. Instead of a single tradition understood in terms of a distinctively Australian literature emerging from British literature, Australian literature was shown to include many traditions—and it was sometimes a place of conflict, where writers from other ethnic backgrounds and traditions would challenge and criticise the dominant "Australian" tradition.

From what I have said thus far, it should be clear that the main impacts have come from migrant or ethnic minority writing *in English*. There is a vast amount of literature in many different languages in Australia but not much translation from these languages into English. It is really only in English that migrant writing can have an impact on mainstream literature or social attitudes.

At the risk of simplification, we might say that the first generation of post-war migrant writers asserted their own separate cultural identities but also sought to be included within the field of Australian literature. This was in the era when assimilation was the official policy: the writers, perhaps, were trying to insist upon assimilation but *on their own terms*. In the later period, from the 1990s on, in the era of multiculturalism, some migrant or "ethnic minority" writers have often adopted a different approach: *resisting* rather than seeking assimilation. A writer such as Brian Castro—born at sea between Macao and Hong Kong, of Spanish, Portuguese, English and Chinese heritage, arriving in Australia aged eleven—has developed a sophisticated, modernist or post-modern style that questions all forms of identity or identification, and in particular a style and approach that resists *national* identity—and, indeed, ethnic identity. This connection between writing that challenges notions of identity and assimilation, on one side, and the exploration of experimental, avant-garde or "underground" styles, on the other, can be found in a number of authors from ethnic minority backgrounds.

It is, of course, impossible to limit Australian writers of non-British backgrounds to just a few themes or styles. Migrant writers do not want to write only about being migrants; Greek-Australian writers do not want to write only about being Greek-Australian; Chinese Australian writers do not want to be limited to writing about their Chinese ancestry, and so on. Writers do not want to be labelled or stereotyped as migrant or ethnic writers, as if that was all they were—they want to be considered as *writers* first of all, free of labels, although they might also wish to assert their difference from the Anglo-Australian mainstream. The question of migrant or ethnic writing can thus become a political question about who has the power to define individual, group or national identities.

Although these authors will often resist the categories of migrant or ethnic writer, there are nonetheless common themes that arise in Australia, as elsewhere, among authors who have shared the experience of migration or of belonging to ethnic minority or ethnic "diaspora" groups. There are strong similarities here between Australian and American and Canadian experiences. These themes include what I have been calling the theme of split or double identity, the experience of alienation, discrimination or ethnic stereotyping, the celebration of difference but also the burdens of ethnic or cultural heritage, criticism or satire directed towards the "Australian way of life", dislocation (across geographical, political or personal boundaries), generational disharmony, the ethnic contours of urban life, the search for cultural roots, and the theme of journeys (to Australia, or back to the "motherland").

If these are common themes in all migrant or ethnic minority writing, they have a particular force, I believe, in Australia, because migrating to or growing up in Australia might well involve a kind of *doubled dislocation*. Australia is not the United States, not France or Italy or England—it can seem a very long way away, even in this age of instant communications and jet travel. If this is considered a negative, then perhaps the *positive* dimension is that the sense of tradition or of a national identity in Australia is still relatively open, still a "work in progress", still up for re-definition, not weighed down by five hundred or five thousand years of tradition—making an impact on that culture from a marginal position is still a possibility.

Much of the writing, particularly until the 1980s, adopted a *realist* approach, appropriate perhaps to the careful, sympathetic registering of the details of family and community life, psychological reactions to arriving in and coming to terms with a new land, encountering discrimination, or rediscovering one's identity. But as suggested in the case of Brian Castro, ethnic minority writers have also been strongly drawn to experimental, post-modernist or avant-garde styles. These may be of the "high aesthetic" kind, as in Castro's work; or they might draw upon forms of "migrant English", as a way of releasing new linguistic energies, as in the work of performance poets such as Ania Walwicz (Polish-born) or Pi O (born in Greece, raised in Australia); or the directly confronting, "indecorous" poetry of Ouyang Yu, critical of Australian attitudes and attacking the myth of the "grateful migrant"; or it might be taking up the style and speed of pop culture, as in the collection of short fiction, *Look Who's Morphing* by Tom Cho (Australian-born, Chinese heritage). Others have drawn upon non-European story-telling traditions and used these to transform the more conventional modes of realist fiction—traditional Chinese legends, family stories, or oral storytelling, for example, in works by Merlinda Bobis (Filipino-Australian) or Hsu-Ming

Teo(Malaysian-Chinese Australian).

In short, migrant or ethnic minority writers have been a vibrant aspect of Australian literature in the post-war period, and especially since the 1980s. Second and third-generation writers from European backgrounds and new Asian-Australian writers are the most prominent today. However, such writers are *still* a minority, and they have generally not figured in the best-seller lists or become widely known among general Australian readers outside the "Australian literature community". *Aboriginal* or *Indigenous* literature has had a much greater impact in recent years, with authors such as Kim Scott, Alexis Wright and Melissa Lucashenko (Aboriginal and European heritage) achieving great critical success.

While certain migrant and ethnic minority authors have had a significant impact on Australian literature, only a small number have achieved *sustained careers*. Many migrant writers have been one or two-book authors. It might be that the inspiration to writing came primarily from the experience of migration and cultural dislocation, and once that theme has been "written out" in one or two books, a literary career could not be sustained. Although a few writers have gained international recognition, none have taken a place alongside such "transnational" figures as Maxine Hong Kingston, Amy Tan, Zadie Smith, Arundhati Roy, or Salman Rushdie.

I know that lists of names do not reveal very much in themselves, but in case readers have the opportunity to find works by these authors I want to list some of those currently writing who have had sustained careers (some already mentioned): Venero Armanno, Lily Brett (Polish-Jewish Australian), Brian Castro,

Michelle de Kretser (Sri Lankan-Australian), Adib Khan (Bengali-Australian), Eve Sallis (German-Australian), Peter Skrzynecki (Polish-Australian), Christos Tsiolkas (Greek-Australian), Ouyang Yu (Chinese-Australian), Arnold Zable (Jewish Australian), and Chinese-Australian children's book author and illustrator Shaun Tan.

Two other names deserve special notice, perhaps the two most internationally-famous authors writing in Australia today: David Malouf and J. M. Coetzee. Malouf was born in Australia but is of Jewish, English and Lebanese heritage; however these themes have played almost no role in his writings. J. M. Coetzee, the 2003 Nobel Prize winner, migrated to Australia from South Africa in 2002, at the age of 62, and he has taken Australian citizenship. Interestingly he has since written "Australian" novels, novels about contemporary life and politics in Australia, such as *Diary of a Bad Year* (2007).

Finally, the impact of ethnic diversity upon Australian literature has been that in recent years we have discovered that in many ways Australian literature was *always* culturally diverse and hybrid. We discover earlier writers previously neglected, such as the Chinese-Australian Taam Sze Pui (1853—1926), who published his autobiography in 1925. And we discover new dimensions in well-known writers, such as our first Nobel Prize winner, Patrick White, who was deeply influenced by Greek and Jewish cultures. Australian literature, like Australian identity, is still being discovered and defined, and with high levels of immigration set to continue new migrants and those from non-British backgrounds will play a major and growing role in that process.

(University of Queensland　David Carter)

【参考文献】

Cater, David. *Dispossession, Dreams and Diversity: Issues in Australian Studies*. New South Wales: Pearson Education, 2006.

Castro, Brian. *Writing Asia and Auto/Biography: Two Lectures*. Canberra: University College, Australian Defence Force Academy, 1995.

Fitzgerald, Stephen. *Is Australia an Asian Country*? Crows Nest: Allen & Unwin, 1997.

Gelder, Ken & Salzman, Paul. *The New Diversity: Australian Fiction 1970—88*. Victoria: McPhee Gribble, 1989.

Gelder, Ken & Salzman, Paul. *After the Celebration: Australian Fiction 1989—2007*. Melbourne: Melbourne University Publishing, 2009.

Gunew, Sneja. *Framing Marginality: Multicultural Literary Studies*. Melbourne: Melbourne University Press, 1994.

Gunew, Sneja & O. Longley, Kateryna. Eds. *Striking Chords: Multicultural Literary Interpretations*. Crows Nest: Allen & Unwin, 1992.

Jupp, James. *Immigration*. London: Oxford University Press, 1998.

Jordens, Anne-Mari. "Post-War Non-British Migration", *The Australian People*. Cambridge: The Press Sydicate of the University of Cambridge, 2001.

Khoo, Tseen-Ling. *Banana-Bending: Asian-Australian and Asian-Canadian Literatures*. Montreal: Mcgill Queens Univ Pr, 2003.

Ommundsen, Wenche. Ed. *Bastard Moon: Essays on Chinese-Australian Writing*. Victoria: Otherland Literary Journal, 2001.

Ommundsen, Wenche. "Multicultural Writing in Australia": *A Companion to Australian Literature*. Eds. Birns & McNeer. Columbia: Camden House, 2007.

Skrzynecki, Peter. Ed. *Joseph's Coat: An Anthology of Multicultural Writing*. Sydney: Hale & Iremonger, Pty. Ltd, 1985.

Yu, Ouyang. *Bias: Offensively Chinese/Australian: A Collection of Essays on China and Australia*. Melbourne: Otherland Publishing, 2007.

An Insistent Land

In 1770, Captain James Cook sailed his tiny wooden ship, the *Endeavour*, along the east coast of Australia. Eighteen years later, the British were back. What is now called the First Fleet returned to create a wretched penal colony on the site of Sydney, the country's best known city. Free settlers followed and—what a great story this is—one of the world's most-favoured nations came into being.

There is, however, another story, and it is told in the two books cited above. The Australian land mass of 1770 was already inhabited. Enter the Europeans, invading, exploring, grabbing country that appealed to them, and fighting, when necessary, with the black people until the most desirable parts of the country were theirs, and the remnants of the aboriginal population, diseased and disheartened, occupied only the spaces left over, places, for the most part, which the white fellas didn't want. The invasion, the British settlement, was a success and out of it a great nation has been born.

That is how the story is normally presented, but reading

these two books leads to a somewhat different conclusion. It might be said that between them the books provide at least the beginnings of an ecological history of Australia. Such a story would go back a very long way, because it is now realised that the aboriginal people had occupied the continent for something like 40,000 years, possibly more, before white settlement. Their occupation was different, too; many areas which the British settlers found impossible—deserts, they said—supported populations, and these people, as Pascoe's book makes clear, lived comfortable, healthy, well-fed, and, contrary to the estimation accorded them by their conquerors, civilized lives.

This claim needs some explanation. The European settlers compared what they saw in Australia with what they knew from their homelands, and labelled the blacks as savage, primitive, uncivilised, and so on. Yet this estimation of the inhabitants was at odds with how they saw the land. One settler, writing in 1830 (*R. Dawson, The Present State of Australia*) said the country was truly beautiful:

> It was thinly studded with single trees, as if planted for ornament ... It is impossible, therefore to pass through such a country ... without being perpetually reminded of a gentleman's park and grounds. Almost every variety of scenery presented itself. The banks of the river on the left of us alternated between steep rocky sides and low meadows; sometimes the river was fringed with patches of underwood (or brush, as it is called) ... In Australia, the traveller's road generally lies through woods, which present a distant view of the country before him ... The first idea is that of an inhabited and improved country, combined with the pleasurable associations of a civilized society.

Notice the use of the word "park". Gammage again:

> After "bush", a word from southern Africa, the most common word newcomers used about Australia was park. This is striking, for three reasons. First, "park" was not a word Europeans elsewhere associated with nature in 1788. Until "national park" was coined in the United States much later, a park was man-made. Second, "park" did not mean a public park as today, for few existed in Europe in 1788. It meant parks of the gentry, tastefully arranged private estates financed by people comfortably untroubled by a need to subsist. Third, few today see parks in Australia's natural landscape. Most use another US word with the opposite meaning: "wilderness", which they imagine is untouched forest, beyond the pale, inhospitable. Farming people think like that.

Most of the early settlers, then, on encountering what they took to be natural in Australia, did not realise the contradiction in scorning the black people for their primitive condition while admiring the countryside, the state of nature, which those same black people had created.

They had done it with fire. Gammage devotes a long chapter to quoting a range of white observers explaining how the black people went about this:

> The natives burned great tracts to make sure the grass would come up green and sweet with the first rains and to drive out the game for hunting purposes. All the young of the birds that build their nests on the ground were hatched and the young ground rats old enough to run about before these fires were made. When the time was held ripe for the bush fires(*man carl*) the *man carl* ceremony was held.

That was in Albany, Western Australia; and from the

Kimberley coast, far to the north:

> A month or so after the wet season, which lasts from December till April, the country is smothered beneath a rank growth of grass, up to eight feet high, which dries fast. It is very difficult to walk through it, almost impossible in dense parts. So the men welcome the time when the grass is dry enough to burn. They will decide ... what spot they will choose for the next burning party. These are exciting expeditions, in which all the men take part. Early on the morning of the burning the men will be seen rubbing and painting their bodies with white clay. Soon after sunrise they will muster, carrying their weapons, and go through a performance that might be called a dance. Then they were off, some to burn, some to hunt.

Gammage quotes a settler called John Lort Stokes, written in 1840, who

> ... met a party of natives engaged in burning the bush, which they do in sections every year. The dexterity with which they manage so proverbially a dangerous agent as fire is indeed astonishing. Those to whom this duty is especially entrusted, and who guide or stop the running flame, are armed with large green boughs, with which, if it moves in the wrong direction, they beat it out ... I can conceive no finer subject for a picture than a party of these swarthy beings engaged in kindling, moderating and directing the destructive element, which under their care seems almost to change its nature, acquiring, as it were, complete docility, instead of the ungovernable fury we are accustomed to ascribe to it.

This last observation—the ungovernable fury of fire when out of control—is a most important part of the reason why Gammage is writing. Forest fire is the most dreaded event in the Australian landscape, less predictable and harder to control than any flood. Fire in a eucalyptus forest, or even a hot day, releases the flammable gases from the leaves of these trees, and it only needs a single spark to ignite them, and the air around them, after which, if there is a strong wind blowing, the fire is unstoppable and may leap for miles, destroying anything and anybody in its path. There are popular terms like "Black Friday" for bushfires that have rampaged out of control, killing those trapped in front of them, burning houses in their path, killing birds and animals and turning Australia's much-loved bush into a vast collection, stretching miles in any direction, of blackened, leafless trunks.

This statement would be incomplete if I did not go on to say that these apparently dead forests will start putting out new leaves after a few weeks. The ability of a eucalyptus forest to recover, to regrow, is one of nature's most remarkable miracles, and it is something that has had a huge effect on the psyche of Australia's white inhabitants. Fire is fearsome, it terrifies, it controls most of what we can and can't do in the summer months and it gets into the minds of some of our less-balanced citizens so that on fire-danger days, when a hot sun and a strong wind are at their most threatening, there are some among us who deliberately light fires. Large areas of eastern Australia burn unnecessarily at the start of each summer, and it is only in recent years that authorities have admitted the danger to the public posed by these deliberately lit fires. They are the other side of Australians' love of a continent dominated by the genus eucalyptus in its six hundred forms. Australians love the bush, and the bush is dangerous. Bushfires are inevitable, and terrifying. They kill people every year and in bad years a lot of people, not to mention destroying livestock, pets, houses and the many possessions they contain. Australians go to great lengths to cope with fires. We have professional fire fighters, we train volunteers, we hire fleets of helicopters in the northern hemisphere every summer and fly them south to put them to service when needed, that's to say, when fire breaks out. Our national broadcasting service is geared up, every summer, to tell the public whatever they need to know about the whereabouts and movement of fires in their locality. Households are told to prepare a fire plan because it's too dangerous to rely on impulse when a fire threatens your home.

Why am I talking about this? Because Bill Gammage's book makes it clear that the aboriginal people of our country, our first inhabitants, not only used fire, managed it, but put it to good use. Our early settlers and explorers saw a country that resembled—they thought, and endlessly said so—what they had known back home as the parklands of the leisured classes, and when they needed, or wanted, to describe the way the natives lived in this parkland, they wavered between commenting on their skills, leisure, amazing knowledge of the world around them, their health and psychological certainty, and their crudity, their inability to replicate the accomplishments Europeans held dear. The Europeans, trapped in their ambivalence about these people who refused to acknowledge their own inferiority, took refuge in contempt. This was a terrible mistake, but it sustained many white settlers for a couple of hundred years, and it is the value of Bill Gammage's book that it calls the bluff of those who have condemned the aboriginal way of life for so long.

Three years after the appearance of *The Biggest Estate on Earth: How Aborigines Made Australia*, Bruce Pascoe has taken Bill Gammage's line of thought and extended it considerably. Use of fire to manage landscape is only one of many activities he describes to show the variety, adaptability and quality of the aboriginal way of life. One of his strongest lines of argument is to point out the many misjudgements that white fellas have made in forming a judgement of the blacks:

> We have to be careful that we are not deciding on markers for civilisation simply because that is the historical path followed by Western civilisation.

In developing this idea of cultural relativity he makes an uncommon comparison:

> As Gavin Menzies, author of 1421: *The Year China Discovered the World*, has pointed out, if you proceed on the assumption that only Western European nations had reached the stage of civilisation you have to behave as if the Chinese were not the first to invent gunpowder, pottery and celestial navigation techniques.
>
> China was probably the most advanced nation on earth until the eighteenth century but arrived there without following all the steps Westerners consider the true path of civilisation. Racial bias can cloud observation and reasoning.

The same intellectual prejudice has been applied to the state of Aboriginal civilisation in Australia and in doing so has dismissed large bodies of first contact evidence as being mere aberration. With that myth firmly planted in the minds of students, it was only a matter of time before the image of Aboriginals as primitives haplessly wandering across the face of the earth allowed Australians to feel "sorry" for Aboriginals and dismiss them from the national consciousness.

Pascoe is at pains to point out that the European classification of aboriginal people as "hunter-gatherers" was a way of ignoring much about aboriginal life. Aboriginal people most certainly did hunt and gather but they did much more than that and to show this Pascoe draws on not only his own observations but the writings of those same explorers and early settlers quoted by Gammage. These accounts are both fallible and deeply revealing. The better explorers were sensitive, observant and frequently admiring, while at the same time they didn't deviate from their task of finding good land for white settlers to take hold of and use for profit, if possible. Their written observations mentioned many things at odds with their purposes. Something of this confusion can be found in this extract from the journal of Charles Sturt, describing the activities of his party in what is now known as Sturt's Stony Desert:

> On gaining the summit (of a high sand dune) we were hailed with a deafening shout by 300 or 400 natives, who had assembled on the flat below ... I had never before come suddenly upon so large a party. The scene was of the most animated description, and was rendered still more striking from the circumference of the native huts, at which there were a number of women and children, occupying the whole crest of a long piece of rising ground at the opposite side of the flat.
>
> Had these people been of an unfriendly temper, we could not in

any possibility have escaped them, for our horses would not have broken into a canter to save their lives or our own. We were therefore wholly in their power ... but, so far from exhibiting any unkind feeling, they treated us with genuine hospitality, and we might certainly have commanded whatever they had. Several of them brought us large troughs of water, and when we had taken a little, held them up for our horses to drink; an instance of nerve that is very remarkable, for I am quite sure that no white man (having never seen or heard of a horse before, and with the natural apprehension the first sight of such an animal would create) would deliberately have walked up to what must have appeared to them formidable brutes, and placing the troughs they carried against their breast, they allowed the horses to drink, with their noses almost touching them. They likewise offered us some roasted ducks, and some cake. When we walked over to their camp, they pointed to a large new hut, and told us we could sleep there ... and (later) they brought a quantity of sticks for us to make a fire, wood being extremely scarce.

Sturt's account fails to mention what would almost certainly have been the case—that the black people would have been aware that his party was in the area while the white men had no idea that these endless sand dunes were inhabited. Aboriginal people were far more evenly distributed across Australia than modern Australians. This was made possible by a profound comprehension of the land and everything living on it which white Australians have never been able to replicate.

Bruce Pascoe's book both reveals and revels in the ingenuity which the black people brought to living in the oldest of lands. Bill Gammage's book has already told us how they managed fire to create an environment that suited them. Bruce Pascoe takes the story further, telling us how they arranged stones in the bed of the Darling River (Western New South Wales) to create an elaborate system for managing the movement of fish up and down the river, making it possible to block the stream and divert fish into ponds where catching them was easy. This was more than a form of hunting because the system also gave rights to tribal and family groups over an area where some thousands of people lived, as well as those who lived up and down-stream of the catching area. He also describes the practices for catching and smoking eels at Lake Condah in Western Victoria, and a different method of fish-trapping practised and probably still in use in Arnhem Land (Northern Territory). His account of aboriginal life refers endlessly to the variety of dwellings of their making, reminding us that white observers always described them as "huts" or some similarly disparaging word.

  The whites were so obsessed with proclaiming their own superiority that they rarely gave credit to, or even acknowledged, the success of the aboriginal adaptation to their demanding continent. By the middle of the nineteenth century these already well-entrenched European attitudes were reinforced by popular understanding of Darwin's theory of evolution which, to the European mind, was a clear demonstration of how much further Europeans had advanced over humans elsewhere on the globe. The Europeans were impossibly vain. Darwin's theory is built on the way in which an adjustment to the physical body of a species, or (possibly) its social condition, conferred an advantage in the struggle to exist. Despite the resistance to this idea of the Christian Church at home in England and elsewhere in Europe, those enforcing the superiority of European power in other parts of the world seized on Darwin's thoughts as a way of justifying the way they looked upon, and treated, those whom they had conquered. It was normally quite beyond the capacity of Europeans, when looking on the native peoples of the world, to admit that a "primitive" civilisation might be as well or better adjusted to its particular circumstances than an "advanced" one. This smugness smears the history of Australia and, even today, in a period of aboriginal resurgence, can be found all too often.

Yet Pascoe's book is generous in its tone. This may be a result of his confidence in the people he is describing. One feels an enjoyment in his description of their acts of managing, even controlling, their environment because they are not, in his view, limited to matters of survival. Aboriginal life was better organised than that! The following passage sums up his judgement of their way of life. It is a remarkable statement:

> There is no doubt that Aboriginal life was not one long dream of peace and harmony. Anger, bitterness, betrayal, revenge and punishment were all common but they were governed by strict rules. The violence was often punishment enshrined in the execution of law, the maintenance of tried and true systems of cultural and social and religious maintenance.

It's difficult to look at the decision-making processes involved in the creation of Aboriginal and Torres Strait Island government and not think of the word democracy. Were the Elders elected? Not all who became old were included in the final decision-making processes; that authority was received following the complex trials of initiation.

To that extent Elders became the equivalent of senior clergy, judges and politicians. Their role was codified by levels of initiation which elevated them to a position where they could influence particular areas of policy. Their election to that position was gradual and convoluted through the initiation process, but they didn't assume that position as a result of force or inheritance. They earned the respect of their fellows.

All other processes of delivering justice, protecting the peace, management of social roles and the division of the land's wealth were defined by ancestral law and interpreted by those chosen as the Senior Elders. Of all the systems humans have devised to manage their lives on earth Aboriginal government looks most like the democratic model.

Pascoe quotes W. E. H. Stanner (*White Man Got No Dreaming*: *Essays* 1938—1973) in order to develop this idea:

> The notion of Aboriginal life as always preoccupied with the risk of starvation, as always a hair's breadth from disaster, is as great a caricature as Hobbes' notion of savage life as "poor, nasty, brutish and short". The best corrective of any such notion is to spend a few nights in an aboriginal camp, and experience the unique joy in life which can be obtained by a people of few wants, an other-worldly cast of mind, and a simple scheme of life which so shapes a day that it ends with communal singing and dancing in the firelight ... Its principle and its ethos are variations on a single theme—continuity, constancy, balance, symmetry, regularity ...

One of the most striking things is that there are no great

conflicts over power, no great contests for place and office. This single fact explains much else, because it rules out so much that is destructive of stability ... There are no wars of invasion to seize territory. They do not enslave each other. There is no master-servant relation. There is no class division. There is no property or income inequality. The result is a homeostasis, far-reaching and stable.

Gammage also thinks well of the aboriginal people. Towards the end of his book he quotes Captain James Cook, reflecting on eastern Australia in his journal:

> From what I have said of the Natives of New Holland (Australia) they may appear to some to be the most wretched people upon Earth; but in reality they are far more happier than we Europeans, being wholly unacquainted not only with the Superfluous, but with the necessary Conveniences so much sought after in Europe; they are happy in not knowing the use of them. They live in a Tranquility which is not disturbed by the Inequality of Condition. The Earth and the Sea of their own accord furnishes them with all things necessary for Life.

Cook continues in this way but it is time to return to Gammage, who ends his long and scholarly book with praise for a way of life that has largely disappeared:

> ... only in Australia did a mobile people organise a continent with such precision. In some past time, probably distant, their focus tipped from land use to land care. They sanctioned key principles: think long term; leave the world as it is; think globally, act locally; ally with fire; control population.

He leaves his readers with a challenge:

> ... an ancient philosophy was destroyed by the completely

unexpected, an invasion of new people and ideas. A majestic achievement ended. Only fragments remain. For the people of 1788 the loss was stupefying. For the newcomers it did not seem great. Until recently few noticed that they had lost anything at all. Knowledge of how to sustain Australia, of how to be Australian, vanished with barely a whisper of regret.

We have a continent to learn. If we are to survive, let alone feel at home, we must begin to understand our country. If we succeed, one day we might become Australian.

(Chester Eagle)